老古板的小嬌妻 3

完

清棠 著

風 文創 1179

風文創 1179

目錄

第四十六章

裹著一身寒意的謝慎禮晨練回來了。

他穿著俐落短打，寒冬臘月，前胸後背的衣衫卻汗濕一片，渾身更是凌厲懾人。

看到顧馨之後，那股氣息才收斂下來。他逕自走到顧馨之身邊問：「早膳好了嗎？」

顧馨之看到他進門就站了起來，聞言催他。「好了好了，就等你了，快去沐浴吧。」他每回晨練都要洗一遍換身衣服，龜毛得要命。

軟軟的墮馬髻上僅簪一支素玉釵，顯得她越發嬌軟俏麗，謝慎禮眸色轉軟。「嗯，那幫我搭身衣服？」

顧馨之推他。「知道了，快去吧。」

「煩勞夫人了。」謝慎禮反過來握住她柔荑，輕輕捏了捏才鬆開，轉身走向浴間。

顧馨之則轉進屋裡翻衣服。謝慎禮日常不用丫鬟，沐浴時，只需要下人準備好水，衣物則是蒼梧、青梧等近侍收拾。如今她住進正房，蒼梧等人再進來就不合適了，衣物什麼的，自然交給她的丫鬟一塊兒收拾。

但成親第二日，謝慎禮揮退丫鬟，自己動手翻找。

等顧馨之爬起來，看到自家丫鬟在疊衣服，隨口問了句，才曉得這廝不知道衣衫褲子擱在何處，翻找了半天，把衣物都翻得亂七八糟的，重點是還不讓丫鬟進屋搭把手。

顧馨之無語，轉天就將這事攬了下來，搭好衣服帶內襯，給他送進去——咳咳，偶爾還能吃點豆腐、飽飽眼福。

謝慎禮彷彿才反應過來般，打那時候開始，就將各種瑣碎之事都交給她，小到配飾、大到衣衫袍服，都交給顧馨之打理。

顧馨之平日連頭髮都不用自己梳，對這種不費腦子不費力氣的小活兒自然沒意見。如此這般，倒也相處和諧。

沒等多久，謝慎禮便換下短打，穿上寬袖長衫，又恢復成那斯文端方的先生模樣，踱步走出來。

夏至她們已經在擺膳，顧馨之看到他，招招手。「快點，好餓。」

謝慎禮走至她身邊落坐，視線掃過桌上，隨口道：「今兒怎麼喝粥？」

顧馨之白他一眼。「偶爾當早飯也不礙事吧？還有包點配著呢，餓不著你。」相處一個月，她已知這人不愛喝粥。

謝慎禮也就隨口一句，他向來是有什麼吃什麼的。

兩人落坐用膳，顧馨之按照往日習慣，挑了幾件府裡事情，閒聊般商量起來。

「一年到頭都辛苦，我想讓他們輪著歇幾天，好好放鬆放鬆。」

謝慎禮嚥下食物，好脾氣道：「夫人看著安排就好。」

「那我就這麼定了。」顧馨之喝了兩口粥，接著又道：「年禮我已經列好單子開始採買了，你要不要看看有什麼缺漏的？」

「妳辦事，我放心。」

「你就偷懶吧，回頭我讓他們按年禮輕重排個序給你，你好歹掃一眼。耽誤不了你多少時間，我又不知道你那些交情，第一年你總得幫我掌掌眼吧？」

「好。」謝慎禮伸筷給她挾了塊點心，溫聲道：「那不著急，先好好吃。」

顧馨之喝了兩口粥嚥下。「事情多，不急不行啊──對了，我看府裡存銀不少，我想年後將府裡添些佈置。前邊書房你有什麼想法？」

「都行，妳看著安排。」

「你就沒點意見嗎？」

「咳，我覺得夫人安排得很有條理，不需要意見。」

行吧，謝先生都開始拍馬屁了。顧馨之白了他一眼，繼續吃。

閒聊著，早飯很快用完。謝慎禮去前院忙碌，顧馨之也開始理事。

日常用度、採買年貨、裁製新衣……花錢的事情一樣又一樣，也就謝慎禮家底還算厚。

顧馨之暗自嘀咕著翻開帳冊，打算算算家裡一個月的花銷有多少──

嗯？

她揉揉眼睛，再次細看，發現沒看錯，登時驚了。「昨兒怎麼花了一千一百多兩，這什麼玉雕？這什麼瓷？」

稟事的許遠山苦笑，小聲提醒。「夫人，這是給戶部侍郎，以及他那小舅子的禮。」

「那不是四哥惹出來的禍事嗎？這些禮不得東府那邊出嗎？」

許遠山苦兮兮。「那邊哪還有多少家底……這種事，都是主子自掏腰包幫著收尾的。」

「都是？怎麼這兩月的帳冊沒看見？」她管家管了一個月，雖說大都在翻鋪子的帳冊，但府裡的也順手翻了幾個月，好好調整了一番的。

許遠山搓了搓手。「這不，主子已經在家待了大半年了，還有幾位出了事的主兒還在裡頭待著，主子都幫不上忙，那邊才收斂些嘛……」

「你的意思是，他當家主這幾年，都是這麼填窟窿的？」

許遠山苦著臉點頭。

管別人管得跟孫子似的，輪到謝家那些坑貨，卻上趕著去擦屁股……謝慎禮是不是有什麼大病？雙標就算了，那畢竟算是別人的家事，她管不著。問題是……

顧馨之看看帳冊上大剌剌的一千一百七十八兩，再看另一本明晃晃寫著六千二百一十三兩……這再抄幾家犯事奴僕的家底，都不夠填這些窟窿的啊！

顧馨之這邊對著帳本咬牙切齒，謝慎禮已然到了書房，溫和的神情在踏入前院後便收了起來。

蒼梧正迎上來呢，見狀，頭皮一麻，立馬開始回憶最近自己做的事。

「青梧呢?」謝慎禮淡聲問。

蒼梧小心答話。「正給先生們伺候茶水呢。」

謝慎禮「嗯」了聲,腳步不停。「做事拖泥帶水,導致夫人發現端倪,讓他去高赫那裡待半個月吧。」

蒼梧眨了眨眼,聲音洪亮,語氣興奮的應道:「是!」難得逮到青梧那小子出紕漏,太興奮了。

謝慎禮狐疑的看向他,蒼梧忙扯平嘴角,跟著謝慎禮進了書房。

書房中,幕僚們已經在等著了,看到他,齊齊起身行禮。謝慎禮拱了拱手。「諸位先生不必多禮。坐下說話。」

「是。」

待他走到主位上,掀袍落坐,諸位先生這才落坐。

眼看青梧要去上茶,蒼梧快手截過去,在他詫異的目光中,恭恭敬敬的給謝慎禮擺好茶水,然後轉回來,拽住青梧往外走。

青梧連忙看向謝慎禮,確認沒驚擾主子,才皺著眉跟他出去。

兩人出去如何談論不說,屋子裡,謝慎禮修長指節輕叩桌子,這是他思考時的習慣。

眾幕僚屏息靜候。

半晌,謝慎禮掀眸,道:「我的耐心已經所剩無幾……」

另一邊，顧馨之讓許遠山把這兩年的帳冊都翻出來，她要做個統計。

很快，許遠山就頂著一頭汗，帶著人搬了幾大箱子過來。

顧馨之也沒細看，身邊識字的丫鬟有一個算一個，全都跟著一起找，主要找那些大單支出。目標明確，找起來就快，不到半天，所有大筆支出都被列了出來。

顧馨之盯著紙上一長串古董擺件、名家字畫，再看一旁標注的價錢。頓時整個人都不好了——合著這兩年，謝慎禮賺的錢都去填窟窿了？

這都夠她再開兩間工廠了！

她捂著胸口緩了半天，眾人候在一邊，大氣也不敢喘一下。顧馨之越想越不愉快，一把抄起紙張，唰地站起身。

夏至立馬上前。「夫人？」

「取我披風來，我們去東院走一圈！」

夏至愣了愣，忙不迭進屋取衣。

待顧馨之穿戴好保暖衣物，那股子怒意已經緩和不少。思及東院那邊人的德行，她撇了撇嘴，道：「去前院，找咱家老爺借幾個人。」

不過半盞茶工夫，顧馨之一行人浩浩蕩蕩的進了東院。剛踏入二門，尖利的嗓音就撲面而來——

「喲，今兒這是颳的什麼風，把咱家這金貴的五夫人都颳過來了啊。」

顧馨之暗地裡翻了個白眼。沒錯，這沒禮貌又沒眼力見兒的傢伙，正是謝家大夫人、她的前婆婆、現大嫂，鄒氏。

顧馨之緩步過去，笑吟吟的福了福身。「大嫂，多日不見，妳的白髮越見增長了啊。」

剛穿進院門的莫氏噗哧笑出聲。

鄒氏瞪過去。「老二家的妳笑什麼？」

莫氏可不怕她，反問道：「大嫂問的這叫什麼話？我看到五弟妹高興，不行嗎？」

莫氏轉向顧馨之。「五弟妹來得正好，我正準備去找妳商量過年走禮的事情呢，這麼巧妳就過來了。」

顧馨之點頭。「我正是為此而來。」

莫氏詫異，不著痕跡的掃了眼她身後一大票的奴僕，笑道：「那好，外邊冷，咱進屋詳聊。」

顧馨之自無不可，帶著人跟上去。

鄒氏被兩人無視，憋得臉都紅了，但想到莫氏兩人討論的話題，又厚著臉皮擠進去。

莫氏被擠得踉蹌了下。「大嫂妳急著著慌的做甚？我跟五弟妹要商量正事，大嫂不是急著要給宏毅相看媳婦嗎？怎麼不出去串門子？」

鄒氏回頭，煞有介事道：「這不是看妳倆要討論家事嘛，我管家這麼多年，經驗豐富，正好給妳們這些小年輕指點一二。」

莫氏正要說話，顧馨之接話：「大嫂在的話就更好，我這裡也有事要請教大嫂呢。」

鄒氏登時揚起下巴。「我未及笄就開始管家，吃過的鹽比妳們吃過的飯還多，聽我的就沒錯。」完了她還嫌棄莫氏。「哪像二弟妹，管家管得一副小家子氣的模樣。」

莫氏笑笑不吭聲，顧馨之也沒接話，走進廳屋，略一掃，逕自在主位右下首落坐。

一起入內的鄒氏、莫氏皆愣了下。

顧馨之坐好，看她們猶站著，不解道：「大嫂、二嫂坐啊，站著多累啊。」

鄒氏撇嘴，嘀咕了句「算妳識相」，走到主位落坐。

莫氏則落坐左下首，然後笑著向對面的顧馨之道：「弟妹身為族長夫人，還這般規矩，往後誰再說妳不守規矩的，都一個大嘴巴搧回去。」說著，意有所指的瞄了眼鄒氏。

鄒氏偷偷翻了個白眼。

「族長夫人算個什麼東西，既沒品階，也沒薪俸，還沒任命書。要我說，連族長位置也算不上什麼好東西。既然提到這個問題，我這邊有張單子，兩位嫂子一起看看。」

顧馨之示意夏至將單子遞出去。「看看這族長位置，是什麼好東西。」她料定來這邊會遇到刁難，索性讓人將單子抄了十份，省得被人藉故污損了。

莫氏自無不可，鄒氏則皺起眉。「說事就說事，族長是一族之長，雖然五弟這族長做得不怎樣，也容不得妳對族長之位如此大肆評論。」

莫氏已然接過單子，笑著打圓場。「弟妹年紀還小呢，對這些宗族的東西不太了解也是正常，往後慢慢教就是了。」

鄒氏冷哼。「都嫁過兩回了，不小了。」

顧馨之不鹹不淡。「上一回嫁的又不是族長。」

鄒氏噎住。

莫氏忍笑。「好了好了，先看事。」說著，她低頭去看手裡紙張，掃了幾行，忍不住咦了聲。「這麼多好東西啊。」

鄒氏聞言，忙拽過丫鬟接在手裡的單子，細看起來。

恰好丫鬟送上茶水，顧馨之老神在在的端起來，刮了刮茶杯蓋，慢慢抿了口——唔，好像不如西院那邊的茶？也對，西院那邊最好的東西都在正房跟前院書房，這邊好幾房人家，分都分不勻，哪裡會拿出好茶葉接待她。

她這般想著，略抿了兩口暖了暖身，便放下茶盞。

那廂，鄒氏、莫氏已經掃完單子，都有些茫然。

鄒氏開口便斥。「妳這不當家不知柴米貴的，搞這麼一張單子，妳是想送給什麼富貴人家？妳當咱家是有潑天的富貴嗎？」

莫氏則委婉些。「雖然五弟與咱們是分了產，嫂子們也管不了太多，但五弟也就這些年攢下些家底，弟妹可得悠著點啊。」

顧馨之笑咪咪。「妳們覺得這單子太厚了？」

「豈止厚？」鄒氏怒目。「送皇帝都不用這般大禮，五弟是不是犯了什麼滔天大事？」

連莫氏也擔憂的看著顧馨之。

顧馨之搖搖手指。「這單子，不是我要送人的。正確的說，這單子裡的東西，已經全部送出去了。」

鄒氏和莫氏都愣住了。

鄒氏倒吸了口涼氣。「這得好幾萬兩吧——」她想到什麼，臉色陡然大變。「難不成五弟這兩年把宗族裡的東西都污了去？」

顧馨之笑道：「哪能呢，若是我家先生將宗族裡的田產鋪子都污了，妳們還能過得這麼滋潤？」她笑咪咪。「這些，都是我家先生掏空家底送出去的。」反正，掏沒掏空，她們也不知道。

莫氏皺著眉。「五弟這是怎麼了？」

鄒氏則目光灼灼。「五弟家底這般殷實，怎麼不見補貼一下家裡？」

「嫂子說笑了。」

顧馨之接過夏至手裡的紙張，逐一念道：「前年三月，二伯公家的四哥打死人，我家先生買了對冰裂紋鑲金執耳壺去走禮求情；前年四月，七叔公家的老三……」

她一口氣念了七、八個，鄒氏打斷她。「妳跟我們念這些幹麼？」

顧馨之笑吟吟。「大嫂沒聽明白嗎？這些支出，都是給各房擦屁股的。」
鄒氏不耐煩。「我有耳朵聽，兩、三年的陳年老帳，跟我們報什麼？」
顧馨之詫異。「再老也是帳啊，我家先生又不是有金礦。再說，就算有金礦，也不是這樣花的吧？這禮單子上的錢，我還要找幾位嫂子、並幾位旁支隔房的嬸娘們報帳，讓大家給我補貼呢。」
莫氏抖了下手，滿臉不敢置信。
鄒氏卻皺眉。「妳想都別想！」
顧馨之佯裝無辜。「大嫂緊張什麼呢？又不是掏咱家的錢，哪房出問題的，哪房出錢不就完了。」
鄒氏無語。「族裡各房都捐了宗田、宗鋪，都是交由咱們這一房管著，這些事情，自然是有咱們家兜底，哪有還向各房報帳的道理？」
顧馨之眨眼。「哦，意思是，找大嫂、二嫂報帳就行了？」
鄒氏驚了。「為何找我？」
莫氏不吭聲。
顧馨之一臉無辜。「前些年，爹當族長的時候，家裡貌似都是妳管帳。到我家先生接管了，他忙，當族長這幾年，似乎也都是交給妳，年初才轉給二嫂。如今我管著西院，壓根兒沒看到族產……我家先生不計較，我那邊都快揭不開鍋了，不得找妳們補貼補貼嘛。」

顧馨之眨巴眼睛。「大嫂妳管家這麼厲害，這些年的族產，想必已經在妳手裡翻了幾番了吧？快給我核銷啊。」

她不知道謝慎禮為何不管宗族帳冊，但這不妨礙她來討債。

鄒氏啞口無言，莫氏也沈默不語。

顧馨之看向莫氏。「二嫂，現在東院是妳管家，大嫂許是不敢越過妳說話，妳看……」

鄒氏臉黑如鍋底，反常的不搶活。莫氏嘆了口氣，揮退周圍伺候茶水的下人。

顧馨之挑了挑眉。

待廳中只留下莫氏、鄒氏的近侍，和顧馨之帶來的婢女、奴僕，莫氏才苦笑道：「實不相瞞，族產其實……已經是個空殼子了。」

「啊？」

「不說族產，連咱家，都只剩下個空殼子了。」莫氏抿了抿唇，反過來道：「五弟那邊還能接連送這些好禮，可見家底還算殷實，不若，補貼補貼幾位哥哥？」

她是來要債的，不是來扶貧的！顧馨之氣笑了。「二嫂這話說的，這是妳窮妳有理嗎？我家不缺錢就合該扶貧了？再說，誰說我家不缺的，我現在就缺。」

莫氏臉有點僵。「我不是這個意思。」

鄒氏更不客氣。「一筆寫不出兩個謝字，妳這般斤斤計較的，如何能當得這聲『族長夫人』？」

顧馨之可不接這話。「當不得就當不得，掛著個名頭就要當冤大頭的話，誰愛當誰去，我反正是不樂意當。」

鄒氏斥道：「妳是不知好歹！」

顧馨之敷衍道：「嗯嗯，我是不識好歹——那大嫂方便跟我對個帳嗎？」

鄒氏漲紅臉。「對什麼帳？我為這個家費盡心思、日夜操勞，沒有功勞也有苦勞，現在妳要找我算帳？妳安的什麼心？」

顧馨之微訝。「大嫂竟然知道自己做得不好……既然做得不好，這帳更要對一對，我這補帳事小，萬一還有別的坑，那豈不是要糟？」

鄒氏氣結。「妳——我何曾說我做得不好？」

「大嫂，妳剛說自己只有苦勞，轉頭就忘了呀？」顧馨之說完，轉頭問莫氏。「是不是得找個大夫看看？」

鄒氏直接被氣了個倒仰，顧馨之這才作罷，轉回正題繼續道：「不管做得好不好，這麼大筆錢，不能全靠我們家先生，家裡既然收著族產，就要把責任扛起來——二嫂也別說什麼族產所剩無幾了，咱手裡有多少錢，就辦多大的事。沒錢，裝什麼大頭孫子呢？對吧？」

莫氏到嘴的話硬生生被懟回去。

緩過氣來的鄒氏陰陽怪氣道：「還說自己不會當族長夫人，現在這派頭不是十足十的嗎？難為妳還特地跑過來教訓嫂子們呢。」

顧馨之輕哂。「我要是想擺族長夫人的派頭，這會兒，族老們應該已經坐在這兒，哪還用得著跟兩位嫂子費盡口舌的。還是兩位嫂子想跟族老們解釋解釋族產的問題？」

看二人瞬間慘白的臉，顧馨之攤手。「看來是不想了。」

莫氏輕咳一聲。「弟妹，一家人不說兩家話，妳要家裡貼上前幾年的帳，確實是為難我們——也不是不行，砸鍋賣鐵，總是能補上，就是咱家都得去喝西北風罷了……」她低下語氣，苦笑著看向對面的顧馨之。

顧馨之卻宛若未覺，逕自端起茶盞，垂眸慢條斯理的品。

莫氏頓了頓，語氣一轉，正色道：「不過，家裡情況確實不同往日，五弟也……族裡沒有了往日的風光，各家子弟合該低調行事，萬不可再到處惹是生非。倘若往後再有這樣的事情，族裡斷不會再給他們收拾善後了。」

顧馨之這才放下杯子，淡淡道：「不管族裡風不風光，各家子弟都不該惹是生非。大嫂、二嫂跟各家熟悉，勞兩位動動嘴，差人給各家傳個信兒，就說，往後再有這樣的情況，我們只論是非對錯，旁的，再不會多管。」

莫氏愣了下。

鄒氏立馬反對。「這怎麼行，我們拿著族裡的產出，怎麼能不辦事？」

顧馨之不鹹不淡。「那點產出，夠買幾個前朝的冰裂紋鑲金執耳壺？」

鄒氏噎住。

「總之，我醜話說在前頭，族產有多少，就辦多大的事。我家先生現在無官無職，那一丁點家產還得吃飯過日子，倘若有人再犯事，休想再要我家去填窟窿。」她慢條斯理的說：「當然，若是有人覺得自己有本事把族產搞起來，我們家也樂於退位讓賢。」

一番話連敲帶打，大都是對族中其他旁支的警告，又對舊帳輕輕揭過，別說莫氏，鄒氏都歇了火。

顧馨之見目的達到，便起身告辭。

莫氏客氣道：「都這個點了，弟妹不妨再坐會兒，留下用過午飯再走唄？」

顧馨之跟著客氣。「不了，家裡還有事，下回吧。」

鄒氏翻了個白眼，扭身往外走。

莫氏猶自繼續。「昨兒有人送來一隻羊，這天冷，弄鍋子正合適，正好宏勇、清若也惦記著妳，妳留下一塊兒熱鬧熱鬧唄。」

顧馨之好笑。「清若便罷了，宏勇回回見我都要挨我的訓，怎麼還惦記我？」

莫氏跟著笑。「他知道妳是為他好，記仇，估計是想在妳面前找回場子呢。」

顧馨之往外走。「那我更不能留下來了，省得宏勇吃得不高興。」

莫氏跟上，邊走邊說：「哪能啊。他就是小孩脾氣，他其實挺喜、咳，挺敬重妳的。」

顧馨之忍不住樂。「他翻過年都要十六了吧？有什麼打算嗎？」

「正愁呢，我想讓他繼續念書，他覺得自己不是那塊料，想去搗鼓買賣，咱這種人家，哪有——」

「你過來幹什麼？」走在前邊的鄒氏不知跟誰說話。

莫氏頓了頓，看向前邊。又看顧馨之，欲言又止。

顧馨之隨意瞥了眼，毫無波動的收回視線，接著道：「二嫂，倘若宏勇確實想做，不妨讓他試試。妳攔著他，他總歸是惦記，影響念書反倒不好。何不讓他試試，失敗了，自然安安心心回來念書了。念書嘛，什麼時候都不晚，不怕耽擱這幾個月工夫。」

莫氏頓時收回心神，若有所思道：「好像是這個道理。」

「二嬸。」站在階下的謝宏毅一身月白書生袍，翩翩如玉，拱手行禮。

莫氏誒了聲，裝作才發現的樣子。「宏毅怎麼過來了？」

鄒氏隨口道：「說是想留隻羊腿，晚些他要請幾位同窗喝酒。」

「恰好要出門，順路便過來了。」頓了頓，謝宏毅轉向顧馨之，低聲行禮。「五嬸。」

第四十七章

顧馨之淡淡「嗯」了聲，繼續跟莫氏道：「改天我再邀請妳們過來西府吃飯，今兒就不打擾了，我先回去了。」

莫氏忙道：「好。」

顧馨之便領著水菱走下臺階，目不斜視的擦過院裡站著的謝宏毅，逕自往外走。院子裡候著的一堆人呼啦啦跟上。

莫氏看得咋舌。

顧馨之自然不知，她還沒走遠，就聽到後頭的鄒氏對著謝宏毅噓寒問暖。「這麼冷，怎麼不穿件大衣服？凍著了怎麼辦？」轉頭開始訓斥他身後小廝。「少爺不在意這些瑣事，你們也不知道嗎——」

「沒事。娘，我不冷……」

顧馨之暗自翻了個白眼，帶著人浩浩蕩蕩回到西府，還沒走近正院，就迎來蒼梧。

小跑著迎過來的蒼梧彎腰行禮。「夫人大安。」

顧馨之詫異。「在等我？前頭可是有事？」

蒼梧笑咪咪。「夫人安心，前邊安穩著呢。老爺見夫人帶這麼多人去東院，擔心有事，讓奴才過來問一問。」

顧馨之擺手。「沒事，我就是覺得人多氣勢比較足，比較能唬人。對了，待會兒要是沒事的話，提醒先生回來吃飯。」

蒼梧笑了。「夫人說笑了，老爺哪天不回來吃飯的？」

顧馨之回憶了下，跟著笑。「還真是……」她暗自嘀咕。「果然是太閒了。」

蒼梧自然聽不到，只笑道：「既然夫人這邊沒什麼事，那小的回去回話了。老爺正等著呢。」

「去吧去吧，哦，勞你把人也帶回去。」方才借了不少壯丁呢。

辭別蒼梧，顧馨之穿院入屋，留守屋子的白露迅速過來，先往她手裡塞了個精緻的暖手爐，再給她脫下大氅，水菱也飛快送上溫熱的茶水。

顧馨之不急著喝茶，吩咐方才一起出門的水菱。「帶她們下去喝口茶，別凍著了。」方才帶許多人過去，大都站在外面吹冷風等著，前院的奴僕便罷了，那幾個小丫鬟年紀還小，可別凍出好歹。

夏至忙道：「已經讓她們下去歇著暖暖身再來了。」

水菱跟著道：「這屋裡暖和，奴婢在這裡伺候就是暖身了。」

「那行，妳們看著安排。」

水菱看了眼夏至兩人，似有話說。

顧馨之端起茶抿了口，頭也不抬。「有什麼話直接說。」
水菱遲疑了下，咬牙，低聲道：「奴婢方才，彷彿在大公子身上看到熟悉的東西。」
顧馨之不解的抬頭。
水菱小聲提醒。「大公子腰上那個荷包，奴婢瞧著很是眼熟。」
顧馨之道：「嗄？」
夏至當先反應過來，當即白了臉。白露緊跟在後，也嚇得不輕。
顧馨之猶自不解。「眼熟就眼熟啊，關我們什麼事。」
水菱跺腳。「那是您繡的荷包。」
顧馨之正待說話，就聽外邊一陣行禮聲。
緊接著一高大身影掀開簾子踏進屋裡。
「老爺大安。」屋裡丫鬟們連忙行禮。
顧馨之愣了下，忙放下茶盞起身迎上去，邊幫他解大氅邊問：「怎麼這麼早回來？」
「聽說妳在東院遇到麻煩了？」謝慎禮輕推開她，自己動手脫大氅。
顧馨之眨眨眼。「蒼梧這麼說的？」
「那倒沒有，但妳沒事怎麼會去東院？」
「我不能去？」
謝慎禮正色。「我擔心妳過去受欺負。」脫下的大氅沈重，他避開顧馨之的手，轉遞給夏至，收回手時順勢掃了眼，驀然發現，這丫鬟的臉色有些發白。

他頓了頓，拉住顧馨之，牽著她回到座位上，同時飛快掃了眼屋裡丫鬟。

一個賽一個的緊張，他眸色轉冷，面上不動聲色。「真沒受欺負？」

顧馨之推他。「我什麼性子啊，我不欺負人就算好了，還怕別人欺負我？」

「那妳怎麼帶上這麼多人？」謝慎禮語氣戲謔，扶著她坐下。「為夫還以為妳要去打架了。」

「去撐場面，擺個下馬威的。」

在對面落坐的謝慎禮莞爾。

「說來，我也要問你的不是了。咱們現在夫妻一體，你的錢就是我的錢，對吧？」

「……然也？」

顧馨之問：「那你動我的錢，經過我的同意了嗎？」

謝慎禮很是不解。「為夫花什麼錢了？」

顧馨之哼了聲，讓白露取單子過來。謝慎禮接過單子，一目十行地掃過去，頓時啞然。

顧馨之斜眼看他。「說，我聽聽你的理由。」

謝慎禮放下單子，輕嘆了口氣。「我畢竟擔著族長之位。」

「哦，沒有薪俸，還得倒貼？」

謝慎禮看著她。「總不能見死不救。」

「死了嗎？我怎麼看死的都是別人？」顧馨之點了點單子。「這些禮物，我覺得應該送給受害者。」

「也送了。這些人家，大都給銀子比較合適。」

顧馨之冷笑。那便是普通人家，更需要銀錢，數額也不需要太高，她才沒注意。「合著就你在中間做大善人，擱這兒玩左右逢源呢？」

顧馨之點了點單子。「我今天過去東院就是為了這事的。這種事情，我不太贊同。」

謝慎禮垂眸，似有些為難。「畢竟都是族裡子弟。」

這手神俊逸的臉一擺出為難模樣，顧馨之就有點心軟了。「我不是說不管族裡子弟。」

謝慎禮抬眸看她。

顧馨之語氣一轉。「但你看看，這一個個的，不是聚眾鬥毆，就是賭博搶劫，有一個好東西嗎？」

「不礙事——」

「怎麼不礙事？這些錢砸下去，別說他們感恩與否，別人就會先入為主地認為你是個包庇罪犯、貪污納垢的人。你現在雖無官職，往後難道不起復嗎？」

謝慎禮默了片刻，慢慢道：「倘若無意外，年後應當會起復。」

顧馨之一拍桌子。「你看，我就說吧？」

謝慎禮莞爾，道：「既然能起復，這等小事就不會影響我的。」

顧馨之一股氣來了。「你傻啊？現在皇上喜歡你，自然用你，等哪天你人老珠黃，皇帝又有新歡，你看人家會不會來個秋後算帳？」

謝慎禮頭疼。「這什麼亂七八糟的？在外面可不許這般胡說八道。」

顧馨之一揮手。「我又不是傻子，這不是在家裡嘛。再說，我這就是個比喻。你這些事情，全都證據確鑿，樁樁件件，放在刑部那裡，全都足夠下獄——嘶，你這是打算以後給我機會三婚？」

「胡說八道！」謝慎禮這句訓斥明顯帶了怒意。

顧馨之半點不怕他，撇嘴。「我瞧你這作死的樣子就很像了。」

謝慎禮捏了捏眉心。「我有分寸，不會出問題的。」

顧馨之忍不住套用了句油膩老話。「哥兒們，你這是在玩火。」

謝慎禮狐疑。這比喻似乎沒問題，但為何聽起來怪怪的？

都說到這分兒上了，顧馨之直接拍板。「你要是不想當惡人，這些事，以後轉給我，我不怕當惡人。反正這錢，以後不許再出。」

謝慎禮微微皺眉。「畢竟是謝家孩子……」

「我管他誰家的！」顧馨之把桌子拍得砰砰響，旁邊的夏至、白露驚嚇不已，連忙看向謝慎禮。

謝慎禮亦是一臉不贊同的看向顧馨之……的手。他溫聲道：「輕點，別拍疼了。」

顧馨之拍桌。「專心點！說正事呢！」

「行走坐臥，皆有──」

「行了行了，你平日行事有度、規規矩矩的，怎麼不去教導族裡那些紈袴？還盡當老好人──你這樣心慈手軟的，皇帝能放心把事情交給你嗎？」顧馨之很是懷疑。

謝慎禮正色。「國事與家事焉能混為一談？」

顧馨之嗤道：「家國天下，家國天下，家都管不好，何以服人做事？」發現自己好像太凶了，顧馨之緩下語氣。「你若是實在想幫襯族裡，就去扶持那些品性不錯的，給他們請先生啊，改善他們的生活，要是遇到有才華的，就好好培養，不比給這些紈袴子弟擦屁股好？」

謝慎禮嘆氣。「我明白妳的意思，只是──」

「好的，既然我們意見一致，那這事就這麼定了。討論到此結束！」顧馨之起身，扭頭看向夏至。「到點了，去跟廚房說一聲，開飯吧！」

夏至看看顧馨之，再看看無言的謝慎禮，不知怎的，竟忍不住想笑。她忍下笑意，領命而去。

顧馨之輕咳一聲，裝模作樣問謝慎禮。「今天吃湯麵可以嗎？要開始準備過年了，咱這幾天吃簡單點。」

謝慎禮點頭。「好，不過──」

顧馨之撫掌。「對了，昨兒莊子不是送來幾罐酸菜嗎？去讓人切幾碟，這玩意兒就適合冬日吃，解膩。」

他們家沒有蓋暖房種菜，冬日除了蘿蔔就是白菜，連根菜葉子都見不著，有點酸菜解解饞也成。

謝慎禮無奈，順著話題往下說：「是岳母著人送來的？」

「對啊。」顧馨之見他不扯著話題糾結，彎起眉眼。「前兩日我給娘寫信抱怨冬日菜色油膩，轉天就收到她讓人送來的酸菜。還是娘最疼我。」

謝慎禮想了想，道：「岳母一個人……不如請岳母過府過年？」

顧馨之眨眨眼。「可以？」

「家中並無其他長輩，想必岳母也不會不自在。」

「是說，東院那邊啊，不好交代吧？」

謝慎禮頓了頓，看著她。

「我們家與東院已然分產，雖然並沒有分家，但是這些年，我都是獨自過年。除了祭祖時回去一趟，別的時候，都是待家裡的。如今與妳成家，更不會再過去摻和……我以為妳知道。」

「啊？」顧馨之猛然想起自己二婚的身分，她有些尷尬。「我前兩年幾乎不出院門，也不會打聽這些，不知道啊。」

「嗯，往後便知道了。」

察覺他情緒不太愉悅，顧馨之輕咳一聲，道：「我還以為你會搬出什麼經史文章，要給我講一通大道理，要勸我過年去東院見客呢。」

謝慎禮語氣淡然。「不需要。妳輩分高，要見，也是旁人來見妳。」

顧馨之深覺有道理。「那我多備點東西，別到時候晚輩們過來拜年，連紅包都不夠。」

「嗯。明兒便讓蒼梧去接岳母吧，他說話索利，能勸得動。」

「誒。」顧馨之眉開眼笑。「我等會兒寫封信，就說我第一次準備過年，啥都不會，要娘過來指點，她肯定來。」

謝慎禮莞爾。「好。」

兩人就著許氏的住所安排又閒聊了幾句，及至午膳送來，才停下說話。

送禮單子的事情就這麼過去了，謝慎禮也沒當回事，轉頭該忙啥就忙啥。

第二天，許氏果真過來了。

顧馨之原本打算把她安排在離正院最近的清渠閣，許氏怕打擾他們小倆口，想了想，還是選了遠一些的折竹居。院名叫折竹，並非院中栽有竹子，而是取「夜深知雪重，時聞折竹聲」之意，代指冬日。院子沿牆栽了許多梅花，是西院裡為數不多栽了花木的院子，冬日景致最好。

顧馨之自然無有不從，往院子裡塞了許多東西，確保自家母親過得舒舒服服的。

許氏許久沒跟女兒一起過年，心中也是歡喜，但她沒忘記自家女兒女婿請她過來所為何事，收拾好後，正式接手過年各種雜事。顧馨之也樂得當個甩手掌櫃，窩在屋裡翻翻帳本，看看閒書，好不悠哉。

許氏看不過眼，天天拿那些節禮安排到她面前念叨。

這不，今兒又來了。

「這臘八粥要先盛一碗祭神靈，然後祭祖宗，剩下的，留夠自家上下吃的，還要送出去給親朋好友。親朋好友也會有饋贈，到時都得嚐一口，這是沾福氣。」許氏耐心講解。

顧馨之懶洋洋靠在軟枕上，隨口道：「知道了。」不就是喝八寶粥嘛。

許氏皺眉。「妳好好聽，送哪些人家都有講究的。」

顧馨之打了個哈欠。「哦，聽著呢，您說啊。」

許氏氣不打一處來。「妳這傢伙，越發懶——」

「夫人。」香芹快步進來，福身。「蒼梧求見，奴婢瞧著，彷彿有急事的樣子。」

顧馨之奇怪。「咦？先生不是說要出門嗎？他沒跟去？不應該啊……叫他進來說話。」

「是。」

聽說有事，許氏也閉上了嘴。

很快，蒼梧低著頭進來了。大冷天的，他竟然跑出一腦門的汗。

顧馨之嚇了一跳，趕緊坐起來，問：「是前邊發生什麼事了嗎？」

蒼梧躬身行禮後半直起腰，苦笑著看向顧馨之。「姑奶奶誒——啊呸！」他趕緊給自己打了個巴掌。「瞧奴才這張嘴。夫人恕罪，奴才這是急得亂說話了。」

顧馨之擺手。「行了，趕緊說事。」

蒼梧苦著臉。「夫人啊，主子早先沒跟您說，今日要出門會友嗎？」

顧馨之奇怪。「說了啊，還跟我說午飯不回來了。」

蒼梧苦哈哈。「那怎麼帳房那邊不給奴才支銀子啊……主子出門，萬一要當東道主，把奴才賣了都結不起那帳單啊。」

之前禮單的事後，顧馨之給帳房的人下了新規矩，大額支取，必須經過她同意。她早上給忘了，不過……她訂的線挺高的啊。

「你打算支多少銀子？」她問。

「啊？」蒼梧撓了撓頭。「三、五百兩總要吧？」

「你家主子這是出門會友吃飯，還是出門點花姑娘？」

蒼梧一驚。

旁聽的許氏更是一口茶直接噴出來，顧不上擦擦茶漬，兜頭就給顧馨之一巴掌。「胡說八道！」

顧馨之吃痛，捂著後腦勺喊冤。「娘，我就是開個玩笑。一下幾百兩呢，我開個玩笑都不行嗎？」

「玩笑也不行。」許氏沒好氣，轉回來小心朝蒼梧道：「蒼梧小哥，她不是這個意思，你不要放在心上，姑爺那邊也不要提。」

蒼梧連忙道：「哎喲，方才奴才走神了，沒聽見，老夫人說這話是何意？」

許氏微鬆了口氣。

顧馨之翻了個白眼。

蒼梧又朝她拱手。「夫人，老爺那邊還等著呢，您看……」

顧馨之沒好氣。「行了，我給你個條子，你自個兒去帳房那邊領。」

蒼梧哈腰。「夫人真是深明大義。」

夏至飛快拿來紙筆，顧馨之走到桌邊，邊挽衣袖邊道：「別給我戴高帽了。說說，先生要去什麼地方，跟誰吃……撿方便的說。」

許氏嚇了一跳，張口便訓。「先生要去哪兒——」

「沒有什麼不方便的。」蒼梧飛快道：「主子今兒是與琢玉書院的師長同窗們聚會，定在城東的天香館，那邊貴一點，但清淨，而且幾位先生愛喝那兒的玉樓春。」他頓了頓，補了句。「前兩年先生不在京裡，這回才讓奴才多備點銀兩，打算作個東的。」

「那玉樓春我聽說過，彷彿好幾兩一小瓶來著。」

「對對對，就是那個號稱淺香繞梁的玉樓春。」

顧馨之好奇。「真這麼好喝？」

蒼梧撓頭。「奴才是喝不出好歹，就覺得還不如燒刀子。」想了想，他小聲補了句。「奴才覺得主子也更喜歡燒刀子。」

顧馨之「噗」了聲，道：「他喝得下嗎？」

蒼梧咧嘴笑。「那可不，以前在邊地，主子都是直接提著缸喝的。」

就謝慎禮那斯斯文文的樣子？顧馨之嘶了聲。「這麼猛嗎？」轉念一想，那傢伙就是看著斯文而已，實則……她撇了撇嘴。「行了，過年我在家裡也備點。」

快速寫好字，她揭起紙張，吹了兩口，遞給蒼梧。「喏，去取銀子吧。」

蒼梧哈腰接過。「誒——誒？」他瞪著條子上的字，睜大眼睛。「夫人您這是寫錯了？」

顧馨之擺手。「沒錯，既然要作東，就大大方方的……去拿吧。」

蒼梧響亮的誒了聲，領命而去。

許氏看在眼裡，鬆了口氣。「我還以為妳不會給呢。」

顧馨之無語。「我是這樣的人嗎？」

許氏想了想，道：「確實不是。就是平日看錢太重……」

顧馨之理直氣壯。「因為錢確實很重要啊，人生在世，誰能沒錢？」

這廂母女倆討論銀錢的重要性，另一邊，謝慎禮也準備出門了。

謝慎禮習武，向來不怕冷，看到許遠山遞上厚重的大氅，皺了皺眉。「換件披風。」

許遠山笑呵呵。「這是夫人早上送來的，說是出門穿著暖和。」

謝慎禮無奈伸手。

許遠山眉開眼笑。「昨兒奴才看見好多箱籠，夫人這是又給您做了好多新衣服啊。」

謝慎禮無奈。「哪裡穿得完，以前的衣服還有許多……回頭我說說她。」

許遠山不贊同。「夫人眼光更好呢。瞧這一身，走出門，滿京城的姑娘都——咳咳，真是俊。」

正當這時，眉開眼笑的蒼梧鑽了進來。

謝慎禮瞟他一眼，隨口問了句。「怎的如此磨蹭，準備一下，出門了。」

蒼梧嘿嘿笑。「主子，夫人批了好多錢，讓您大大方方的去作東……別的不說，這玉樓春啊，是管夠了。」

謝慎禮的動作一頓，擰眉問：「你說，夫人批的？」

「啊，對的。」蒼梧撓了撓頭。「現在去帳房支銀子，超過一百兩就得夫人批條子。」

旁邊的許遠山低下頭，不敢吭聲。

謝慎禮捏了捏眉心，問：「這回批了多少？」

蒼梧說了個數，謝慎禮愣了愣，頗為無奈，彷佛自言自語般道：「那她批條子的意義何在？」

蒼梧聽見了，撓頭。「這不是要去請客嘛。」

謝慎禮搖搖頭。「我如今無官無職，前途未卜，文睿他們怎會讓我作東？這條子是白領了。」

「啊？」蒼梧愣了。

第四十八章

今日天氣好，晴日當空，凜風暫歇，適宜出門會友。

一路慢行，謝慎禮一行很快抵達城東的天香館。這個點已經到了許多人。

看到他，陸文睿率先迎上來，調侃道：「你這傢伙，可算出門了。整得跟坐月子似的，半步不出家門，當心虧虛啊。」

謝慎禮淡淡瞟他一眼，道：「我又不是你。」

陸文睿噎了下，呸道：「我身體好得很！」

謝慎禮懶得跟他打嘴仗，伸手解大氅。

天香館慣常接待城裡達官貴人，別的不說，冬日裡，屋裡的炭爐子絕對堆得足夠，務必讓各位賓客進門就感受到春日般的溫暖。謝慎禮本就怕熱，如今還穿著厚厚的大氅，進門幾步路工夫，直接熱出一層細汗。

他這一動，陸文睿才發現他穿得如此厚重，當即驚奇。「喲，你這是年紀上來了，開始畏寒了？」

謝慎禮解下大氅遞給蒼梧，語氣淡淡。「倘若我沒記錯，陸兄比我年長兩歲。」

陸文睿笑罵了句。「長你兩歲也不見你敬老……不過，你這是怎麼了？這麼多年第一次看你穿這麼厚實，真不是病了？」

「沒有。」謝慎禮輕咳一聲。「沒辦法，我家夫人擔心我凍著。」這撲面而來的炫耀味道。陸文睿翻了個白眼，隨意找了個話題。「你今兒怎麼穿得這般風騷——」話音未落，頓覺懊悔。

果不其然。

只聽謝慎禮道：「多謝，這是我家夫人安排搭配的。」頓了頓，他又補了句。「她每日都會為我搭配衣衫首飾，她說我原來搭配的太過老成。」

「原來確實老氣橫秋的。」陸文睿忍不住仔細打量他。

往日的謝慎禮衣衫不是深色，就是花紋老派，今兒一身素淡的雲水藍長袍，只在衣襟衣襬用略深些的藍色絲線繡著祥雲紋，腰間佩戴一流蘇玉珮，素淡雅致，矜貴非常。

陸文睿吃味。「你這捯飭得跟開屏孔雀似的。」

謝慎禮微微勾唇，頷首。「謝謝讚美，看來我家夫人眼光確實不錯。」

「站這兒幹麼呢？」有同窗發現兩人，走過來。「進裡面說話啊，老柳都到了。」

兩人這才停下說話，並肩入內。屋裡說話的眾人只覺眼前一亮，往日便勝他們一籌的謝五爺，今日更是氣質卓絕。

屋裡當即炸開了鍋。

「哇，這誰啊，怎麼這麼俊?!」

「吃個飯你捯飭這麼鮮亮做什麼？」

「太可恨了！」

屋裡坐著的都是謝慎禮往日同窗，多年的同窗情誼，說話自然放得開。

謝慎禮微微一笑，拱手道：「抱歉，我家夫人的心意，不好推脫，各位多擔待。」

柳晏書看不得他這顯擺樣子，嘖了聲，問：「弟妹把你捯飭得這般光鮮，不怕外邊的姑娘把你勾走？」

謝慎禮神色淡定。「這你就小看我家夫人了。」

柳晏書「哦」了聲。「弟妹如此大度？」

謝慎禮頓了頓，繞開這個話題，朝各位道：「前兩年我都缺席，這次僥倖能參加。為表歉意，今日我作東。」

陸文睿給他肩膀一拳頭。「你作什麼東，你當我們什麼人？這裡怎麼排都排不上你，一邊去。」

謝慎禮輕咳一聲，道：「我知道你們擔心什麼，放心，我家底雖然不厚，也算不上薄。再者，出門前，我家夫人特地給了一大筆錢，讓我今日好好作東，請大家不要拒了我家夫人的這番心意。」

「臭小子，合著是來顯擺呢！」

「就你夫人大方？我家夫人還讓我帶了醒酒藥呢。」

「就是，我家夫人也給了一大筆錢讓我作東，今天誰也別攔我！」

「還有，我家夫人讓我多帶了人手，怕你們喝醉了走不出去！」

眾人七嘴八舌，場面一度變成各種炫妻大會。

柳晏書無語，示意謝慎禮往廳外邊去。謝慎禮信步跟上。

「你小子。」柳晏書打量他，壓低聲音。「手裡沒錢了？」

謝慎禮挑眉。「何以見得？」

柳晏書笑罵了句。「當我沒注意嗎？你方才說，弟妹給你一筆錢……你的銀錢鋪子全交給她了？」

謝慎禮正色。「合該如此，我主外，她主內，天經地義。再者，她擅長經營，這些交給她正合適。」

「所以，往後花錢都要經過她？」

謝慎禮輕咳。「無妨，她會打理好的。」

柳晏書聞言，搖頭嘆息。「沒想到啊沒想到，堂堂前太傅，竟然也懼內。」

看他臉色變幻，柳晏書忍笑。「行了行了，誰家不是這麼過日子的。回去說話。」

合著是把他拉出來調侃幾句的？謝慎禮無奈，跟著回到廳裡。

屋裡話題已經轉到各家的服飾比試了。

「我家夫人親手繡的荷包好看！」

「我這袍子都是夫人裁剪的。」

「我的——誒，老謝，你家夫人開著布坊，是不是針線活特好？你身上……咦？你怎麼連個荷包都沒戴？」

謝慎禮沈默了一瞬。「我家夫人雖開著布坊，針線活卻不甚精通，平日少做這些。」

「不是吧？」有人詫異。「我怎麼聽說嫂夫人繡活挺好的？繡的鯉魚跟真的似的，活靈活現的。」

「誒？你小子怎麼知道？」

謝慎禮也頓了頓，跟著望過去。

那人撓了撓頭。「我也是聽說的，好像是聽書院裡的學生說的？」他撓了撓頭。「記不太清了，就記得是鯉魚。」

「去去，你這是胡謅的吧？」

那人有些急了。「真的真的，當時、當時我剛好路過，聽幾名學生討論——唔，好像是老謝那姪——呃，沒有沒有，約莫是我記錯了。」那人恍然想起什麼，趕緊煞車。

有幾個反應快的也趕緊打了個哈哈，迅速轉開話題。

謝慎禮神色平淡，右手虛攏身前，依然是那副不動如山的模樣，彷彿並未將方才的話題放在心上。無人發現，那雙黑沈眼眸裡閃過的冷意。

說是師生聚會，實則他們的先生基本不會過來，都是他們這幫同窗聚會。扣掉離京上任的，京裡其實也就是十來號人，這十來號人，大部分都是教書育人的先生。

這樣一群人聚會，聊的話題就廣了，詩文經書、算學策論，乃至朝事家事，各種話題來回跳躍，伴著酒盞一杯又一杯。

謝慎禮前幾年缺席，今年遇上剛大婚，大夥兒哪裡會放過他，加上他習武，身體是倍兒棒，大夥兒毫不客氣，齊齊對著他發力，謝慎禮被灌了不少酒。

當然，這號稱淺香繞梁的玉樓春自然醉不倒他，反倒灌人的相繼倒下。

不太喝酒的柳晏書看著一片屍體，忍不住扶額，道：「這大中午的，你們就不能稍微節制點嗎？」

猶自掙扎坐著的陸文睿抬頭，迷迷糊糊的道：「節制？對，要節制！不喝了！謝慎禮這廝，非人也！非人——呃——」咚的一聲，他倒在桌子上，他的侍從反應迅速，一把托住他腦袋，省去掉到湯碗裡的狼狽。

挨罵的謝慎禮聽而不聞，還有閒心讓人將冷掉的菜端去熱一熱。方才大家都顧著喝酒，他這會兒正忙著填肚子呢。

柳晏書打量這位喝倒一片的傢伙——依舊是臉色沈靜，衣整冠正，除了平日淺淡的薄唇紅得過火，壓根兒看不出他喝過酒。忍不住跟著嘀咕了句。「果真非人也。」

許是柳晏書眼神太過詭異，謝慎禮終於停下筷子，抬眼問他。「你餓了嗎？一起？」

柳晏書忍不住問：「你又不是不知道這幫書呆，酒量一個比一個差，灌他們做什麼？」

謝慎禮搖頭。「此言差矣，諸位師兄、師弟盛情難卻，我自然來者不拒。他們酒量不如人，喝醉了，與我有何干係？」

是這個道理沒錯，但一群人對一個……算了，他果然非人也。

謝慎禮勾了勾唇，繼續下筷子。

柳晏書搖頭，只得先去喊人收拾這一屋子東倒西歪的。待謝慎禮吃得差不多了，屋裡倒著的醉漢已被各家的僕從帶走。

柳晏書忙完一通回來，發現他正慢條斯理的擦拭嘴角，嘴角抽了抽，問：「你在家是沒吃飽還是怎的，跑來這裡吃東西？」

謝慎禮眼也不抬。「我們不正是過來吃午飯的嗎？」

柳晏書坐下來，掃了眼桌子，道：「之前還聽文睿提起，說你整日忙得飯都不吃，我看你吃得挺香的嘛。」

謝慎禮收好帕子，道：「吃飽了才有力氣幹活。」

伺候的蒼梧快速送上茶水，輕手輕腳開始收拾桌子。

「這不像你會說的話。」

謝慎禮頷首。「確實，這是我家夫人日常掛在嘴邊的話。」提起夫人，他神情柔和。「我家夫人注重養生，一日三餐絕不怠慢，日常還要加午點，倘若我忙到夜晚，她還會差人送來消夜。」

柳晏書扶額。「你今天是來炫耀的？」

謝慎禮微笑。「端看你怎麼看了。」

柳晏書索性轉開話題，吩咐道：「上茶。」

旁邊下人忍笑，快速將桌子收拾妥當，遞上溫茶，兩人對坐品茶。

柳晏書略抿了口，便開口。「伯父很擔心你，早上出門前，還特地找我說了幾句話。」

他口中的伯父，自然是琢玉書院的山長，柳山長。

謝慎禮了然。「擔心我的前途？」

柳晏書點頭。「你歇了半年多了，伯父當然擔心。」停了停，他斟酌著慢慢道：「張先生年紀大了，平日上課頗為吃力。我們這輩裡，你的策論最好，又經過幾年官場打磨，書院裡的先生們都很看好你。正好有批孩子明年要下場，倘若你得空，不如去書院給他們講講？」

謝慎禮莞爾，放下茶盞。「我以為你會直接上門找我聊這個。」

柳晏書輕咳。「你好不容易成親，又正是新婚，我怎好意思上門打擾？」

饒是謝慎禮，臉色也微微一震。

柳晏書正色。「我方才說的話，你好好考慮下。教書育人，確實不能大富大貴，卻能桃李芬芳，甚至流芳百世，總不會埋沒了你。」

謝慎禮拱手。「在下不才，承蒙師兄厚愛，深感愧疚。我這性子，實在不適合教書育人子弟，幾位先生、師兄的厚愛，怕是要辜負了。」

柳晏書皺眉。「難不成你還要繼續等著？你得罪的人可不少，即便皇上想用你，估計也得等等。」

謝慎禮猶豫了下，隱晦道：「師兄不必太過擔心，過了年我就要出京了。」

柳晏書愣了下，喜道：「確定了？」

謝慎禮頷首。「如無意外。」

柳晏書大鬆口氣。「那就好。」他也不打聽去什麼地方辦什麼事，只再次舉杯，道：「那為兄就不多事了……祝你往後一路坦途。」

謝慎禮再次拱手。「師兄費心了。師長那邊，煩勞師兄幫忙解釋一二。」

柳晏書自是答應。「這你放心。」

兩人接著聊起諸位師兄弟們的近況，多年好友，又臨近過年，兩人心情都頗為放鬆，聊起來便有些忘乎所以，及至天色轉暗，僕從來問，兩人才反應過來，停下說話，各自歸家。

謝慎禮帶著一身酒氣回到府裡，想了想，沒去正院，轉去書房叫水更衣。

沐浴前，他特地把留府的青梧喚來，詢問顧馨之今日情況。聽說她歇了晌練了字，此刻正跟許氏在處理年關瑣事，才放下心來，然後問：「前些日子讓你佈的線，有眉目了嗎？」

青梧愣了下，反應過來立馬回答。「已經佈置好了，這段時日陸續有遞來消息……」他遲疑了下，小聲道：「都是些雞毛蒜皮的小事，主子也要聽嗎？」

謝慎禮皺眉。「例如？」

青梧斟酌了下。「有回是那位小的沒伺候老的用膳，吵了一架；有回是小的要買簪子，老的嫌她花錢，吵了一架；還有回是因為吃的東西不合胃口吵起——」

「好了。」謝慎禮擰眉。「這些雞毛蒜皮的事情與我何干？」

青梧有些摸不著頭腦。「但大少爺那邊，日常都是這些瑣事啊。」

「我原話怎麼說的？」

青梧回憶了下，複述道：「查查大少爺那邊，有何不妥當之處。」他看看左右，有些緊張。「主子，奴才確認，夫人這段時間壓根兒沒有跟那邊有聯繫，您為何要……」

「愚蠢！」謝慎禮冷下臉。「此事與夫人何干？這種話不要讓我聽到第二次！」

青梧打了個激靈，急忙肅手應諾。「是。」

謝慎禮神色稍緩。「我是讓你在那院子安插人手，是要讓你們找東西，不是讓你們去聽那等亂七八糟的事。」

謝慎禮垂眸，掩去眸中寒意，慢慢道：「有些人，朽木不可雕，爛泥不上牆……沒了我的支撐，還敢拿著一些不知經年的舊物，到處彰顯自己的深情……」他語氣淡淡。「他既然想不明白、撒不開手，那就我們來。」

青梧壓低腦袋，不敢吭聲。

骨節分明的修長手指輕敲扶手。「你讓那邊的人仔細著點，夫人的東西，一針一線、一字一畫，全都得取回來，不留半分痕跡。」平淡的語調帶著懾人寒意。「尤其是那栩栩如生的鯉魚荷包。」

顧馨之對此間種種一無所知，她忙著準備過年呢。

吃過臘八粥，顧馨之就跟著許氏忙了起來。掃房除塵、祭灶、辦年貨、打糕、蒸饃、貼春花、寫春聯、貼春聯……

這家裡裡外外的春聯，她也沒去買，拽住某位入了年關還天天往書房跑的傢伙，兩人商量著，一副一副寫下來的……也虧得謝慎禮的字好，她的也不差。

可別說，確實是省下一大筆錢。

這西府跟正經宅子沒什麼兩樣，幾大進的宅院，各處院門、屋門都得貼，少不得大幾十副的對聯，兩人分工合作，都寫了一整天。

也不知旁人如何得知這一事，轉天就有人來求謝先生的筆墨。

顧馨之看到來人送的兩筐綠菜葉子，眼都直了，大手一揮，直接將謝慎禮賣了，押著他又寫了幾十副。美其名曰給親朋好友送祝福，然後開開心心收穫一堆家禽蛋菜、糖糕點心等年貨，喜得她見牙不見眼。

謝慎禮看到自家夫人那小財迷模樣，心甘情願給她當小工，只等夜間再討回些許酬勞。

很快，大年三十到了。

謝慎禮作為族長，領著謝家數支男丁前往祠堂祭祖，顧馨之也親自帶著人在廚房準備年夜飯——祭祖避不開，但打謝慎禮去了邊地，他便再也不曾與東府諸房一同吃年夜飯了。如今成了親，有妻在旁，他更不會過去。

顧馨之樂得自在，自然不會勸他，但這年夜飯，她也不想安安靜靜的吃。別的不說，府裡那些曾經陪著謝慎禮出生入死的府衛，就要安排好。

府衛要一起吃年夜飯，那幕僚先生們呢？伺候謝慎禮多年的許遠山等管事奴僕呢？還有她身邊的香芹、水菱等人呢？

這麼一想，她索性往大了搞，闔府一起過年。

但年夜飯怎麼安排是難題，要是現做，廚房的這頓年夜飯吃得就很辛苦了。顧馨之左思右想，選了吃鍋。

湯底提前熬好，材料洗好切好，吃的時候，廚子也能一塊兒坐下了。

如是，等謝慎禮裹著一身香火氣回來，發現他每進一道院門，就有人喜孜孜衝過去闔門落門。略一想，他便知道是自家夫人的手筆。

回到正房換下大衣裳，他循著人聲來到吵吵嚷嚷的花園。

「高點、高點！」

「別擠在一起，看著就鬧騰！」

「這裡多放兩個，太小了。」

此時不過是下午，天色稍陰，冷而無風。園子裡今年新栽了一圈的果樹，此刻大都枯枝朝天、蕭蕭瑟瑟，只等來年春回再綻青。

本該是這樣。

但如今，花園裡架了好些梯子，許多人在果木之間爬上爬下，掛上各色燈籠。還有人在樹下擺了大大小小的缸或桶，防走水的。當然，還有散落在花園各處的桌椅餐具。

馨之早早與他商量過，今晚要在花園裡吃年夜飯，所以，這是開始佈置了？

「讓一讓、讓一讓！」熟悉的聲音從後邊傳來。「別擋道啊，我們要上菜呢！」

謝慎禮退開兩步，看著在他書房裡引經據典的幕僚先生，抱著擺滿白菜葉的菜籃，哎喲哎喲的放到一旁一張長桌上。

那位幕僚先生一回頭就看到他，愣了下，有些尷尬。「主子回來了啊。」

謝慎禮不解。「岑先生怎麼在做這種事？」

「搭把手、搭把手罷了，呵呵。」

謝慎禮仍是不明白。「這些自有下人去收拾——」

岑先生擺手。「大夥兒一起熱熱鬧鬧的也挺好，就是這時間有點趕了，哎呀快申時了，好多東西還沒拿出來呢，在下先失陪了。」拱了拱手，迅速離開。

「誒？你回來啦。」熟悉的軟嬌嗓音從後頭傳來。

謝慎禮忙回身。「馨之，妳怎麼——」

「快快，搭把手！」顧馨之飛快的將手裡的提籃塞過去。「幫我把這些鴨腸、鵝腸放主桌，我沒想到這麼重！總共沒多少，待會兒我們偷偷吃，別給娘發現了。」

謝慎禮對今天的年夜飯——喔不，年夜鍋，有了那麼點……不祥預感。

第四十九章

顧馨之轉身要走，謝慎禮動作更快，拉住她胳膊。「去哪兒？」

顧馨之一臉莫名。「去廚房取東西啊。」

謝慎禮皺眉。「夏至幾個呢？」

「都被我安排了事情呀，我又不多拿，就拿些我愛吃的。」顧馨之語帶得意。「這些東西，夏至她們鐵定不給我準備，我得支開她們。」

謝慎禮放下東西，道：「走吧。」

顧馨之眨眨眼。「你現在有空？」

「嗯。」謝慎禮鬆開她胳膊。「祭祖結束，就沒什麼事了。」

「哎喲，那正好，走，跟我一塊兒去收拾。」

「好。」

顧馨之風風火火往廚房走，謝慎禮信步跟上。「還要收拾什麼？」

「食具、食材他們會處理，我就是挑一些自己愛吃的——咳咳，待會兒挑些你也愛吃的，省得晚上吃不香。」

「只吃鍋？」謝慎禮遲疑了下。「會不會晚上便餓了？」

顧馨之笑道：「放心，你不吃，高赫他們都得吃呢。」高赫是府裡的護衛隊隊長，每天都會帶著府裡護衛操練，運動量大，胃口也大。

「我給你準備了麵條，廚房還做了臘味飯，待會兒會送過來。」

謝慎禮自無不可。「好。」

經過的下人看到他們，連忙停步行禮。

顧馨之擺擺手。「都搬著東西呢，不必多禮，都去忙吧。」

謝慎禮也微微頷首，下人們便離開忙去了。

兩人邊往前走，顧馨之隨口找了個話題。「上午還順利吧？」

謝慎禮輕描淡寫。「只是燒香磕頭而已，自然不會有什麼問題。」

顧馨之笑嘻嘻。「我這不是怕那些老頭刁難你嘛。」她看來去的下人隔得遠，抬手，飛快捏了他臉頰一把，悶笑道：「這細皮嫩肉的，怎麼壓得住那些老頭？」

雖是玩笑，也是真擔心。畢竟他已經賦閒大半年，那些老頭有多糟心，她可是知道的。

無端被掐了把的謝慎禮無奈握住那隻搗亂的手。「他們重視宗族禮法，斷不會在這種日子搗亂的。」

顧馨之一想也是。「那就好，那我們就安安心心過年了。」

「嗯。」謝慎禮索性牽著她往前走。「這幾日忙，家裡的事情都交給妳一人，忙得過來嗎？」

顧馨之也大大方方給他牽著。「我有什麼忙不過來的，一堆下人給我使喚，娘還幫著合計，我還不是天天閒得睡懶覺。」

謝慎禮隨口應和。「冬日天冷，多睡會兒也無妨。」

顧馨之白他一眼。「別怪天冷，但凡你節制點，我也不會睡懶覺。」

謝慎禮輕咳一聲，轉移話題。「今晚具體怎麼安排？護衛全都歇下嗎？」

顧馨之輕哼了聲，算是放過他，順著他的話題往下說：「當然啊，大過年的，不給人放假嗎？」

謝慎禮微微皺眉。「這府裡的安全當如何？」

「你說交給我安排的，不准反悔啊！再說，大年三十的，誰偷東西啊……唔，要是真這麼淒慘，就讓人偷點吧，大年三十，不容易啊。」

「當真？」

顧馨之輕咳。「反正咱家貴重的東西都鎖起來了嘛，年夜飯後，各人也要回到各自崗位的。」頓了頓，她小聲道：「不過，我重新排了班，讓大夥兒都能輪上兩天假，所以……」

各處的守衛確實是鬆了許多的。

謝慎禮看出她的心虛，捏了捏她軟乎乎的手心，道：「府裡大都是無根無萍之人，放假與否，他們都是留在府裡的。」

「那不一樣，在不在府裡不是重點，重點是可以休息。大過年的還不給人休息，太殘忍了。難道往年都沒讓人休息？」

「跟平常無甚區別。」謝慎禮想了想，又補充一句。「會給他們多裁兩身新衣，添幾道菜。」

見顧馨之似乎不同意，謝慎禮不解。「有何問題？過年不就是穿新衣、吃好菜嗎？」

「那你呢？過年也這樣？」

謝慎禮回憶了下，道：「我的衣服會多點，菜也更好更多。」

真是無趣的人生。顧馨之反過來拉他，繼續往前走。「那今天豈不是要讓你失望了？我可沒有準備什麼好菜。」

謝慎禮一笑。「無妨，我不挑。」

顧馨之給他一肘。「我就是客氣客氣，這種時候，你應該說，不會，很豐富，很好。」

謝慎禮回頭，意有所指的看了眼方才擺食材的方向。「鴨腸、鵝腸？」

「嫌棄別吃。」顧馨之哼哼。「又不是只有這些。有腸子自然有肉啊。別的不說，各種肉管夠。」

謝慎禮安心。「那就好。」

「肉足夠就是豐富？」

「嗯。」

顧馨之指責。「你這是不健康的觀點，種類豐富才營養均衡，不能光吃肉的！肉、蛋、奶、蔬菜、水果，各種各樣都要吃，不然身體總會出點小毛病。比如水果蔬菜，就有一種叫纖維的東西，可以幫助腸胃消化，減少便秘的風險……」

謝慎禮眸中閃過一抹異色，卻沒有開口，只安靜的聽著。

顧馨之毫無所覺，或者說，壓根兒不在意，一路拉著他一路科普健康飲食，直到大廚房所在的院子，兩旁來去的僕人多了起來，她才停下。

下人看到他們，紛紛行禮。

顧馨之連連擺手。「都忙，不必多禮！」

大夥兒這才起來繼續忙活。

顧馨之看了看左右，走到正忙碌往擔子裡擱東西的僕婦面前。「張嬸，東西都準備好了嗎？」

張嬸誒了一聲，立馬轉過頭來，福身道：「都好了，鍋底、炭爐、食材都開始往那邊送了。」

顧馨之一看，擔子裡還裝著冒熱氣的湯鍋，忙道：「都注意點，寧願多跑兩趟，別燙著了……要是忙不過來，再找些人來幫忙。」

幾人連忙應和。

張嬸笑道：「可以的，連有容院的先生們都出來幫忙，再忙不過來就不像話了。」

「那就好。那食材夠嗎？別心疼食材，這天氣，肉都能放好幾天，別摳摳索索的。」

僕婦連忙道：「夫人放心，光是羊都殺了幾隻，管夠。」

顧馨之得意的朝謝慎禮扔了個眼神。聽聽，管夠呢。

不等謝慎禮說話，顧馨之已然轉回去繼續詢問各種安排。

院子裡四散著幹活的人，卻只聞此處說話聲。大夥兒戰戰兢兢的偷覷背手而立的主子，又忍不住去看那說話的夫人，只覺夫人真是厲害，連主子都陪她到廚房。

顧馨之毫無所覺，也是不在意，問了張嬸，又進廚房問食材，再繞到後邊問炭火。

等她問完一圈，確認事情都有條不紊的進行著，才想起身邊還跟著個大高個兒，連忙把人帶回廚房，也不問他，各種食材都選了些，裝滿兩個大食匣，交給他拎著，然後自己空著手往回走。

謝慎禮無奈跟上。

於是，府裡下人都看到，一身矜貴長袍的主子，在跟著夫人繞著廚房、雜物院、庫房等地轉一圈後，開始拎東西了。

一個走得輕快自如，一個拎著東西穩穩當當跟在後頭，宛若……主僕。

眾人咋舌，暗地裡議論紛紛，只覺自家夫人當真厲害，雖是二嫁，卻御夫有術啊！

許氏看到兩人的時候，也被嚇一跳，立馬讓人接過謝慎禮手裡的東西，轉頭自己將顧馨之扭到一邊，壓低嗓音罵道：「滿地的下人，不會找人搭把手嗎？」

「嗄？」顧馨之反應過來，嘟囔道：「又不是拎不動。」這廝一身的力氣，累不著。

許氏戳她。「這是身分的問題。回頭妳讓慎禮怎麼管教下人？」

顧馨之笑嘻嘻。「他才不介意。」

謝慎禮適時點頭。「無妨。」

許氏無語。「你這麼慣著她——」

「好了，娘。」顧馨之湊過去。「什麼時候開席呀？我餓了！」冬日天黑得早，雖然掛了燈籠，但太晚了也冷，還是早點開席的好。

許氏頓了頓，遲疑的看向謝慎禮。

謝慎禮應和。「若是準備好了，就開吧。」

許氏得他點頭，當即去安排開席。

很快，各桌的炭爐開始冒煙，花園裡的燈籠也逐一點燃，伺候的奴僕、雜役退了出去，轉到另一處院子開席，原本各處忙碌的幕僚先生們並其家人、各處的管事也相繼落坐，滿滿當當坐了十幾桌。

所有人都看向主桌，等著謝慎禮發話。他卻不知道在想什麼，微微垂眸，逕自發呆。

一時間，偌大院子只聽到鍋子咕嘟咕嘟冒泡聲。

顧馨之方才去調蘸料，轉回來就發現這詭異的情況，無奈的放下醬料碟，輕推了下呆坐的某人。

謝慎禮回神，掀眸看她。

顧馨之朝大夥兒努了努嘴，低聲道：「大過年的，說幾句話啊。」

謝慎禮頓了頓，慢慢起身。

眾人連忙跟著起身，齊刷刷站了一片。

顧馨之看看左右，迅速提壺倒酒，往謝慎禮手裡一塞。

謝慎禮便順勢舉起酒杯，緩緩道：「寒辭去冬雪，暖帶入春風。共歡新故歲，迎送一宵中。祝各位，來年平安納福。」語罷，舉起酒杯，一飲而盡。

眾人參差不齊的應和。「平安納福！」

謝慎禮擺手。「坐吧。」

「是。」

椅凳磕碰之聲頓起。

顧馨之暗地裡翻了個白眼。這種時候還掉書袋……等大家都坐好了，她也開口了。「辭舊迎新過新年，今晚大家吃好喝好……光這麼吃也無趣，這樣，今天我們玩個遊戲。」

顧馨之指向旁邊的謝慎禮。「誰能把他灌醉，賞銀一百兩。」

護衛隊的高赫當先反應過來，大著膽子揚聲道：「夫人，主子的酒量，單打獨鬥我們可拚不過啊。」

顧馨之歪了歪頭。「誰說要單打獨鬥的？最後灌倒的拿一百兩，前面陪跑助威的，勸酒一杯，賞銀一兩！」

高赫大喜。「夫人此話當真？」講完反應過來，猶豫的看向謝慎禮。「萬一主子怪罪……」

顧馨之大手一揮。「你家主子大度得很，這點小事都要怪罪，出去可要貽笑大方的。」扭頭，擠眉弄眼。「對吧，先生？」

謝慎禮只能順著她。「這是自然。」

顧馨之當即轉回去。「都聽到了，來來，大過年的，都別拘謹！」

眾人歡呼，高赫、蒼梧拎起酒瓶就朝主桌跑。

顧馨之見狀，哎呀一聲。「等等。」

眾人微頓。

顧馨之拽謝慎禮。「你去他們那邊喝酒，我們這桌正經吃飯的。」

謝慎禮一臉無奈，眾人悶笑。

高赫一手拎酒瓶，一手去請謝慎禮，笑道：「主子，請。」

蒼梧則笑嘻嘻看向顧馨之。「夫人，這銀子您可得準備好了。」

「打欠條打欠條！今晚啥情況啊，我哪來的銀子給你們！」

眾人大笑。「哈哈哈，也行也行。」

謝慎禮臉現無奈，顧馨之扭頭推他。「快去啊。」

謝慎禮起身，低語。「晚上有妳好看。」

顧馨之做了個鬼臉。「你要是還能保持清醒的話。」

謝慎禮拍拍她腦袋，信步走向高赫等人。眾人歡呼，一群漢子立馬將他包圍。

顧馨之嘴角銜笑，轉回來入座，打算開始吃飯。

許氏憂心忡忡湊過來。「妳這是要幹麼？慎禮要是喝醉了怎麼辦？」

「喝醉就喝醉唄，大過年的，還不能醉一場嗎？別擔心，大夫也在呢。」

也不知道是不是年初她生病那會兒，請大夫來回折騰，謝慎禮覺得麻煩，轉頭就請了名大夫在家，如今大夫一家老小都在席間呢。

許氏稍稍安心些，教訓她。「瞧妳折騰的這些，年都要過不好了。」

顧馨之嘿嘿笑。「熱熱鬧鬧的才像過年嘛……」

她看向人群中的謝慎禮，他今日穿的是新裁製的長袍，素面銀邊，矜貴非凡，加上這人一貫的沈靜淡定，即便坐在人堆裡行酒令、喝酒，亦宛如陌上公子。

這樣的一個人，往年過年，卻只會多加兩道菜，大年三十還會在書房埋頭辦公到深夜，即便穿著新衣，卻不迎親不走戚，淒淒冷冷，孤孤單單——

那邊爆出一陣歡呼。

「喝！喝！喝！」

背對她的謝慎禮舉了舉手中杯子，一飲而盡。眾人歡呼。

顧馨之勾起唇角。

謝慎禮宛若背後長眼，突然轉頭望過來。

「晚上有妳好看。」他唇語道。

顧馨之看懂了，朝他做了個鬼臉。一扭頭，就對上許氏不贊同的臉。

「怎麼不讓慎禮填點東西，哪有一上來就喝酒的道理？」

「先熱個場子嘛，不然大家都拘束。」顧馨之不以為然。「而且，我讓人準備的小杯，一杯就一口，醉不了。」

就那比指甲蓋深一點的小酒杯，再喝兩圈都灌不倒謝慎禮。再者，謝慎禮畢竟是主子，再豪爽也不會有人剛開席就灌酒啊，沒看那群府衛都乖乖捏著小杯行酒令嗎？

莊姑姑也這般想的，笑道：「老夫人放心，大家心裡都有數呢。」

許氏猶自盯著那邊，生怕有人不長眼。

顧馨之沒管她，這時有管事過來敬酒，顧馨之哭笑不得，開玩笑道：「就我這酒量，你們要是挨個兒來敬，我明兒肯定起不來，那欠條的事，我就要賴帳了啊。」

話音未落，青梧突然冒出來。「喝酒找主子去，別耽誤夫人明兒給咱發錢！」灌主子沒事，灌夫人？開什麼玩笑，以為主子是吃素的？沒看主子方才往這邊瞟了一眼嗎？

能在這院子裡吃年夜飯的，除了跟著謝慎禮從西北回來的府衛，剩下的，不是幕僚，就是管事，這點眼力見兒還是有的，當下立馬笑著打了個哈哈，自己一口把酒乾了。

顧馨之沒好意思，連忙要去倒酒。夏至等人被她扔去旁邊另開一桌，故而她是自己去拎酒瓶。

青梧嚇了一跳，連忙將酒瓶奪走，道：「夫人，這可是燒刀子。」

「我知道啊。」她給謝慎禮準備的呢。

「奴才給您換玉樓春。」青梧迅速換了另一瓶，淺淺潤了點杯底，才恭敬遞給她。

顧馨之看了眼。「你敢不敢多倒點？」

那敬酒的管事一迭連聲。「沒事沒事，夫人意思意思就行了——要不，以茶代酒吧？以茶代酒就好了。」

青梧醒悟，迅速改口。「對，還是喝茶吧。」他手往外一傾，只沾了杯底的玉樓春甩出來幾滴，沒了。

管事飛快送了杯溫茶過來。

在旁邊燙肉片的許氏慢悠悠來了句。「喝吧，不然大家都得站在這裡陪妳耍太極。」

顧馨之只得以茶代酒了。

不過這麼一來，各桌倒是開始輪著過來敬酒、喔不，敬茶了。一輪下來，直把顧馨之灌了個水飽。

等許氏吃得差不多了，顧馨之才緩過來，慢慢開始燙食材，同桌的莊姑姑也才稍微放開些。

一如她所言，這園子裡沒有一個下人。食材集中擺放在側邊的長條桌上，要吃自己取。酒水堆在牆根，要喝自己取。還有數口大湯鍋，盛滿備用的湯底，鍋子沒湯了自己取……

冬夜寒涼，樹燈暖黃，炭火通紅，還有一直咕嘟咕嘟冒煙的鍋子，大夥兒在其中來來去去取食材、舀湯底，說話喝酒，沒等天色暗下來，原還有些拘束的人都放鬆下來。

顧馨之慢悠悠吃了片刻，看謝慎禮那邊已經喝過一圈，遂善心大發，過去讓拚酒活動暫緩，把人救出來，好讓他填點東西。

謝慎禮裹著一身酒氣在她一旁落坐，感慨道：「還以為夫人打算灌醉為夫。」

「時間還長呢，哪能啊。」顧馨之端起一盤羊肉下到鍋裡，揶揄道：「誰讓外頭都說你千杯不醉，我不得見識見識嘛。」

謝慎禮無奈。「妳發下這樣的獎賞，今晚為夫可就不好過了。」

顧馨之下好羊肉。「那你多吃點，肉管夠！」接著她下了些蘿蔔。「別光吃肉，蘿蔔吸飽了肉湯，也很好吃的。」

許氏笑吟吟的看著他倆說話，順手給他調了碗蘸料。

謝慎禮道了聲謝接過來，然後問顧馨之。「臘味飯可還有？我先墊墊。」

「有有，水爐裡溫著呢。」顧馨之麻溜起身，噔噔噔跑到牆根爐子邊。

莊姑姑見狀，忙要起身去幫忙，許氏按下她，道：「她沒那麼嬌慣，動動手可以的。」

「鍋裡的水一直熱著，這要是燙著——」莊姑姑話音未落，就見一高大身影起身，往那邊走去。

許氏笑咪咪，低聲道：「這下不怕了吧。」

莊姑姑「誒」了聲，坐回去，感慨不已。「想不到老爺看著冷冷的，這般疼人。」

許氏低語。「咳，畢竟年紀大些。」

莊姑姑悶笑。「可不是。」

這邊閒聊自不必說，另一邊，謝慎禮趕在顧馨之上手前按住她，溫聲道：「我來。」

他將她輕推到後邊，自己挽袖揭蓋，隔著氤氳的水蒸氣看到一砂鍋。

顧馨之忙提醒。「燙，我給你拿塊布墊——」

輕鬆揭起砂鍋蓋的謝慎禮看她。「什麼？」

「嗯，沒事。」顧馨之迅速遞上碗、勺。

謝慎禮看了她一眼，接碗盛飯。顧馨之看他忙活，轉去食材區，端了兩個盤子，兩人前後腳回桌。

還未近前，就聽見許氏帶著幾分嫌棄的聲音——

「妳怎麼弄來這些玩意兒？」

顧馨之理直氣壯。「先生愛吃。」

謝慎禮過去一看，一盤歪歪扭扭的長條物，一盤暗色片狀，看著像是……

顧馨之回頭。「先生，快坐，我給你下你愛吃的鵝腸、鴨腎。」背對許氏的俏臉帶著幾分張牙舞爪的威脅。

謝慎禮很識相。「好。」

顧馨之頓時眉開眼笑，朝許氏道：「先生就好這一口……人各有愛嘛，您可不能嫌棄先生啊。」

許氏有些尷尬。「也、也對，好些人家窮得揭不開鍋，也都會吃——不是，那個，吃吧吃吧，馨之說得對，人各有愛，呵呵。」

顧馨之側過頭偷笑，發現謝慎禮正看著她，便推他。「不是餓了嗎？快吃啊。」

謝慎禮「嗯」了聲，這才端碗開吃。

恰好鍋裡的湯也滾起來了，顧馨之忙抓起筷子，唰唰唰將羊肉掃上來，擺到他面前。

謝慎禮垂眸吃著，往日略顯薄情的修長眼眸，在燈光下顯得格外柔和……直到碗裡被塞了幾條腸子。

顧馨之又挾了點到自己碗裡，一副勉為其難的樣子。「唉，先生喜歡吃，我只能捨命陪君子了。」

許氏贊同的點頭。「夫妻之間，自當互相遷就、互相包容。」

「娘說得對。」然後顧馨之自我陶醉。「唉，我真是大衍好夫人，先生三生有幸，能遇到我這般體貼的夫人。」

謝慎禮掀眸望去，自家那洋洋得意的嬌俏夫人，正往自己碗裡挾鵝腸、鴨胃。

他低頭看了眼碗裡，突然覺得，小時候被迫吃下水的屈辱，似乎也不是那麼重了。

顧馨之自然不知他心裡所想，見他不嫌棄，自己吃三塊，往他碗裡扔一塊，完美滿足了自己的口腹之欲。

第五十章

吃吃喝喝，喝酒聊天，時間過得飛快。等大家都吃飽喝足，顧馨之帶著一幫管事婦人收拾，當然，大夥兒都不讓她多做，只讓她搭把手，端端盤子什麼的。

鍋子、碗筷收起，爐子補上炭，擺上顧馨之讓人特製的鐵絲網，簡易烤爐就架起來了。

許氏笑罵。「這一齣齣的，怪不得妳說今晚吃飯得自己動手。」

顧馨之聳肩。燒烤嘛，可不得自己動手才吃得香。

莊姑姑跟著笑。「可別說，這炭爐子一直燃著，全身都熱乎……就是忒費炭了。」

顧馨之豪邁道：「一年到頭就這麼浪費一次，咱家負擔得起，對吧老謝！」

謝慎禮正翻著網架上的肉片，聞言頓了頓，轉頭問許氏。「她喝酒了？」

許氏忍不住笑。「哪能啊，這是撒歡了。」

顧馨之不滿。「我叫錯了嗎？」她開啟念經模式。「老謝老謝老謝老謝……」

謝慎禮本想說什麼，想想算了，她喜歡便罷。他又轉頭回去繼續翻烤肉。

顧馨之見他沒反應，朝許氏攤了攤手，嘿嘿笑著。

許氏無奈。「妳就仗著慎禮縱容吧。」

謝慎禮聞言神情柔和，依舊沒說話，只慢條斯理的給肉片刷調料。

顧馨之在旁邊搭把手，時不時遞個油啊、醬什麼的，嘴裡還不停拍馬屁。「老謝你這是在西北學回來的燒烤技術嗎？動作很嫻熟啊……好吃欸！不錯不錯，咱家以後要是沒錢了，可以去西市支個攤，賣烤肉串！」

各桌幕僚、管事看得咋舌，只覺夫人一等一的厲害。

等謝慎禮吃得差不多，顧馨之又把他扔出去喝酒，自己則找了幾位幕僚的夫人、管事娘子，圍成一桌打牌。她自己打還不算，還讓許氏、莊姑姑等人都去組局，將所有婦人都動員起來，賭資也很簡單，輸了吃東西，烤了什麼吃什麼。

要知道，她們前面吃過一輪鍋，接著吃燒烤，幾乎都差不多了。這賭注一下，大夥兒頓時來勁了——可別輸啊，輸了可就得吃吐了。

幾輪下來，就有管事娘子開始耍賴了，顧馨之樂得開心，還帶頭起鬨。

還有些婦人不會打牌，就在一旁幫著烤東西，或是看護小孩。吃飽了的孩子，在掛滿燈籠的院子撒歡奔跑，笑聲吵鬧聲，混著打牌的說笑聲、男人行酒令時的起鬨聲，整個園子吵雜得宛如菜市場。

流雲苑裡點著通明燭火，桌上擺滿了各種瓜果乾貨，屋裡三人卻安安靜靜，各自為政。

鄒氏撐著腦袋昏昏欲睡；謝宏毅捧著本書，偶爾才想起來翻一下；坐在下首的張明婉則捏著荷包，認認真真的繡著，時不時給看書的謝宏毅換杯熱茶。

張明婉最後將針線收口，捏著荷包左看右看，終於滿意，看了眼謝宏毅，小心湊過去。「夫君。」她柔聲道：「這是妾身剛繡好的鶴鹿同春，您看看，喜歡嗎？」

謝宏毅頓了頓，抬頭看了眼，道：「確實不錯。這夜裡光線暗，往後白天再繡吧。」

張明婉頓時笑開了顏。「沒關係的，這會兒點的燈亮，妾身才繡的……」她臉帶羞澀。「而且，就差這麼幾針，妾身想趕在過年前給夫君換上。」她舉起荷包，滿臉期待道：「這是鶴鹿同春，過年配戴正好，雅致又吉祥……妾身給您換上吧？」

謝宏毅避開她目光，低下頭，佯裝翻書。「妳辛苦繡的，得好生收起來，回頭有什麼活動，戴出去正好。」

張明婉撒嬌。「明兒不就是初一嘛，正好配您新裁的那身袍子。」

謝宏毅拒絕。「不用——」

「有新的你就換上啊。」旁邊的鄒氏也不耐煩了。「你瞅瞅你那個破荷包，都開始抽絲了，大過年的，換個新的。」

謝宏毅臉色微僵。「不用，我戴習慣了。」

張明婉捏緊荷包，轉移話題。「天兒冷，還要守大半宿，不如讓人做點小菜，咱們喝點小酒暖暖身？」

鄒氏難得給她一個贊同的眼神。「不錯，乾坐著也無聊，還不如喝酒呢。」

張明婉轉頭就去吩咐下人。

很快，小菜、酒水送了上來，三人對坐而酌。
鄒氏還好，謝宏毅一杯接一杯的喝。張明婉一邊哄著鄒氏，一邊拐著彎給謝宏毅勸酒。不等夜深，謝宏毅就有了醉意。
鄒氏看他捏著酒杯的手開始打晃，滿臉無奈。「怎麼喝成這個樣子……」她轉頭朝張明婉訓道：「妳怎麼也不看著點。」
張明婉賠笑。「這不是高興嘛。夫君很久沒陪娘喝酒了，估計想陪您好好喝，哪想到您的酒量這般好。」
鄒氏臉色這才好看些。「過年都在家裡，有的是機會……算了算了，妳趕緊扶他回去歇著，讓廚房給弄碗醒酒湯，省得明兒起來頭疼。」
「誒，聽娘的。」
辭別鄒氏，張明婉與書僮一左一右，攙著謝宏毅回房。
謝宏毅確實喝多了，等張明婉伺候著他擦臉擦手，脫下外袍，躺在床上，他已經有些今夕不知何年。床帳厚重，將外面的燈光阻隔。披散著長髮的人掀簾進來，只乍然一亮接著又暗下來，然後是柔軟嬌軀貼過來。
謝宏毅努力睜開眼，喃喃道：「馨之……是妳嗎？」
昏昏沈沈的他沒有發現，懷中嬌軀僵了一瞬。張明婉聽到這話，差點跳起來。
謝宏毅毫無所覺，喃喃道：「馨之，是我不對，妳不要怪我。妳看，我把妳繡的荷包找出來了……」

張明婉差點咬碎一口銀牙。

第二日，謝宏毅扶著脹疼的腦袋走出浴間，伺候的丫鬟趕緊上前。

謝宏毅半瞇著眼站在那兒，等著丫鬟為他換上新衣袍。察覺腰間一墜，他睜開眼，看了眼掛飾，皺眉。「怎麼給我掛玉珮？我那荷包呢？」

丫鬟為難。「大少爺，那荷包舊了，又不知道在哪兒刮了道口子，再戴就不合適了。」

「什麼？」謝宏毅大驚。「拿來我看看。」

丫鬟沒轍，只得去將荷包取來。

昨夜裡還只是有些勾絲的荷包，那栩栩如生的錦鯉紋被不知何物勾住絲線，生生拽出一個裂口，不能看了。

謝宏毅抖著手。「怎麼回事？昨夜裡還好好的！」他瞪向丫鬟。「說，誰弄的！怎麼過了一夜就變成這樣？」

丫鬟有些被嚇到。「少爺昨天喝多了……奴婢、奴婢沒注意，奴婢不知道——啊！」

氣得出手的謝宏毅收回手。「不知道？我這些東西都妳管著，妳跟我說不知道？」

丫鬟撲通跪下，低著臉哭道：「奴婢知錯，求大少爺不要責罰……」

「這是怎麼了？」一襲緋紅長裙的張明婉嫋嫋娜娜的走進來，看到這情景，詫異不已，趕緊上前給謝宏毅撫胸順氣，邊溫聲軟語的勸。「夫君，可是她做錯了什麼？要是做錯了，回頭再好好管教就是，您別生氣了，您昨夜裡喝多了，這會兒要是氣上頭，對身體不好。」

謝宏毅看到她，怒色稍斂，道：「這近身伺候的丫鬟連個荷包都看不好，要來何用？」

張明婉笑容僵了下，擠出疑惑，問道：「什麼荷包？」

謝宏毅舉了舉手中半舊的錦鯉荷包，然後瞪向丫鬟。「我這荷包天天都要掛著，竟然破了口子，要妳何用？」

張明婉忙道：「估摸著是夫君昨夜喝多了，攙你回來的路上刮到哪兒了。她平日做事算本分，雖然出了點紕漏，也受了教訓了。這大年初一的，不好大動干戈，這事就算了吧？」

謝宏毅皺眉。「妳就是心腸太軟，才會整日被欺負。」

張明婉笑道：「哪能啊，有您看顧著，誰敢欺負我？」

謝宏毅瞪了眼那名丫鬟。「若非明婉求情，又是大年初一，我非剮了妳一層皮不可！」

丫鬟趕緊磕頭。「多謝大少爺，多謝姨娘。」

待丫鬟退出去，張明婉回頭，發現謝宏毅正皺著眉頭看著荷包，一副不知如何是好的樣子。她眸中閃過冷意，面上卻擺出關切。「你要真喜歡，回頭我給你補補。」

謝宏毅驚喜抬頭。「能補？」

張明婉的笑差點掛不住。「自然是能的。不過，這大過年的，可不興動針線，要讓娘知道了，妾身可就得挨罵了。」

謝宏毅有些失望。「也是。」

張明婉抿了抿唇，小心翼翼道：「這荷包先收起來吧，妾身給您換個好的，一會兒得去其他院子拜年呢。」

謝宏毅只得同意。「嗯。」

張明婉微鬆口氣，欲要接手荷包，卻見他手一收，將破荷包塞進衣襟裡。

張明婉強笑了下。「那妾身去給您取個新的。」

張明婉走進內間，將昨夜裡繡好的荷包取出，好生給他掛上。

謝宏毅看了看荷包，再摸了摸衣襟，嘆了口氣。「走吧。」說著，率先抬腳向外走去。

張明婉捏了捏帕子，加快腳步跟上。

謝慎禮昨夜被灌得有點多，醉倒是沒醉，就是……有些亢奮，抓著顧馨之煩了半宿。

等顧馨之醒來，已接近巳時末。

還是許氏看不過去，闖進正院把她拽起來的。拽的時候發現不妥，一把掀開她鬆鬆的寢衣，看到那一大片的青紫，登時嚇一跳。「妳這是怎麼了？」

被迫起床的顧馨之打了個哈欠。「什麼？」

許氏指了指她胳膊。

顧馨之掃了眼，又打了個哈欠。「老謝掐的。」

許氏大驚。「他打妳？」

「娘您想啥呢，您不知道他天生神力嗎？就是不小心掐的。」

「怎麼可能？」許氏下意識反駁。「往日也不曾見這些瘀青。」

顧馨之乾笑。「那個……他昨夜裡喝多了，力道沒控制住。我現在全身上下都是疼的，彷彿被人打了一頓。」

許氏臉上一臊。這些倒是不必詳說。

顧馨之扶著腰爬下床，一邊哎喲一邊道：「唉，以後可不敢讓他多喝，受苦的是我。」

許氏忍不住嫌棄。「妳還有臉說，睡到日上三竿的，也就沒有公婆在上頭，不然有妳好受。」

「要有公婆，我還不一定嫁呢。」顧馨之穿上夏至遞來的夾襖，一邊繫扣子一邊抱怨。「我都沒公婆，您還這麼早叫我幹麼？您還是不是我親娘了？」

許氏氣不過，朝她胳膊就是一巴掌。「妳什麼腦子，今兒要去東院拜年啊。」

顧馨之眨眨眼，哀號。「我給忘了……嘖，好煩啊，能不能請病假？」

許氏連忙阻止。「呸呸呸，大過年的，不許說這些。」

顧馨之拉起一點袖子，露出上面的青紫。「我說真的啊，我受傷了。」

許氏白她一眼。「又不是我折騰的，找妳家男人說理去。」

顧馨之安心拉下衣袖。「那沒問題，老謝肯定給我准假。」

許氏想想，還真有這個可能。於是瞪她罵道：「不准請，這是妳成親第一年，爬也要爬過去！」

顧馨之沒法，只得認命洗漱更衣。

謝慎禮早早就起來練武，這會兒已經在書房看書，聽說顧馨之醒了，喊他回去派紅封，這才放下書，信步往回走。

顧馨之正喝著粥，看到他，放下調羹，將碗遞給水菱，一邊拿帕子小心擦拭嘴角，一邊朝他招手。

因為要過去東院，她今兒特地捯飭得美美的，衣裙是自己設計的，為了迎新年，用的暖色系，從橘到紅，顏色漸變交雜，搭配綠色上衣，將活潑的暖色壓住幾分，既喜慶又可愛，還不會太過輕佻。

同時，她還自己化了個仿唐妝。眉心貼花鈿，眼尾掃胭脂，黛眉如遠山，櫻唇勾笑靨，配上溫婉的墮馬髻，端的是嬌豔動人、風情萬種。

謝慎禮眼中閃過驚豔，腳步快了兩分，走到她面前，伸指，撫了撫她眼角，問：「怎麼突然這般盛妝？」

顧馨之拍開他的手，白他一眼。「待會兒要去東院呢，我不得好好捯飭捯飭，好給你鎮場子嘛。」

謝慎禮牢牢盯著她。「沒必要。」

旁邊的許氏清了清嗓子。

謝慎禮頓了頓，連忙轉身，拱手。「岳母新年好。」

這才發現她在嗎？許氏無奈。「時間不早了，你們抓緊時間。」別在這裡卿卿我我的。

謝慎禮頷首。「等馨之吃點東西。」

顧馨之擺手。「我剛喝了點粥，可以了，再吃，午間就吃不下了。」

謝慎禮一想也是。「那便出發吧。」

「不著急，先把正事辦了。」顧馨之指了指桌邊擺著的木箱，朝伺候的水菱道：「去通知大家，集合了。」

水菱笑嘻嘻福身。「是。」腳步輕快的出去了。

謝慎禮挑眉。「是有什麼好事嗎？」

「過年啊，這不是大大的好事嗎？」

許氏忍笑，解釋道：「大年初一，要給下人發紅封。」

謝慎禮恍然，跟著向顧馨之解釋。「我已經吩咐遠山，這個月給他們加月俸。」

「月俸是月俸，紅封是紅封。」顧馨之白他一眼。「花不了你幾個錢，還不夠你買一只前朝花瓶的。」她是指這幾年給族裡擦屁股送禮之事。

謝慎禮被那一眼風情撩得心神蕩漾，頓了下才反應過來，正要說話，就見許氏朝顧馨之的胳膊就是一下，登時心提了下。

果不其然，顧馨之被拍得痛呼出聲。「輕點，我是傷患啊！」

「呸呸，大過年的，不要瞎說話，那算什麼傷？」

顧馨之撇嘴。

許氏緊接著又哎喲一聲，輕輕給自己一巴掌。「大年初一不能訓人。」

恰好這會兒，去傳話的水菱回來了，許氏忙道：「好了好了，你們去忙吧。」

顧馨之準備起身，一隻大手伸過來攙住她。她抬頭，對上謝慎禮那張沈靜的臉，她忍不住露出甜笑，順著他的力道起身。

謝慎禮被笑得晃了晃神。

顧馨之扶著他往外走，同時招呼外邊人。「蒼梧，幫夏至抬一下箱子。」

外頭的蒼梧響亮的應了聲，躬身進來。

謝慎禮攙著她略走了幾步，確定許氏聽不見了，才低聲問她。「身體還好？」

顧馨之白他。「好不好你不知道嗎？」

謝慎禮有些尷尬。「抱歉，不是——」

「嗯嗯，知道知道，不是故意的。」顧馨之靠到他身邊，小聲道：「其實還滿、咳咳，帶感的，偶爾也可以再試試——不許喝多了啊，你手勁太大了。」

謝慎禮喉結不自覺滾了滾。「好。」

顧馨之悶笑。

幾句話工夫，兩人走出房門，站到廊上。各處管事已經領著自己管轄的僕從，還有各自的家人，滿滿當當站了一院子。

兩人一到，此起彼伏的拜年聲便響起來。

謝慎禮微微頷首，繼續攙著顧馨之，倒是她一副高層視察的模樣，一手扶著他胳膊，一手輪換著朝兩邊招手。「新年好，新年快樂，大家辛苦了，明年繼續努力啊……」

盛妝的眼角眉梢皆是笑意，聲音亦是雀躍，看得出過年對她而言，真的是格外歡喜。

謝慎禮突然覺得，過年，好像真的挺不錯的。

發放紅封人人有份，從管事到雜役，人手一封。每一封都是謝慎禮親自遞過去，顧馨之笑吟吟送一句祝福。然後謝慎禮又被顧馨之趕去前院給幕僚先生、府衛們派送紅封。

一圈下來，已踏入午時，兩人這才往東院去。

一路直進，還未踏入宴客的大堂，就聽到鄒氏的聲音傳來。

「五弟如今無官無職的，怎麼作派反而大了呢？大年初一的，讓大夥兒好等啊。」

謝慎禮向來不搭理這些冷言冷語，逕自往前，拾階入內，卻聽旁邊的顧馨之笑了，他側首望過去。

「大嫂這話說的，咱也沒約時間吧。」顧馨之見他停了停，還反過來掐掐他，一邊往前走一邊繼續說：「這拜年，不是什麼時候方便什麼時候來的嗎？妳閒著，我們可是忙得很。」

話音落下，兩人已越過門檻，進入大堂。

滿滿當當一屋子老小，只覺面前一亮，一對璧人，一個清冷矜貴，一個嬌豔殊色。

謝慎禮大家都看慣看熟，顧馨之卻……與以往的簡素格外不同。一襲長裙繡紋不多，裙裳熱烈灼人，綠色上衣又壓了幾分沈靜，外罩毛茸茸的白色披風，宛如林中精靈。再看那面上妝容，又覺得更像是山上狐妖，豔麗魅惑。

謝慎禮察覺眾人目光，神色微冷，開口打破安靜。「慎禮攜妻，祝兄嫂新春安康。」

顧馨之對那些不停偷望過來的視線視若無睹，淡定的跟著拜年，口念祝福語。

眾人回神，連忙拿出早早備好的紅封，讓丫鬟送過來。

謝慎禮並顧馨之落坐，小輩們緊接著行禮拜年。一番流程下來，大夥兒才坐下說話。

莫氏笑吟吟的。「還是新年新氣象啊，五弟妹這妝容從未見過，精緻漂亮得很。」

鄒氏嘟囔。「跟個狐狸精似的。」

顧馨之當她是讚美了，對莫氏笑著道：「這身衣服顏色比較豔，妝只能化得濃重些襯一襯了。二嫂要是喜歡，回頭我教妳。」

莫氏摸了摸臉，推拒道：「那不行，我這年紀大了，化這麼豔，不得笑死人了。」

「妝是襯人的，哪有年紀大了就不能化的道理？再說，二嫂年紀也不大，看著跟我姊姊似的，妳要不能化，滿天下多少人不能化了。」

莫氏笑笑。「那敢情好，回頭我去找妳學，可不許藏私啊。」

顧馨之自然點頭應是。

鄒氏看不得她們談笑風生，插嘴進來，開口就是訓斥。「誰家都是一大早拜年，哪有你們這般遲的……昨夜裡也是你們西院，吵了半宿，鬧得不得安生，一點規矩都沒有。」

謝慎禮神色微冷。「大嫂此話——」

顧馨之推了推他，示意他去跟二哥幾人說話，然後轉向鄒氏。「大嫂這話好生奇怪，各家有各家規矩，我們家怎麼過年，妳也管不著吧？再說，我們算起來是分家了，按謝家老家的規矩來說，我們初三才能過來拜年呢。」

鄒氏被噎住。

大過年的，顧馨之也不想跟她吵，懟完了就轉回去跟三嫂打招呼。「三嫂這身衣服好生眼熟，是不是在錦繡布坊買的？」

略有些靦腆的謝家三嫂點點頭。「正是，冬月就預訂了，趕在過年前才送過來呢。」

「值得的，特別好看，襯得妳膚白貌美的……」

謝慎禮見顧馨之應付自如，這才放心轉過去，與二哥閒聊。

晚輩們坐在下邊，也是低聲說著話。

隱在兄弟姊妹後邊的謝宏毅呆呆的看著那言笑晏晏的殊色麗人，那本該站在他身邊，與他一起拜年的姑娘……此刻卻站在別人身邊。

他隔著衣襟撫了撫那破口的荷包，只覺心中酸楚難耐。

第五十一章

謝慎禮夫婦過來得晚，大家略坐了會兒，便移步宴客廳，準備一起吃開年第一頓飯。人多，自然不可能胡亂坐，得男女分桌、按輩排序。因上頭沒有長輩，顧馨之與鄒氏幾個妯娌坐女眷首桌，旁邊還有幾個謝家兄弟的姨娘。

男方那邊如何她不知道，她自己是吃得差點胃抽筋。一邊是鄒氏不停朝她發炮，一會兒說她飯桌上說話沒規矩，一會兒說她挑三揀四這不吃那不吃，轉頭又說她吃得多……這便罷了，還有幾位嫂子與姨娘之間的暗潮洶湧、陰陽怪氣。

這般情況，顧馨之匆匆吃了個半飽，就撂了筷子，趕緊溜走，在園子裡散步透氣，等謝慎禮吃完。

才略走片刻，就聽到後邊傳來腳步聲，顧馨之以為是東院這邊的下人，也不在意，領著夏至往一旁錯開兩步。

那腳步聲卻停了下來，低喚聲也從後邊傳來。「馨之。」

顧馨之皺了皺眉，當作沒聽到，繼續往前。夏至心驚肉跳，迅速擋在她後面，亦步亦趨的跟著。

「馨之。」謝宏毅連忙追上兩步，低聲道：「我、我沒有別的意思，就是想、想見見妳而已……」

顧馨之轉身，示意夏至讓開，看著來人，皮笑肉不笑道：「大姪子，怎麼不跟你叔叔們喝酒，跑到園子裡吹什麼風呢？」

見顧馨之回頭，又是帶著笑，他有些驚豔，一眨不眨的盯著看。

顧馨之說完扭頭欲走。

「馨之。」謝宏毅連忙回神，伸手欲攔，被夏至一個箭步擋住。他頓了頓，停在那兒，低聲道：「妳別走，別這樣，我知道已經回不去了。我、我不會打擾妳的。」

有夏至在，顧馨之倒是不怕這廝幹點什麼壞事。她轉回來，冷下臉。「那你現在站在這裡做什麼？」

謝宏毅神情落寞。「我、我這段時間，總是想起往日時光……那時候的妳，會為我繡荷包、向我請教文字……」

顧馨之皺眉，她可沒工夫聽前夫回憶過往。「你到底想要幹什麼？」

「我只是想找妳拿點東西。」謝宏毅小心的看著她，連忙從衣襟裡翻出荷包，道：「妳以前給我繡的荷包，不小心刮破了……」他聲音漸弱。「妳可不可以再給我繡一個？就一個，讓我留點念想也好……」

這傢伙是不是有什麼毛病？顧馨之毫不客氣。「謝宏毅，大過年的，別逼我罵你。」

「馨之——」

「麻煩稱我為五孀。」顧馨之打斷他。

謝宏毅難過。「夫妻一場，總歸有幾分舊情，我只是——」

「打住打住！」顧馨之聽得一身雞皮疙瘩，她搓了搓胳膊，怒道：「你忘了和離時你還罵我潑婦嗎？現在跑出來裝什麼舊情難忘？咱倆有什麼舊情？」

「我那只是一時氣急。我、我……若非妳以死相逼，我們怎會走到如今這般田地。」

問題在這兒嗎？顧馨之簡直想罵街。「若非你們母子沒良心，我豈會以死相逼——不是！誰以死相逼了？我那叫武力挾持！而你，是貪生怕死。」

她冷哼。「我如此柔弱的姑娘，捏著塊碎瓷就能把你嚇倒？你既然選擇和離保全自己，現在就不要在這裡裝舊情難忘，你不噁心，我噁心。」

謝宏毅嘴唇輕顫。「若非妳如此決絕，我豈會、豈會做出這種衝動之舉？當初我心高氣傲，被迫娶妳，自然心有不滿。若是妳能忍一忍，今日我們定然是不同局面！」

顧馨之翻了個白眼。「行了，都是成年人。過去的事情煩勞不要再提，你就當你前妻死了，行嗎？」她也沒撒謊，原主確實是真死了。

謝宏毅捏緊荷包。「數年夫妻，豈能輕易忘卻？」他對著面前這張嬌俏容顏，只覺滿心悔恨，悔自己不懂事、恨自己不識抬舉，如今不光妻子拱手送人，連書院、前途都……這荷包，彷彿蘊含了各種意義，讓他無法釋懷、無法放手。

顧馨之不耐煩。「我管你做不做得到，我現在是你五孀，除此之外，我跟你沒有任何關係。現在，麻煩讓一讓。」
「馨之——」謝宏毅連忙放下手要攔住她，卻差點吃一拳頭。
已經擠到兩人中間的夏至鬆了口氣。
顧馨之見他閉嘴，收起拳頭，順勢將夏至往後推，皮笑肉不笑道：「煩勞稱我五嬸。」
「馨之——五嬸……」謝宏毅壓低的聲音帶著妥協的委屈。「今天是新年，妳就當可憐可憐晚輩，給我個念想吧……」
顧馨之停步，轉回頭。
夏至擔心。「夫人，快走——」
顧馨之輕推開她，問謝宏毅。「想要荷包？」
謝宏毅以為有戲，臉帶希冀的看著她。
「也不是不行，不過，我忘了給你的荷包啥樣的，你拿給我看看，回頭我給你個一模一樣的。」
謝宏毅一喜，當即探手進衣襟，摸出個荷包。
見他竟然貼身收藏，夏至臉都變了，咬牙切齒瞪過去。
顧馨之即便知道那荷包不是自己繡的，也被噁心得不行。她伸手。「拿來。」
謝宏毅伸手欲遞，臨到頭卻頓了頓，遲疑道：「妳不會騙我吧？」
顧馨之瞪他。「我騙你幹麼？這種破荷包——咳咳，不就一個荷包嗎？我多的是。」

謝宏毅半信半疑，抵不過心裡的渴望，慢慢將荷包遞過去。顧馨之嫌他動作慢，上前兩步，一把奪過來。「磨磨唧唧的幹什麼。」

謝宏毅愣了下，緊張的看著她。

顧馨之反手將荷包扔給夏至，道：「好了，你可以走了。」

謝宏毅有點著急。「那荷包……」

顧馨之不耐煩。「少不了你的，回去等著就是了。」

謝宏毅不放心，視線落到她腰上佩掛的荷包上，試探道：「要不，先把這個給我？」

顧馨之瞪他。「要麼回去等，要麼啥都別想，你選一個。」

謝宏毅吶吶，很是擔心。「什麼時候我才能拿到荷包？」頓了頓，想起什麼，忙又問：「妳要如何送給我？」他似欣喜又似緊張，期期艾艾道：「若是不方便，我們約在外頭碰面？」

顧馨之擠出虛偽假笑。「放心，我自有辦法，你安心等著收荷包就是了。」

夏至聽得心驚肉跳，謝宏毅卻聽得心花怒放。

「好，那我等妳消息。」馨之心裡果然還有他……是的，她曾經對自己一往情深、情深義重，怎麼可能突然就變了呢？唉，說來說去，還是他往日有眼無珠。

如是想著，他臉上便顯出幾分不捨，躊躇不動。

顧馨之柳眉一豎。「快滾。」

謝宏毅黯然了兩分，接著又振奮起來。「我知道妳也不容易——好好，我先回去……妳也別待太久，外邊冷。」滿臉的關切，彷彿他仍然是顧馨之的夫君一般。

顧馨之才不管他想什麼，握緊拳頭，惡狠狠的瞪著他。

她自認是惡狠狠，但一身華裳麗裙，配上粉腮杏眸，只讓謝宏毅覺得是打情罵俏，心中越發憐惜，一邊看著她，一邊慢慢後退。

顧馨之被看得煩死了，不等他走遠，轉身，壓低聲音對夏至道：「走，我們從別的地方繞回去吧。」這園子是沒法待了。

夏至忙不迭跟上。

謝宏毅見她走動，當即停步，癡癡的看著。

「宏毅。」

平靜的聲音傳入耳中，謝宏毅一驚，連忙轉身。「小叔叔。」

謝慎禮淡然無波的掃他一眼。「很閒？這個點還在園子裡亂晃什麼？」

「今天年初一，休息。」

「年初一便是歇息的理由？」謝慎禮聲音平靜，說出來的話卻絲毫不留情面。「你考出那般成績，何來歇息的心情？」

去歲，謝宏毅下場秋闈，他的學識成績本就不算扎實，又遇到各種雜事，還轉去桃蹊書院……以他的心性，秋闈自然名落孫山，甚至，成績非常糟糕。

謝慎禮往前走了兩步，沒聽到腳步聲，回頭，擰眉。「還不走？」

謝宏毅打了個激靈，連忙行禮，灰溜溜離開。

謝慎禮盯著他的背影看了片刻，甩袖，再次往前。走進花園，繞了一圈，也沒發現自家嬌妻的身影，他只得退出來，沿著來路往回走，準備回設宴之處再問問。

還未抵達，就在一側樹下石桌處看到那熱烈如火的裙裳。

謝慎禮微鬆了口氣，大步過去。

「不可再見了，萬一被老爺——」夏至的聲音戛然而止，飛快福身。「老爺萬福。」

謝慎禮目光掃過她慌亂的臉，落在顧馨之身上。

顧馨之方才一直捂著耳朵裝聽不見，見夏至福身，會意回頭，臉現驚喜。「哎喲，你可算出來了。」

謝慎禮沒看出不妥，走上前，攙她起身。「怎麼在這裡坐著？石凳涼。」

顧馨之順勢起身。「就坐一會兒不礙事。」

「怎麼不在屋裡等著？」謝慎禮鬆開她胳膊，改牽住她柔荑。

「別提了，屋裡三姑六婆煩死了，我才出來透透氣的，這不，剛坐下呢。」顧馨之反過來捏了捏他的手，抱怨道：「你怎麼這麼久，讓我好等啊。」

謝慎禮頓了頓。「抱歉。」

顧馨之嘿嘿笑。「算了，原諒你。走走走，趕緊回去，吹了半天冷風，凍死我了。」

吹了半天冷風，剛坐下……這小小前院，還有何處可逛的？思及方才站在園子裡的謝宏毅，還有夏至那未完的半句話……謝慎禮微微垂眸，掩去眸中冷意。

與東府諸兄嫂辭別後，夫婦兩人相攜返回西府。

顧馨之前一夜沒歇好，回到家裡就開始打哈欠，索性回屋換衣歇息。

謝慎禮斂下思緒，轉回書房。

青梧習以為常，迅速泡了茶送過來。謝慎禮卻沒有喝，骨節分明的修長手指在紫檀木書桌上輕叩。

青梧偷覷其臉上神色，登時提起心來。

果不其然，低沈的嗓音突然響起。「上回讓你找的東西，都找回來了嗎？」

青梧頭皮發麻，小心答話。「不敢欺瞞主子，還有一物不曾取回……」

「荷包？」

青梧低應了聲。「是。其餘雜物，已全部讓人換了出來，只餘那枚錦鯉荷包……」他欲言又止。

謝慎禮面無表情。「繼續。」

青梧硬著頭皮繼續。「聽說那位隨身攜帶，日夜不離身，咱們的人實在難以下手……」察覺書房冷下來的氣息，他識趣的閉上嘴。

「日夜不離身？」謝慎禮輕聲重複。「好一齣深情厚愛。」

青梧不敢吭聲。

謝慎禮冷聲。「讓人把荷包絞了。」

青梧遲疑。「萬一被發現——」

謝慎禮打斷他。「讓他直接來找我。」

謝宏毅哪來的膽子？於是青梧放心不少，躬身應是。

謝慎禮這才收起一身冷意，轉回正事。「將晏書年前送來的書冊拿來。」

「是。」

青梧很快將書冊全搬了過來，謝慎禮略整理了下，挑了一本慢慢翻開，偶爾還要拿筆做記錄。雖是新年，書房卻格外安靜，只有翻書磨墨的些許動靜。青梧很習慣這種狀態，安靜的站在旁邊，不時給主子換茶、磨墨。

及至午後，陽光從西窗傾瀉而入，正院方向突然起了喧譁。

謝慎禮專注於書冊，似無所覺。

青梧下意識往聲音方向看了眼，心道，這是夫人午歇起來吧？也不知在玩什麼新花樣。

自從主子成親以來，正院那邊隔三差五總要吵一回，不是夫人跳繩跳操，便是夫人帶著丫鬟一塊兒遊戲。剛開始主子還會問上一句，如今，都當聽不見了。

以主子這喜靜的性子，這府裡，也就夫人敢造次了。他暗忖道。

正胡思亂想，卻見一人鬼鬼祟祟在門外探頭。青梧看了眼專心翻閱的謝慎禮，悄悄退了出去。

那人看到他出來，鬆了口氣，壓低聲音。「夫人往東院那邊送……荷包了。」

青梧驚問。「怎麼回事？」

那人小心回答。「就剛才送的，聽說——」

「什麼事？」不知何時出來的謝慎禮站在門口，看著他們。

那人頓時噤聲。

青梧朝他腦袋輕拍了下，低喝道：「還不趕緊說清楚。」

那人「誒」了聲，吞吞吐吐道：「夫人上午讓人去買了一箱荷包帕子，送到東府，按人頭送的，各姑娘少爺都有……」

「嗯，然後呢？」

那人壓低腦袋。「給大房的大少爺送的，是錦鯉紋樣的荷包、帕子數樣。」

謝慎禮皺了皺眉，宛如自言自語般。「無端端的，怎會突然往那邊送帕子荷包？」

青梧兩人不敢吱聲。

謝慎禮想到什麼，瞇了瞇眼，對著青梧吩咐。「找個理由去後邊找夏至，問問情況……她約莫知道些什麼。」

「是。」

東府，流雲苑。

「午間不是給了紅包嗎？怎麼又往這邊送東西？」鄒氏皺著眉頭翻開匣子，撥弄幾下，沒好氣。「還送這麼些上不得檯面的荷包帕子，一股子窮酸味兒。」

傳話丫鬟不敢接話。

鄒氏放下手，問：「全府都送了？」

「是。」

鄒氏來勁了。「別的院子是什麼東西？還是就我們拿了這些破落貨？」

傳話丫鬟吶吶。「聽說，都是這些。」

「嘖，真是的……等會兒，大家都一樣的，你們怎麼分的？我這匣，不會是旁人挑剩下的吧？」

傳話丫鬟如實道：「不是的，西府那邊送來的時候，每個匣子上面都貼了紙條，指定送到各院的。」

鄒氏皺眉。「那妳如何得知別人的東西也是一樣的？」

「西府的許管事送來的時候，就全部打開讓二夫人看一遍的，奴婢看得真真的，大家都一樣，只是花色各有不同而已。」

鄒氏撇嘴。「這傢伙，什麼時候變得這般周全了？」

傳話丫鬟自然不敢接話。

「行了行了，找個角落扔著就是了。」

她的親信丫鬟忙勸道：「夫人，畢竟是西府大張旗鼓送過來的，做個樣子也好。那邊打著給晚輩送些小禮物的旗號，總還是得給少爺他們送去。」

「送送送，這麼點窮酸東西，當誰在意似的。」

丫鬟不敢多言，吶吶看向親信，親信丫鬟連忙接過匣子，揮手讓她出去。

半刻鐘後，匣子被送到謝宏毅面前。

彼時，他正在書房看書，張明婉在旁邊伺候筆墨，不時與他說上兩句話。當真是歲月靜好——張明婉是這般認為的。

故而，當那匣子錦鯉荷包、錦鯉帕子擺在謝宏毅面前時，她登時繃不住，當場低諷句。

「好歹也是長輩，怎的如此不要臉面？」

謝宏毅壓根兒沒注意她說什麼，快步走向丫鬟，又驚又喜的看著匣子，道：「送給我的？馨之送的？」

竟直呼長輩名諱?!那鄒氏的親信丫鬟嚇出一身冷汗，忙不迭找補。「少爺恕罪，是奴婢沒說明白，這是五夫人送給大家的新春禮物，府裡小輩們人手一匣。」

謝宏毅怔了怔。「人手一匣？」

「是的。」

後邊跟過來的張明婉大鬆口氣，謝宏卻毅張了張嘴，接過匣子，打開一看，滿匣子的荷包、帕子，上面皆是各色各樣的錦鯉紋，魚躍水面、枝下游魚、雙魚結草……

他驚喜交加，忙又問：「這是東府那邊指定送的，還是二叔母分的？」

丫鬟遲疑了下，道：「聽說，是許管事提前分好的。」

謝宏毅登時喜上眉梢。「那這是給我的？」他撿起一枚荷包，仔細端詳。

張明婉一眼看出，是與他那只被勾破了口子的荷包相似的圖案。她心中暗恨，忍不住問道：「好端端的，五嬸怎麼送荷包帕子過來？」

「奴婢不知。」

謝宏毅高興不已的放下手，道：「好了，東西我收了，妳回去吧——等等，我要不要給馨——五嬸回點什麼禮？」

丫鬟忙道：「不用呢，許管事說了，這是五夫人進家門後第一回過年，特地送的，往後不會再有，也不必回禮了。」

進家門的第一回？顧馨之在謝家已經過了兩個春節，這是特指她五夫人的身分嗎？謝宏毅心中欣喜稍歇。「這樣啊。」

丫鬟不敢再多話，東西送到了，趕緊福身告辭。

等人走了，謝宏毅捏著荷包坐回去，慢慢把玩。臉上神情混著懷念、不捨、欣喜……複雜又耐人尋味。

張明婉豈會不懂，掃了眼他手裡荷包，從匣子裡撿了個，看了幾眼，狀若漫不經心道：

「五嬸有心了，這一看，就是錦繡布坊裡的東西，不便宜呢。」

謝宏毅愣了下，抬頭看她。「錦繡布坊？」他下意識辯解。「怎麼可能是錦繡布坊的，妳想多了。」這是顧馨之給他換的，肯定是她自己親手做的。

張明婉聽明白言外之意，心中暗恨，面上卻要笑著說話。「夫君不懂針線，自然看不出來。這荷包、帕子上面的針線，用的是蘇繡，而京城裡，只有錦繡布坊的繡娘是蘇繡出身，鋪子裡的衣裳、物件也大都是用蘇繡。」

謝宏毅震驚。「什麼？這不是馨之縫製的？不，不可能。她答應過的，給我——」他憶起園中對話，如遭雷擊。是了，顧馨之只說給他荷包，壓根兒沒說是親自縫製的荷包。

他忍不住喃喃。「所以，她是騙我的？她只是想取回她的荷包？」

張明婉皺眉。什麼意思？他倆見過面了？什麼時候？

謝宏毅連連忙安撫。「別多心，我們就說了幾句話。」

張明婉才發現自己將話問了出來。她連忙假笑。「嗯，大過年的，拜個年也是要的。」

謝宏毅卻不再多說，擺擺手，低頭繼續擺弄荷包，神情有些鬱鬱。

張明婉差點把銀牙咬碎。

申時過半，日頭開始西斜。顧馨之擦了擦額頭的汗，宣佈今天的活動到此為止。諸丫鬟笑嘻嘻退開，連帶方才的運動器材也帶走了。

顧馨之發現了，沒好氣。「妳們怎麼回事，天天把我這裡的東西順走。」

夏至忍笑。「就幾個棉布袋子，夫人賞她們就是了。」

「那也是水菱辛辛苦苦做出來的。」

水菱當即插話。「就幾針線的活兒，哪論得上辛苦。回頭奴婢再給您做幾個。」

顧馨之憤怒。「反正我明兒是趕不上扔沙包了。」

沒錯，方才她領著眾多小丫鬟玩丟沙包，跑來跑去，既好玩又有運動量。無奈，活動結束，沙包就被小丫頭裝傻順走了。

水菱笑嘻嘻。「這個簡單，您睡個午覺的工夫就能好了，跟前些天不一樣。」

前些天，顧馨之鼓搗的皮球、乒乓球、羽毛球，都要匠人折騰好幾天，好玩，連那些十歲出頭的小丫鬟們都很喜歡，她索性裝嫌棄，送給小丫鬟們玩。沒想到如今，連個沙包都要順走。

「慣的妳們！」顧馨之笑罵了句。

水菱不痛不癢的，只接著問：「夫人還要沐浴嗎？奴婢去備水。」

「要要要，一身汗呢。走走走。」

水菱等人忙不迭安排起來，半刻鐘後，顧馨之便舒舒服服的泡在浴盆裡。

因怕她著涼，屋裡還燃著炭盆，還是她強烈要求，才得以開一道窗縫。饒是如此，屋裡依舊白霧繚繞，溫暖如春，泡得人昏昏欲睡。

顧馨之腦袋一點，磕到浴盆邊沿，驚醒後，頓時懷疑自己一氧化碳中毒。她連忙爬出浴桶，抓過厚厚的浴巾隨手一裹，奔去開窗。

正當時，腳步聲傳來。

顧馨之捏著浴巾回頭。「水菱——誰——臥槽你進來幹麼?!」對著熟悉的高大身影，她氣得跳腳。「嚇死人了知不知道?」

來者正是謝慎禮，水霧氤氳中，他的神情看不分明，聲音亦是平日的沈靜。他問：「夫人何時得空，給為夫繡個荷包?」

顧馨之滿頭問號。什麼毛病?為了這麼一個莫名的小問題，就來闖她浴間?

第五十二章

顧馨之這般想，自然這般罵出來。

謝慎禮卻毫無所動，虛攏右手，慢步往前。「無妨，夫人不嫌棄便可。」

水霧略散，顧馨之看見對方目光緩緩下移，落在她隨便掖著的浴巾上，她挑了挑眉，歪頭問：「我若是嫌棄呢？」說話的同時，纖細手指狀若無意般滑過鎖骨。

謝慎禮腳步頓了下。

「哈啾！」

開了半個巴掌的窗突然湧進一股冷風，猶站在窗邊的顧馨之被撲了個正著，露在浴巾外的胳膊肩膀瞬間起了一片雞皮疙瘩。

「嘶——好冷。」她顧不上謝慎禮，抱胸直奔浴桶——衣服掛在那邊呢。

跑到一半面前一黑，整個人被裹入厚厚的披風裡，然後騰空而起。她嚇了一大跳，驚得大叫。「你發什麼瘋！」

謝慎禮將她往肩上一扔，轉身往外走。

顧馨之被他石頭般的肩膀硌了下，忍不住捶他後背，罵道：「野蠻人！」究竟誰說謝慎禮斯文端方、古板有禮的？都瞎了眼吧？

謝慎禮毫無所動，不緊不慢往外走。他走得慢，顧馨之便不覺得難受了，緩過勁來，她掙扎著拽開披風，露出半顆腦袋，只看到某人那掩在袍服下的寬肩闊背。

要不是袍服厚，她肯定要掐一把的。顧馨之暗忖著。

浴間外候著的水菱自然知道謝慎禮進去，看到他扛著一布包出來，人都傻了。

謝慎禮掃她一眼。「出去。」

水菱愣了下，反應過來後登時漲紅了臉，慌張退出去，禮都忘了不說，還差點撞上抱著東西的白露。

白露詫異。「怎麼——」

「噓，噓。」水菱一把捂住她的嘴，然後推她往外走，壓低聲音道：「老爺在屋裡。」

白露眨了眨眼，意會之後，跟著她輕手輕腳退到外間，氣聲問：「怎麼鬧上了？夫人不是正在泡澡嗎？」

水菱同樣氣音。「我也不知道，我正準備進去看看水溫，老爺就闖進來了。」

「行了，我去讓人備水。」白露了然，放下東西便準備出去。

水菱忙拽住她。「待會兒要晚膳了，老夫人問起怎麼辦？」

「怕什麼？妳說老爺夫人在忙就得了。」老夫人又不是不經事的小姑娘了。

水菱臉上熱意未褪。「這、這真的行嗎？」

白露皺了皺眉，看了眼裡屋方向，隱約能聽見裡頭的動靜，遂扭頭，拽住水菱往外走。

兩人出了門，白露細心的將屋門掩上，才嚴肅的看著她，道：「趕緊收了這副不頂事的模樣，老爺最不喜幹活磨磨唧唧的人了。」

水菱撇嘴。「我哪有。再說，老爺哪有這麼可怕，妳盡唬人。」

「不管老爺嚇不嚇人，妳傳個話扭扭捏捏的，主子不嫌棄便罷了，出去若是招人笑話，主子們不計較，許管事也會撕了妳的。」

水菱縮了縮脖子。

白露看看左右。「對了，夏至呢？到處不見人影，她幹麼去了？」

水菱也愣了愣。「好像是，夫人歇息後就不見她了。」

白露皺眉。「夫人沒給她安排什麼活兒？」

水菱搖頭。「沒有啊。」

白露頓時有些擔心。「別不是出什麼事吧？我找個小丫鬟找找，順便準備熱水，妳去給老夫人遞個話。」

「好。」

酉時末，雲銷雨霽。

顧馨之又餓又累，推了推重死人的男人，道：「起開，幾點了？該吃飯了。」

謝慎禮埋在她頸側，悶聲道：「不想吃。」

顧馨之沒好氣。「那你別吃，我要吃。」
謝慎禮默了片刻，嘆了口氣，翻身躺到一邊。
顧馨之拽過一旁皺巴巴的浴巾，啪啪甩開，裹到身上。
被毛巾甩了一臉的謝慎禮見她爬起來要下床，忙抓住她胳膊。「去哪兒？穿上衣服。」
顧馨之回頭瞪他。「我要沐浴。」剛才都白洗了。
謝慎禮皺了皺眉，坐起來，將她攔回床榻。「我去，水來了妳再出去。」
顧馨之頓了頓，伸手感受了下帳子外的溫度，果斷拉起被子包住自己，只露出光潔的肩膀胳膊，然後眨巴著眼睛看著他。
謝慎禮已經扶在床帳上的手慢慢收回。「要不，再歇會兒——」
一個枕頭砸過來，將他的話壓了回去。
顧馨之氣道：「快滾，一把年紀了別作死，回頭虛了我找誰去？」
謝慎禮抓著枕頭，眉峰皺起。「一把年紀？」
顧馨之笑噴，抬腳踢他，笑罵道：「我這是誇你精力充沛不似這般年紀呢！還不趕緊去叫水，餓死我了你就得三婚了。」
謝慎禮放下枕頭，無奈的拍了拍她的腦袋，摸出褲子隨意一套，光著膀子就出去了。
顧馨之探頭。「外面冷，穿個衣服。」外頭零下呢。
「不礙事。」

顧馨之就眼睜睜看著他就這樣出去了……行吧，習武之人身體棒，火力壯，不怕凍。她裹著浴巾被扛進來的，眼前只有浴巾和披風，只能窩在被窩裡等著了。

好在，謝慎禮很快回來，後頭還跟著白露。

顧馨之忙招呼白露。「快給我拿身衣服，我要去沐浴。熱水還要多久到？」

白露眼都不敢四處瞟，邊給她翻衣裳邊答道：「夫人放心，一直備著呢，已經讓小滿、小雪去提水了。」

看來正院的人都知道他們夫妻倆在胡鬧了。顧馨之驚了下，也就是一下——咳，他們可是合法夫妻，想鬧就鬧，礙不著誰。

白露給她遞了身寢衣，站在帳外等著，顧馨之隨意套上，鑽出帳子，還沒站定，就被披風裹住。

穿好衫子的謝慎禮垂眸看她。

顧馨之拉住披風，朝他彎彎眉眼。「謝啦……等我一會兒。」她指晚飯。

「嗯。」

等兩人收拾好坐下吃飯，已經接近戌時末。不說顧馨之，連謝慎禮也是一口氣扒了兩碗飯，才放慢速度。

等兩人吃完大年初一的第一頓晚飯，才得空坐下說說話。

首當其衝的，自然是那惹禍的荷包話題。

顧馨之斜眼。「我午睡前才讓人送過去的東西，不到一個時辰你就知道，你是長了順風耳還是有千里眼？」

謝慎禮淡定的給她添了點茶，平靜道：「我一直讓人盯著東府。」

顧馨之一愣。「整個東府？」

「嗯。」謝慎禮毫不避諱。

「那邊有什麼好盯的？盯著他們吵架鬥嘴拈酸吃醋？」

「不是。」

顧馨之以手托腮。「那是盯著他們送禮收禮，防止他們亂花錢？所以正好逮著我？」

「差不多。」

「你好閒喔。怪不得你整天忙忙碌碌，連大年初一都要去書房幹活，原來是事無鉅細、事必躬親，連芝麻綠豆大的閒事也不放過。」

「妳的事不是閒事。」

顧馨之瞪他。「那你知道什麼情況還回來發瘋？」

謝慎禮掩唇輕咳，含糊道：「這是兩碼事。」

顧馨之哼哼。「你不就是吃味我給謝宏毅送荷包嗎？哪來的兩碼事？」

謝慎禮不吭聲。

喲，還默認了。顧馨之沒好氣。「我又不是單給他一個人的，那一府上上下下，人手一份呢……這麼大筆支出，心疼死我了。」

謝慎禮垂眸，淡聲道：「妳本可以不送。」

「做人要言而有信，我答應了送，自然要送。」

謝慎禮掀眸看她。「妳為何要應下？」語氣已帶上了幾分不悅。

顧馨之反瞪他。「他手裡拿著原——我以前做的荷包，留著給人當把柄嗎？不對。」她拍額。「我能有什麼把柄？我什麼把柄都沒有，謝宏毅手裡有我東西多正常啊。」她放下手。「難不成你覺得有問題？」

謝慎禮不吭聲，顧馨之白他一眼。「不管你覺得有沒有問題，反正我嫌噁心，所以我要把我的東西拿回來。」她抱怨。「你那好姪兒彷彿有什麼毛病，搞得我要回自己的東西，還得兜個大圈花這麼多錢，我虧大了好嗎？」

顧馨之拍謝慎禮胳膊。「你就沒什麼要說的？」

「嗯，回頭我教訓他。」謝慎禮沈吟了下，果斷改口。「算了，過兩日把他送回書院去吧。」省得在眼前招人煩。

「大哥，今天才年初一。」好歹讓人歇幾天吧？

「看著礙眼。」

「你這是仗勢欺人、以權謀私。」

謝慎禮坦然。「有權不用，要權何用？」

「有道理。」她才不會為謝宏毅求情呢，這種傻缺，還是有多遠滾多遠吧。顧馨之端著茶，如此想著。

謝慎禮宛如想起什麼，突然道：「對了，我這邊有點事，需要借妳身邊夏至幾天，等事了，再讓她回來伺候妳。」

顧馨之疑惑。「啊？什麼事？」

謝慎禮似有些為難。

顧馨之善解人意。「行行行，回頭把人完好無缺的還給我就行。」雖然相處的時間還不多，但夏至、白露確實穩妥周全，沒什麼意外的話，她想將兩個人鍛鍊起來，出去管鋪子或在府裡當管事娘子都使得。

謝慎禮微微垂眸。「嗯。」

話題便到此為止。

顧馨之放下茶盞，起來伸了個懶腰。「時間還早，我去看會兒書，你自個兒忙去。」

謝慎禮皺了皺眉，跟著放下茶，問：「妳什麼時候開始忙？」

「啊？」顧馨之放下手。「歇了好久了，打算過完初五就開始忙。」

謝慎禮意會，是指鋪子裡的事情。他不太贊同，建議道：「妳年前一直看帳，然後準備過年事宜，多歇幾天？」

顧馨之擺手。「可以了，這些工作量在我這裡算養老級的，我當休息了……你還沒說你什麼事呢。」

謝慎禮遲疑了下，道：「幾日工夫，能做幾個荷包？」

這是跟荷包槓上了？顧馨之朝這廝腰間努了努嘴。「不是有了嗎？」還佩在他身上呢。

謝慎禮摸了摸荷包，道：「已經有些舊了。」面對顧馨之無語的神情，他似有些不滿。「成親倉促，妳做得不夠盡心，絲線都不捨得多繡兩根。」

顧馨之汗顏。不，她是真的盡力了。

謝慎禮溫聲道：「再給為夫繡幾個吧，不拘什麼圖樣。」他輕咳一聲，狀若隨意道：「什麼喜鵲登梅、和合二仙、鶴鹿同春、龍鳳呈祥、梅蘭竹菊等，都可以。妳慢慢做，每種紋樣都做上幾個，為夫可以輪換著用。」

顧馨之呵呵。「那你等著，待會兒就給你送過來，什麼花樣都給你來一打。」

「我不要外邊鋪子的。」

顧馨之收起笑容。「那沒有。」

謝慎禮劍眉一皺。「為何？」他神色微沈。「我不配？」

這是跟謝宏毅比上了？顧馨之白他一眼。「想什麼呢？不是你不配，是我不配。」反正瞞不過，顧馨之讓水菱去屋裡取東西，只說：「我看夏至好像扔到舊衣箱籠裡，妳找找。」

水菱應聲去了。

謝慎禮聽說是破荷包，眸中閃過冷意，待顧馨之轉回來，又是沈穩先生模樣，只略帶不滿。

顧馨之半分沒察覺不妥，指向他腰間。「拿來。」

謝慎禮有些遲疑。

顧馨之瞪他。「又不是不還給你，拿來。」

謝慎禮這才動手，解下荷包緩緩遞給她。

顧馨之接過荷包仔細端詳。荷包用的是好料子，繡紋雖少，卻很雅致，除了側邊有些磨花，大體還是完好的，可見佩戴者平日頗為呵護。

她忍不住笑。「你是真喜歡啊？」

謝慎禮毫不遮掩。「夫人親手繡製，自當珍惜。」

顧馨之看著他，笑罵道：「就你這抹了蜜似的嘴，怎麼打光棍這麼多年？」

謝慎禮啞然。

顧馨之也不用他回答，只道：「都磨花了——」

話都還未說完，荷包便被拿走。

謝慎禮將荷包好生掛好，慢吞吞道：「時間早晚沒關係，多做些。」

顧馨之翻了個白眼，恰好水菱出來了。她看了眼謝慎禮，緊張的將手中荷包遞給顧馨之。

顧馨之察覺，思及水菱畢竟伺候過原主數年，她想了想，找了個由頭把人支出去。

謝慎禮看在眼裡，若有所思。

顧馨之看著水菱出去，扭頭，朝他做了個拋擲的動作。謝慎禮下意識抬手，接住——是方才握在顧馨之手裡的荷包。

「你仔細看看。」

謝慎禮神色微冷。「不用了。」翻手，打算放至桌上。

顧馨之無語。「讓你看就看，磨磨唧唧的做什麼？」

「若無他事，我先去——」

「誒！」顧馨之拽住他胳膊。「別走別走，都拿出來了你快看看，你不看我不給你做的喔。」

「為何？」

「你看了我再給你解釋。」

謝慎禮遲疑了下，重新撿起那只荷包。

顧馨之還不忘提醒。「仔細看繡紋啊。」

謝慎禮看她一眼，注意力才放到荷包上。荷包很精緻，雖然有些舊，還有一道口子，卻不妨礙上面栩栩如生的錦鯉戲蓮紋。

呵，錦鯉，確實精細。謝慎禮放下荷包，神色淡淡。「看完了，我可以走了？」

「你看出什麼了呀，我讓你看繡紋——你看看上面繡紋的針法，是不是很複雜？」

謝慎禮語氣不冷不熱。「看出來了。」

「你這語氣不太對啊，你——咦？你是不是吃味了？」顧馨之語氣很是驚奇。「你這老古板還有吃味的一天啊？」

顧馨之哥倆好般拍拍他胳膊。「害你想多了，我真的只是讓你看針法繡紋。」見謝慎禮眉峰微皺，她想了想，指著破荷包道：「這麼說吧，這不是我繡的。」

顧馨之又指向他腰間荷包，道：「我的刺繡水準，到這兒。」

謝慎禮視線落在几上，他看著破荷包，皺眉問：「妳擔心他不喜，特地讓人做的？妳這般在意他的看法嗎？」

這個「他」所指何人，兩人心知肚明。

顧馨之攤手。「我也沒說那荷包不是我做的。」在意與否什麼的，她不是當事人，就不討論了。

「此話何解？」

顧馨之笑咪咪。「你自己想啊……你只需知道，你手裡的才是我繡的就行了。」

「夫人這是在開玩笑嗎？」

「你要這麼想也行。」

兩人四目相對。

謝慎禮盯著她半晌，搭在茶几上的修長手指緩慢輕叩。

顧馨之也不催他，以手托腮，欣賞著他三百六十度無死角的俊容。

半晌，謝慎禮突然開口，問：「妳那染布的法子，是從何得來的？」

顧馨之愣了下，歪頭道：「我說我從書上學的，你信嗎？」

「據我所知，染布法子不光步驟繁複，還需要多年經驗，香雲紗更是其中翹楚，製作條件極為苛刻，成品極少，不光京城，蘇杭各地布坊都未能複刻，每年都是奇貨可居……而妳只憑看書，便能做出相差無幾的品質——」

「其實還是有差的。」顧馨之忍不住打斷他。「去年我沒錢，也沒有多少布料，只能用速成的法子，那樣的料子不夠精緻、紋理圖樣也不夠好。但今年我有錢了，我要好好弄弄，包管今年出的香雲紗品質更好，賺得更多！」

顧馨之發現他皺眉，不樂意了。「你覺得我做不到？」

謝慎禮對上顧馨之染了些微怒意的眉眼，暗嘆了口氣，順著她道：「為夫自然信妳。」

顧馨之轉怒為喜，語氣鏗鏘道：「你放心，最晚六月，新料子就能出來了。」

重點根本不在這兒。他家夫人的關注點總是與眾不同，他該習慣。

「我們還是說說別的事吧。」

顧馨之不解。「還有什麼事嗎？」

謝慎禮頗為無奈。「妳應承要給我做些荷包的。」

顧馨之大驚失色。「我哪有，不是說了，我的手藝不好嗎？」

謝慎禮拐著彎問：「夫人的針線不便露人？」

「那當然不是，我的針線再差，也沒到那個地步。」

謝慎禮看著她。「那是有仇敵在外，怕洩漏了身分？」

顧馨之很是無語。「你是想到什麼地方去了？我的仇敵，不都是你招來的嗎？」比如誰家姑娘，還有那誰家姑娘。

謝慎禮不答，只拿眼看她。兩人對視半天，顧馨之率先笑出來。

「好啦，沒有什麼亂七八糟的不方便，我就是針線不好，懶得做而已。你要真不嫌棄，我慢慢給你做就是了——可不許嫌慢啊。」

謝慎禮緩下神情。「慢些沒關係，只希望夫人勿再假手他人。」

顧馨之懶得解釋。「知道了。」

謝慎禮諄諄善誘。「倘若夫人有何難處，定要與為夫說道。妳我休戚與共，為夫亦不是那等背信棄義之人，夫人無須太過戒備。」

「好好好，有麻煩一定跟你說。」顧馨之見他還待再說，立馬推他趕人。「你很閒嗎？這麼閒趕緊去書房忙去，沒得在這裡叨叨我。」

第五十三章

顧馨之次日起來，就把荷包的事情扔到一邊，開始忙活正事。

許氏見狀，勸了幾句，比如大年初二不宜幹活，比如過年不休息，來年沒法休等等。顧馨之一邊嗯嗯嗯的應付，一邊手裡不停。

她說今年要做出更好的香雲紗，可不是說著玩的。去年是沒辦法，如今她有條件，自然要將布料做得更好。

她從去年就開始籌備，先是陸續買了幾名織娘，還託雲來的商隊去南邊採買幾臺織機，之前批量生產的毛巾，就是用的那幾臺織機。

入秋後，她鋪子裡接了一批貼布版的棉襖訂單——這種取巧方式，比之繡紋，總是差了點味道，各大布坊布鋪雖也會仿製，卻仍有所躊躇，並不會放開手腳做。

顧馨之卻盯著普通百姓這個市場。普通老百姓穿不起昂貴的刺繡衣裳，能在衣裳上多點花紋，價格還不貴，都願意買幾件。但這年頭沒有版權概念，她賺的就是這頭一份的快錢，等大家意識到裡頭的利潤，全往裡衝的時候，她就賺得少了。

如此一來，她收訂單自然是可著勁兒的收，入秋後，莊子裡的織娘、婦人便一直忙著剪布縫布，織機也就閒了下來。

她找來幾名匠人，按照她的要求，由匠人、織娘琢磨著改裝一二。她也不是要將紡織機改成什麼流水線高科技產品，只是稍微調整。

這時代的紡織技術已經很成熟，做出來的布料繁複多變。有直接在布料上織加紋樣的，叫妝花，如妝花紗、妝花緞。這種技術最為簡單，市面上多是這種。亦有精細如雕琢鏤刻的通經回緯紋，皇家御用的緙絲，正是用這種通經回緯的方式織就，因其複雜難成，號稱「一寸緙絲一寸金」。

顧馨之自然不需要緙絲那般複雜的紡織法，她只是想將好看的圖樣，織進布料裡，讓做出來的香雲紗花樣更豐富些、材質更輕薄些。

紡織紡織，得有絲線才能紡能織。所以，她得先挑線。

本來，她無須如此著急。這不，大年初一為了買荷包帕子，讓人去敲了錦繡布坊的門。就那麼點小東西，她也覺得心虛，索性自己要買絲線做實驗，就在他家買了。

大年初一還不好講價，那價格……罷了，就當花錢消災了。

當下，幾箱絲線堆得廂房滿滿當當的，顧馨之正在翻揀查看，許氏跟在一旁叨叨。

「咱們現在也不缺這幾個錢，沒得大年初二還要幹活的，妳去外邊看看，哪個當家夫人像妳這麼勞碌的——」

「娘。」顧馨之捏起一縷絲線，問她。「這個線，如果拆細了，能上織機嗎？」

「啊？」許氏下意識接過線，用力撚動，又用指甲挑出細絲，再撚了撚，道：「應該可以，這絲結實。」
「好……香芹記一下，上個編號，回頭我們逐一試試。」
「是。」
許氏眨眨眼。「不是，我說的話妳聽到了沒有？」
顧馨之敷衍道：「聽到了聽到了，別的當家夫人都清閒不幹活嘛……娘，這個線呢？」
「聽到還不知道罷手……我看看。這個線不行，色豔，不結實，都拿來上繡活，哪有拿來織布的——算了算了，讓開，我看看。」
顧馨之麻溜讓開位置，小太監狀托起許氏胳膊，掐著嗓子道：「老夫人慢慢看，小馨子給您伺候著。」
許氏沒忍住，笑罵了句。「德行！」
顧馨之嘿嘿笑。
總歸是勸不住，許氏最後還是跟著看起絲線。
許氏刺繡懂得多些，哪些線好用，哪些容易起毛、哪些易斷……大都能說出個大概來。
顧馨之對線材雖也多有了解，但與這時代純手工的絲線卻大相徑庭，只能聽著許氏講解，摸索著撚動感受。
正忙活，忽聽急促腳步聲傳來。
接著水菱飛奔進屋，喘著氣道：「夫、夫人，快、快去前院……」

顧馨之茫然抬頭。「啊？」

顧馨之提著裙襬穿廊過院，氣勢洶洶衝到前院，要進去，卻被門口候著的蒼梧攔住。

蒼梧笑呵呵的。「夫人，什麼風把您吹過來了？這前院亂糟糟的，哪能讓您進去污了眼睛。」

顧馨之扔下裙襬。「別跟我來這套……謝宏毅是不是在裡面？」

蒼梧僵了下，乾笑道：「夫人說笑了，東院的大少爺怎麼會來咱們這邊呢？」他掃了眼緊張不已的水菱。「有些丫頭沒經過事，大驚小怪的，倒是擾了您的清淨——誒，夫人！」

顧馨之直接繞過他往裡走。「在不在我自己看。」

蒼梧連忙追上來，亦步亦趨。「夫人，您看，這都快午膳了，您且回去歇著，主子一會兒就回去了。」

「不讓我看看，今天大家都沒飯吃！」顧馨之沒理他，大步流星往前走。

蒼梧噎住，哼哧半天苦著臉道：「待會兒夫人可得在主子面前為奴才說幾句好話啊。」

「哼，那你剛才還攔我？」

蒼梧嘿嘿笑，壓低聲音。「那不得裝個樣子嘛。」不然主子哪裡饒得了他？

幾句話工夫，一行人穿過院子，抵達書房前。許管事、青梧，以及兩名眼熟的書僮站在廊下，看到她都很是詫異。

顧馨之沒管他們，提裙踏上臺階——

砰——嘩啦！

「謝慎禮！」謝宏毅的怒吼聲傳來。「我前程如何不需要你來指手畫腳！你算個什麼東西？你以為你還是太傅嗎？你就是看不慣我！」

顧馨之臉一沈，大步上前，一腳踹向半掩的門。

「砰」的一聲，木門狠狠撞到牆上，反彈的瞬間被追上來的蒼梧快手按住。

顧馨之壓根兒沒注意，她衝進屋，扔下裙襬，打量屋裡情況。

對峙的叔姪倆，一個面無表情的坐在寬大書桌後，一個站在滿地碎瓷前漲紅著臉。看到她進來，兩人皆愣了下，下一瞬，謝宏毅臉現驚喜。

「馨之——」

「妳怎麼過來了？」謝慎禮起身迎出來。

謝宏毅頓住，黯然閉上嘴。

「哼，你不是猜到我過來嗎？還使喚蒼梧攔住我！」

謝慎禮瞟了眼蒼梧，蒼梧縮了縮脖子。他收回視線，伸手欲扶顧馨之胳膊，溫聲道：「我這裡有點事，妳去東廂坐會兒，我很快過去。」

顧馨之避開他的手，裝模作樣福了福身，意有所指道：「夫君，大姪子難得來府裡，怎麼不跟我打聲招呼？可是你家夫人有何見不得人之處？」

謝慎禮語氣淡淡。「子姪小輩罷了，犯不上勞動夫人。」

顧馨之豈能聽不出他語氣中的不悅，借著身體遮擋，伸手擰他，語帶威脅的反問道：「是嗎？那我走？」

謝慎禮完全感受到了。「既然到了，暫且等等？」

顧馨之這才彎了眉眼。「好，我聽您的。」

她可不管他怎麼想，轉向低頭不語的謝宏毅，指了指地上碎瓷，皮笑肉不笑道：「大姪子，這大過年的，你是來我們家耍威風呢？」

謝宏毅急忙抬頭。「不是的！」他臉帶憤懣，指著謝慎禮道：「若非他欺人太甚，我何至於大年初二過來擾人清淨？」

謝慎禮神色淡然，不置可否。

顧馨之收回視線，問謝宏毅。「他做什麼了？」

謝宏毅看著她，頗為委屈道：「他——」

「別一口一個他的。」顧馨之打斷他。「讀了這麼多聖賢書，知不知道何謂長幼有序、尊卑有別？」

謝宏毅漲紅了臉。

謝慎禮微微垂眸，掩下笑意。

「說說，你小叔叔做了什麼讓你這般……」顧馨之看了眼地上碎瓷。「失控。」
謝宏毅彷彿被噎住，停了下，才不情不願道：「小叔叔讓我明天就出發前往書院。」
啊？謝慎禮昨天才提的事情，今天就行動……顧馨之下意識看向身邊人，謝慎禮垂眸不語，她便知道這是真的了。她心虛的輕咳一聲，道：「也是為你好。」
謝宏毅憤然。「不，他怎麼會為我好呢？他不過是看我礙眼，擔心我留在京裡會與妳舊情復熾，他、他——他是嫉妒我！」
謝慎禮冷下臉。「你——」
「嘔！」
旁邊傳來一聲做作的嘔吐聲，將他的話壓下去。還未等他反應過來，顧馨之已經開口。「呸呸呸，大過年的，別影響我胃口，什麼狗屁的舊情復熾？我跟你哪來的舊情？」
謝宏毅苦澀。「人言可畏，妳要與我避嫌也是正常。」
顧馨之一陣惡寒。「你是聽不懂人話是怎麼著？我跟你，從前沒有情，現在沒有情，往後也不會有，你再胡說八道，當心我把你嘴巴卸了！」
謝宏毅卻嘆了口氣。「妳不用裝了……妳嫁給這樣的男人很痛苦吧？」
「他這般專橫、這般凶殘，所有人都怕他，妳一定也很怕吧？妳嫁給他，是不是也是被逼的？」謝宏毅彷彿想通什麼，心疼道：「他是不是對妳很不好？是不是不許妳出門……他是不是還會打妳？」

「我也受夠了，他處處打壓我，還要將我趕出京……我現在就去找族老們，把他這個虛有其表的族長給廢了。」謝宏毅看著顧馨之。「到時，妳就可以跟他和離！我們再次成親！」

顧馨之終於忍不住了。「我腦子抽了才跟你成親！」

謝宏毅一臉堅毅。「妳不用再遮掩了，我懂的。以前我年少無知，現在我懂了，我會扛起責任的！」

「你的責任跟我有個屁關係？你——」

「馨之，妳放心，我說到做到！」謝宏毅挺直腰，冷冷看了眼謝慎禮。「你等著，你這種小人，得意不了多久的！」說完，不等兩人回答，他風一般衝出去。

顧馨之及謝慎禮面面相覷。

半晌，顧馨之沒好氣開口。「看看，當年你就是找了這麼個傻帽託孤的……怪不得你丟官，眼神不好。」

顧馨之見他一臉無語，拍他。「你還不趕緊的，就由得他去告狀啊？你還要不要當族長了？還是真的想三婚？」

謝慎禮握住她柔荑，淡然道：「無妨，不管我會不會卸去族長之位，他明天都必定要離京。」

顧馨之聽出問題。「你不想幹了？」

「嗯，是時候卸任了。」

「你來真的啊？」顧馨之想起什麼，驚訝道：「不會是因為我年前抓你的爛帳吧？難不成不給你花錢，你就覺得族長之位無足輕重了？」

「不是。」謝慎禮輕扶她胳膊，帶她繞開地上碎瓷，到另一邊的茶几處坐下。

門口處探頭探腦的蒼梧、青梧連忙進來收拾。

顧馨之顧不上說話，連忙叮囑他們。「別用手撿，去拿掃帚簸箕。」

蒼梧還待說話，對上後頭主子的眼神，縮了縮腦袋，連連應聲，飛快出去拿工具。

顧馨之這才轉回來，謝慎禮正挽著袖子斟茶，滿杯後擱到她面前。顧馨之一路過來確實冷，老實不客氣的端起杯子暖手。

謝慎禮慢條斯理給自己也倒了杯後放下壺，抬眸看她。「怎麼突然過來了？」

顧馨之斜眼。「再裝就不像了，你不知道我過來，怎麼還讓蒼梧在門口攔我？」

「我沒有這般吩咐。」謝慎禮神色淡然。「不過，謝宏毅來，他們攔一攔也是應當。」

顧馨之啞然。

謝慎禮看她。「不應當嗎？還是妳也想見見他？我擋著你們了？」

顧馨之瞪他。「好好說話，別陰陽怪氣的。」

謝慎禮不說話了。

顧馨之直接提正事。「謝宏毅雖然沒什麼腦子，但他是謝家名正言順的正房長子，還是那一輩裡唯一拿了功名的，怎麼著也是下一代的領頭羊，他去找族老們，說不定真把你這族長換下來，你確定沒事？」

謝慎禮淡淡道：「嗯。」

顧馨之懷疑的看著他。「你究竟在幹麼？」

顧馨之細數。「你沒官職，鋪子也扔給我了，卻不見你閒著，天天窩在書房裡忙活。掛著族長名頭，對族中事務愛搭不理，卻又盡心盡責擦屁股。我以為你很看重這族長之位，現在說扔就扔……你想做什麼？」

謝慎禮神情溫和。「別擔心，我自有成算。」

「不能說說？」

謝慎禮垂眸，狀若隨意道：「不外乎是些利益糾葛，不提也罷。」

顧馨之懷疑。「你現在還有什麼利益可以跟人交換？」

謝慎禮微哂。「夫人是否太過小看為夫了？」

顧馨之聳肩。「誰讓你什麼都不說？」

「妳管著鋪子和家裡就好，這些瑣事自有我擔著。」

「你這樣會影響夫妻感情的。」擱現代，夫妻有事不商量，不吵架才怪。

謝慎禮不甚理解。「男主外，女主內，外邊的事情自有男人擔著，告訴妳不過是徒增煩惱，為何會影響感情？」

顧馨之暗暗翻了白眼，大罵他老古板。

謝慎禮輕咳。「夫人可是在腹誹為夫？」

「你知道就好。」顧馨之假笑，接著起身。「既然你心裡有成算，我就不多嘴了。」

謝慎禮暗鬆了口氣，跟著起身。「我送妳。」

顧馨之自無不可，狀若隨意道：「還有，夏至究竟去哪兒了，什麼時候能事了？」

謝慎禮嗯了聲。「過幾日就能回去伺候妳了。」

半點不露口風啊。「神秘兮兮的……不管你了，下回謝宏毅再來，直接關門，不許放進來——還有，讓人過去東府，讓他賠錢，報高價，咱家不能吃虧。」

說話間，兩人就走到書房門口。顧馨之不讓他送，逕自帶著人走了。

謝慎禮目送她身影消失在院門口，轉身，問：「夫人怎麼知道謝宏毅過來了？」

蒼梧低頭，小聲道：「水菱剛好過來找管事，被她瞧見了。」

謝慎禮皺了皺眉，轉頭朝許遠山道：「夫人身邊兩丫鬟年紀也差不多了，你去幫著相看些好人家，送到夫人案上。」

這是要趕緊把兩丫鬟嫁出去的意思了。許遠山意會。「是。」

小丫鬟忠心是好事，但毛毛躁躁的，還引著主子往事裡衝，往後出門，總歸是個隱患，早日嫁出去較好。

顧馨之對此完全不知，回到屋裡，迎上聞訊而來的許氏，三言兩語解釋了一番，然後詫異。「娘您怎麼知道？」

「香芹那丫頭怕妳吃虧，找我來著。」

「不至於，我要是連謝宏毅那軟包都搞不定，乾脆別活了。」

「呸呸呸，大過年的，胡說八道什麼?!」許氏朝東邊雙手合十，喃喃道：「上仙莫怪，小孩子不懂事！」

許氏跟上仙們道歉完畢，轉回來拍她。「謝宏毅再慫包，也是個男人，妳一弱女子，身量力氣都不如他，妳就不怕吃虧？」

顧馨之指指後邊。「我帶了人——」

「就這幾個丫鬟頂什麼事？」許氏叨叨。「妳爹常說，君子不立危牆之下，我雖然沒讀過什麼書，也知道人不能將自己置身於危險之中。妳這兩年是越發大膽了，沒事則矣，要是遇到事了，該怎麼辦？妳又不是慎禮，一身武力，妳除了嘴皮子索利，會什麼？」

顧馨之點頭。「有道理！」

許氏鬆了口氣。「對吧，往後啊——」

「往後我得多帶點人。」顧馨之撫掌。「對了，我還可以讓水菱她們學點拳腳。」

許氏氣笑了。「妳怎麼不學？」

顧馨之大驚失色。「我哪有空，我每天這麼多事。水菱她們整日站一旁候著，多無聊，還不如去學點武藝呢。」

「她們還得伺候妳！」

「我又不是廢人，哪需要這麼多人！」

「妳這叫什麼多？妳出門只帶一、兩個丫鬟的，才叫寒酸。妳看外面的夫人，哪個不是前呼後擁的？」

「比過別人，有錢拿嗎？」

許氏又開始數落她。「整日就知道看錢！妳嫁給慎禮，本就有許多人詬病，不說要妳如何賢良淑德，起碼不能墮了慎禮的名聲吧？」

顧馨之撇嘴。「他現在就一閒人，有什麼名聲的？」

許氏氣得戳她。「慎禮的昭勇將軍銜被妳吃了？他還是探花出身，又曾官居太傅……旁人便罷了，妳身為他夫人，怎能這般看輕他？萬一他因此一蹶不振怎麼辦？」

顧馨之嘀咕。「他哪有這般脆弱。」

「不許頂嘴！」許氏很是氣憤。「之前我沒注意，若非妳徐姨偷偷告訴我，我還不知道京裡都在說妳小家子氣了！瞧瞧妳，成親才多久，總共出了幾次門？就傳出這樣的名聲。」

「京城的人嘴皮子這麼碎的嗎？」

「住口！」許氏喝她，接著問：「明兒是不是要去書院拜年？」

阿娘越來越凶了。顧馨之老實點頭，然後又補充。「還有初五，安親王府邀請我們過去吃飯。」也還是拜年。

許氏皺眉。「大年初五？慎禮跟安親王府很熟？」

「聽說安親王府年年初五都設宴，畢竟他們也沒啥親戚可走的……」最大的親戚就在宮裡頭嘛，拜一拜就完事了。

許氏嚇了一跳，趕緊拍她。「別亂說。明兒見長輩還好，初五赴宴就得好好收拾了……唔，府裡有我看著，妳把夏至她們都帶去。」

「不至於吧。而且，夏至有事出府了，到時帶上白露、水菱就行。」

「哦。那就白露領隊吧，白露穩重，她帶著我放心。到時定給妳安排妥當。」

這一安排，大年初四的，顧馨之身後就站了四名丫鬟。香芹守著家裡，水菱自是不說，白露還將小滿、小雪給帶上，若不是顧馨之強烈拒絕，許氏還打算讓莊姑姑跟著出門的。

謝慎禮對她身後浩浩蕩蕩的丫鬟視而不見，一路低聲向她介紹與會賓客。

顧馨之聽得頭暈腦脹，索性直接道：「你就說說有哪些不能得罪的吧。」

「原則上，皇親國戚、三品以上都不能得罪。」

「那不是全場我身分最低？」

見謝慎禮輕咳一聲，默認了。顧馨之大驚。「現在退回去還來得及嗎？」

謝慎禮摸她腦袋。「來不及了。」

第五十四章

許是顧馨之的表情太過明顯，謝慎禮被逗笑了。他性子內斂，笑起來也只是淺淺的。

饒是顧馨之天天看他，也被迷得暈頭，忍不住靠過去，正要伸手，就聽低沈嗓音開口——

「我並不需要依仗他們，妳只要禮節不出差錯就行了。」

顧馨之回神，暗罵了句男妖精，然後哼道：「要是出差錯了呢？畢竟我鄉野出身，規矩不好啊。」

謝慎禮自是不知美人差點投懷送抱，只是溫和道：「無所謂，有我在。」

「口氣這般大？」

謝慎禮微笑，難得開了個玩笑。「我若是扛不下來，夫人約莫就要與我做對苦命鴛鴦，亡命天涯了。」

顧馨之笑罵道：「還以為你有多大口氣呢，合著已經想著跑路了。」

「夫人不願意嗎？」

顧馨之敷衍點頭。「願意願意，大不了賣藝養你嘛。」

謝慎禮挑眉。「妳有何藝可賣？」

顧馨之眨眼。「胸口碎大石？腦袋磕磚頭？」

謝慎禮無奈的拍拍她腦袋。「調皮。」他收起笑容，認真道：「假若真到了那般境地，也應當是我去賣藝。」

顧馨之下意識打量自家這位峨冠博帶的端莊夫君，再想像一下他打赤膊胸口碎大石，吆喝路人給賞錢——唔，畫面太美了！

察覺她打了個冷顫，謝慎禮皺眉，摸了摸她衣領，問：「冷？」

顧馨之回神。「沒有，我就是——」

馬車停了，顧馨之順勢閉嘴，準備下車。

謝慎禮卻按住她。「是什麼？」

「什麼？我真不冷，我就是想到些不太美麗的事。」顧馨之懶得解釋，掙脫他的手，推他。「走了走了，遲到就不好了。」

謝慎禮見她確實無異樣，這才作罷，率先起身下車。顧馨之緊跟其後，鑽出馬車時習慣性就要往下跳——

一胳膊擋了過來。

「莽莽撞撞的做甚？」熟悉的聲音帶著責備，接著聲音轉冷。「妳們平日就由著夫人這般下車？」這話是衝著白露她們的。

白露迅速擺上車凳，起身垂首。「奴婢知錯，回去便向管事領罰。」

謝慎禮不說話，轉回來，攙住顧馨之胳膊。「慢一些，夜裡下了點雪，地面滑。」

顧馨之乖乖踩著車凳落地，解釋。「我動作太快而已，再說，我往常習慣了，她又是第一次跟我出門，沒反應過來也是正常。懲罰之類的，算了啊。」

謝慎禮掃了眼後頭伺候她多年的水菱，嚥下到嘴的話，道：「好。」

白露愣住，水菱胳膊輕撞了她一下，待她望過來，做了個「沒事」的口形，白露緊繃的肩背微微放鬆了些。

顧馨之沒注意，推了推男人。「走吧，人家等著了。」

謝慎禮嗯了聲，鬆開她，撫了撫袖口，端起平日姿態，慢步往前，顧馨之緊跟其後。

安親王府的管事迎上來，行禮拜年，顧馨之這邊應節的送上紅封，然後兩人才分開——謝慎禮隨著管事去男賓所在的前院，顧馨之跟著一名姑姑往後院走。

那名姑姑面容嚴肅，也不多話，除了必要的禮節對話，半個多餘的字都沒有。

顧馨之也樂得輕鬆，不緊不慢的跟著。

安親王作為當朝皇帝的嫡親叔叔，皇帝禮讓他三分，當然，安親王也確實識趣，不該沾的事半分不沾，該表的忠心，也是半分不少。多年下來，這安親王府自然地位超然。

這大年初五設宴，是安親王府的慣例。賓客名單大都是皇親，還有些與安親王交好的大臣，數量不多，屬於皇帝也不會多想的度內。

按謝慎禮的話，他與安親王是多年的交情，在京的幾年也一直有參加，所以讓她輕鬆以待。

顧馨之本就不是膽小怕事之人，又有謝慎禮那一番話作保，她想著自家夫君也不是那種打腫臉充胖子的人，心裡更淡定了。因此，她一路行來，那叫一個淡定自若，甚至還有閒心欣賞這安親王府的佈置。

一路穿廊過院，行山遇水，一行方抵達女賓開宴的大廳。

從敞開的門窗望過去，能看到屋裡有數名夫人，彷彿還有幾名年輕姑娘。

顧馨之無一認識。

好在王府下人也不是吃乾飯的，走到屋門口的工夫，領路的姑姑就將屋裡幾名夫人的身分過了一遍。

顧馨之鬆了口氣，感激的朝她點點頭。那名姑姑福了福身，伸臂請她入內。

顧馨之意會，這是讓她自個兒進去的意思了。她也不懼，理了理袖口，緩步踏上臺階。

屋裡伺候的丫鬟們接連福身，正在說話的夫人們也停下，望過來。

顧馨之端著姿態，面帶微笑走上前，福身行禮。「給諸位夫人見禮，祝幾位夫人身體康泰、萬事順意。」

上座一名簪嵌紅珠碧玉釵的中年婦人打量她兩眼，笑道：「小娘子看著眼生啊，可是城西謝家謝五郎家的？」

「夫人慧眼。」沒記錯的話，這位就是安親王的大兒媳，也即是世子妃。

世子妃點點頭，開始給她介紹一旁幾位夫人，皆是安親王的子姪輩。

換句話說，都是皇親。

顧馨之無奈，只得撐著笑臉，依次給人行禮，然後是這些夫人帶來的小輩們上前拜年。

那些夫人，與謝慎禮算是平輩相交，顧馨之自然是討不了紅封、也沒臉討要。倒是這些小姑娘，她得給。她做不來小氣巴拉的模樣，每個紅封都是實打實的銀葉子。

想到後面還有沒到的賓客女眷……顧馨之心都要淌血了。這頓飯，吃得真貴啊！

好在，還能看看美女養眼，裡頭有個小姑娘，柔美如輕蘭，連顧馨之這種資訊爆炸時代長大、見慣各類漂亮明星的，都忍不住多看兩眼。

一番折騰，等她終於落坐，已過去半盞茶工夫。

顧馨之還沒喘口氣呢，就聽一人笑咪咪道：「沒想到，謝先生竟然是喜歡這類型的，瞧著不太相襯啊。」

顧馨之略回憶了下，記得這婦人是榮郡王府家的兒媳，跟安親王世子妃算是堂妯娌，將來怎麼著也是個鎮國將軍夫人。未來的正一品，比她家先生的昭勇將軍要高……算了算了，忍一忍吧。

她垂眸端茶，裝作沒聽到。

那廂，世子妃掃了她一眼，輕笑了下。「人各有愛嘛。」

那位郡王兒媳猶覺不足，繼續道：「謝先生這般人中龍鳳，還以為會選個品貌俱佳的賢內助……唉，當初我還看好妳家清沂。」
世子妃皺眉。「我家清沂高攀不起。」
郡王兒媳捂嘴笑。「怎麼會？清沂長得跟天仙似的，又有一手理家的好本事，跟謝先生那叫一個郎才女貌，天生一對。」
「叔母！」嬌嗔聲從世子妃後側傳來。「休要胡說八道。」
顧馨之順著聲音望過去，對上一張羞紅了的嬌容——正是方才向她行禮一眾姑娘裡，最漂亮的那位。
這般姑娘……也是謝慎禮的粉絲成員？
那位郡王兒媳似乎不覺得自己說錯什麼，撇嘴道：「那可是謝先生啊，文武雙全、博學多才，怎麼能找個……」
在場所有人都知道她嚥下去的，應當是「二嫁女」之流的話語。
她猶自繼續。「清沂也是，琴棋書畫，無有不通，她這一輩裡，我就沒見過誰比清沂好的。這般人物，站在一起，才相得宜啊。」
那位名喚清沂的姑娘抿了抿唇，垂下眼眸，方才通紅的嬌容，已帶了幾分沮喪。
諸人沈默，一個個都拿眼神去看顧馨之，等著她說話。
顧馨之宛若未覺，淡定的抿了口茶，慢慢放下茶盞。
喀噠輕響。

「唉。」她輕嘆。「可惜了。」

那郡王兒媳雙眼一亮，急急問：「可惜什麼？」

顧馨之視線落在沮喪的嬌柔美人身上，慢慢道：「可惜這位妹妹生在安親王府，身分尊貴，不然，這般人物，是該給我家先生聘進府，當個紅袖添香的貴妾才好。」

清沂的臉唰的一下便白了，那位挑事的郡王兒媳亦是白了臉。

世子妃忍怒。「謝夫人此話何意？」

顧馨之詫異。「在誇獎貴府姑娘品貌雙全啊。」

「誇獎？誇獎就是讓我家姑娘當妾？」

顧馨之眨眼。「秦夫人說，我家夫君人中龍鳳，清沂姑娘秀外慧中，兩人乃天生一對。這是讚我家夫君跟王爺家姑娘吧？」後面一句，問的是那位郡王兒媳，秦夫人。

那秦夫人也不過二十出頭的年紀，按輩分，得喊世子妃一聲嫂子。聽顧馨之提起自己的話，她有些尷尬地看了眼臉帶慍色的世子妃，打哈哈道：「不過是話趕話……」

顧馨之理解的點頭。「想必秦夫人經常給人拉媒，一下沒想起來我家夫君成親了。」她臉帶愧疚，朝世子妃道：「妾身也有錯，豈能順著別人的玩笑話往下接呢……」

話裡先是諷刺秦夫人拿王府姑娘開玩笑，接著暗指世子妃開不起玩笑。在座的都不傻，登時臉上神情都豐富了起來。

顧馨之猶自繼續。「倘若是別人家的姑娘，怕是名聲就要受損了，好在，安親王府家的姑娘，怎麼著也不至於屈身為妾，肯定是要找那門戶相當、明媒正娶的好人家。」

說著，她起身，朝清沂行了個禮，大方道歉。「方才是我思慮不周，亂開玩笑，給姑娘賠個不是，望姑娘見諒。」

顧馨之身上雖未有誥命，但夫君謝慎禮為昭勇將軍，再是虛銜，亦是三品。再者，謝慎禮是跟安親王平輩相交之人……她這般行禮道歉，想必在座都拿不到她什麼把柄。

那位清沂姑娘果然嚇了一跳，忙不迭側過身子避開，再回一禮，道：「夫人言重了，不過是件小事。」

顧馨之笑笑。「清沂姑娘大度。」言罷，施施然落坐。

世子妃一口悶氣堵在心口。想斥責吧，人已經道歉了，自家被提及的女兒也說不過是小事。想過去吧，心裡又憋著股氣。她暗瞪了眼挑事的秦夫人，強笑道：「不過是小事，謝夫人太客氣了，她一小姑娘，受不起。」

顧馨之謙遜道：「說錯話做錯事了，自當賠禮道歉，不能因為對面是晚輩，就厚著臉皮裝不知。身為長輩，這點基本的涵養，我還是有的。」

一句話，將惹事卻不道歉的秦夫人罵進去了，還將自己與清沂姑娘的輩分拉開，直接摁死了對方與自家夫君各種可能的傳聞。

在座夫人們都忍不住偷覷秦夫人和清沂。

秦夫人僵著臉，笑得乾巴巴的，假裝聽不見。清沂垂下頭，一聲不吭。

世子妃也笑得勉強。「確實是這個道理。」

顧馨之微笑。

場面一度冷了下來。

有那識趣的，立馬開口轉移話題。「劉夫人這身衣裳很好看啊，襯得您的氣色特別好，您家換繡娘了？」

被稱讚的劉夫人愣了下，含糊道：「沒有，就去鋪子裡訂的。」

其他人順勢看過去。

「哎喲，怪道我覺得妳今兒不太一樣呢，這衣裳確實好看。」

「還以為妳穿得樸素，誰知道竟然是繡的暗紋，可太精緻了。」

「這是什麼花？瞧著真雅致。」

那位劉夫人撫了撫衣襬上的繡紋，笑道：「聽說這叫報歲蘭，我聽著名兒應景，就留著過年穿了。」

「報歲蘭？我好像聽說過，好像是南邊的花兒。」

連世子妃母女都湊過來看。

「真好看，哪家鋪子做的，回頭我也讓人做一身，就要這報歲蘭圖樣的。」世子妃如是道。

那位劉夫人看了眼顧馨之，躊躇道：「就、就在街上——」

「我瞧著挺眼熟，劉夫人是在我家鋪子做的吧？」顧馨之笑咪咪接過話。「這報歲蘭的紋，還是我畫的圖樣呢。」竟是半點不避諱，堂而皇之將自己幹下人的活都道出來。

劉夫人驚了下，也鬆了口氣，頗為不好意思道：「是的是的，我一下想不起鋪子名。」

顧馨之笑道：「我那鋪子叫布拘一格，歡迎各位夫人賞臉，多多幫襯啊。」

那秦夫人方才剛被刺了幾句，這下有話說了。「哎喲，妳都什麼身分了，怎麼還幹這種活兒啊？」

顧馨之狀似懵懂。「什麼活兒？」

秦夫人晃著一腦袋的珠釵，語重心長道：「謝先生怎麼說也是將軍，妳也是官家夫人，該交給下人的活，還是得交出去，沒得一副小家子氣的模樣。」

顧馨之笑容微斂。「秦夫人覺得，是畫紋樣低俗，還是做繡樣廉價？」

秦夫人可不服。「哪家夫人會做這些？」

「這麼說，秦夫人不會畫畫、也不會做針線？」顧馨之頗為詫異。「我還以為針線活是姑娘家必學的功課，畫畫嘛……倒是不太強求，畢竟不是什麼人家都有學畫畫的條件。」

這是說秦夫人不會針線，家底也不好，連畫畫都不學。

秦夫人趕緊道：「誰不會針線了？我得空還會為夫君、孩子做些衣物呢……再者，誰說我不會畫畫的，我、我……」我了半天也沒我出個所以然。

顧馨之也沒多問，點頭道：「既然妳也在做，為何我不能做？」

秦夫人噎了下。

有那與秦夫人交好的趕緊插話。「秦夫人不是這個意思，針線、畫畫自然人人都能做，只是，自家做，跟拿去賺錢，還是不太一樣的。」

顧馨之不解。「難不成拿出去會害了人？」

那夫人也噎住。「那倒是不會。」

顧馨之笑了。「那不就得了。誰家姑娘、夫人都能做針線、能畫畫，我只是比別人厲害一點，畫得好看，旁人也喜歡，我拿出來分享，也堂堂正正拿錢，既沒有坑蒙拐騙，也沒有害人，有何問題？」

秦夫人嘟囔。「總歸是不體面。」

顧馨之差點想翻白眼了。懶得跟這人掰扯什麼叫體面，她敷衍點頭。「嗯嗯，秦夫人看著確實體面，平日只與友人談詩論文吧？真是羨煞旁人。」

秦夫人又被噎住了。

顧馨之卻結束這邊對話，轉過頭，與著報歲蘭紋裙裳的劉夫人說話。「沒記錯的話，夫人的父親是工部右侍郎？」

那位劉夫人愣了下，點頭。「正是。」

顧馨之撫掌。「聽說令尊幾年前在湖州治水，救下數萬災民，離任時，百姓還曾十里相送……我往日聽說令尊事蹟，都恨不得上門拜訪，如今能見著他女兒，也算是圓了我一個念想了。」

劉夫人詫異。「妳如何得知？」京裡知之者甚少，這位謝夫人前兩年還困在後院……如今不過剛成親，如何得知這些事情？

其他人亦是同樣驚奇，連那位清沂姑娘也抬起頭，偷偷打量顧馨之。

秦夫人撇了撇嘴，小聲道：「不用說，必是謝先生指點的。」

顧馨之聽而不聞，微笑道：「我平日愛看些雜書，曾經看過一本書，筆者應當是出身湖州，記錄了些湖州的大小雜事、風俗見聞，令尊的事情，亦在其筆下——聽說，湖州那邊的百姓，給劉大人建了長生碑。」

那本閒書，是她去歲生病時，借住謝慎禮府中，隨緣看到的……倒沒想到今日派上用場了。

劉夫人詫異，眾夫人亦是譁然。

「哇，劉大人竟有這般名聲。」

「救下數萬人，這可是大功德啊！」

「劉夫人不地道啊，這些事竟都不曾與我們說道。」

連世子妃都忍不住問她。「劉大人當真這麼厲害嗎？」

劉夫人吶吶。「不是，我也不知道父親這般厲害……當時就是得了皇上嘉獎。」

「以前只覺得劉叔叔笑呵呵的，沒想到啊！」

當即有人轉過來問顧馨之。「可否講講那書裡是怎麼寫的嗎？劉大人是怎麼救了數萬人的呢？」

連劉夫人都眼巴巴看過來。

顧馨之莞爾，略回憶了下書冊內容，慢慢開始道來。「約莫是六年前……」

一群夫人坐在那兒聽她講那遙遠地方的舊事。剛說幾句，就有別家夫人抵達，一行人相互行禮寒暄，再落坐，顧馨之再繼續講，偶爾有那半道進來的夫人，她還會解釋一二。

如是再三，待賓客齊聚，那湖州治水的往事才堪堪說完。

顧馨之說得口乾舌燥，其他夫人聽得心滿意足。

等安親王妃出來，發現屋裡有幾名夫人正在擦拭眼淚，嚇了一跳，急問自家兒媳出了什麼事。

世子妃三言兩語將事情解釋了遍，安親王妃才緩下心來，再若有所思的打量顧馨之，笑道：「慎禮博學多聞，不承想，妳也愛看書……半分不像將門出身的。」

顧馨之落落大方。「平日閒著也是閒著，看看書打發時間也好的。」

安親王妃扶著自家孫女清沂的手慢慢落坐，聞言又看她一眼。「聽說妳經營了家布坊，天天鼓搗著給人裁剪新衣，這還閒著？」

這一家子都看自己不順眼嗎？顧馨之掃了眼那低眉順目的嬌柔美人，隨口道：「我不過是提點意見、畫個花樣，自有旁人去幹活，哪需要我天天忙著。」

安親王妃卻是點頭。「是這個理兒沒錯。看來妳分得很清楚……聽說妳的書法亦是自成風格？」

顧馨之謙虛。「風格說不上，就是瞎寫。」

安親王妃接著繼續問：「寫得好就是好，連柳山長都稱讚的字體，妳不需要太過謙虛。說說妳還看過什麼書？」

這位算是長輩……顧馨之沒法，回憶了下，老實念了些書名，許多是在座的夫人們聽都沒聽過的。

安親王妃驚了。「看得不少啊……」她嘆了口氣。「怪道慎禮看上妳。」

顧馨之想了想，坦然道：「他眼光確實好。」

安親王妃和眾夫人聽了，一時都答不上話，垂眸站在安親王妃身側的清沂姑娘亦捏緊了帕子。

安親王妃這才仔細打量顧馨之，顧馨之穿的是自家鋪子裁製的裙裳。藕粉短襖，楓紅長裙，暖色系，繡紋亦是小巧精緻的碎花，雅致不張揚，在春節的紅豔裡半點也不扎眼。再看頭上，只戴了一副紅梅金簪、紅梅耳墜的頭面。

安親王妃活到這年歲了，自詡看人還是頗準的。這位謝五夫人衣著打扮低調不張揚，性子應當也不是那等乖張的。方才短短幾句對話，又能覺出此人的坦蕩磊落……怪道能得柳家那老婆子讚賞。

她惋惜的看了眼自家孫女，笑道：「謝夫人倒是直接，謝大人傾心於妳，滿京皆知，只是沒想到妳會是這般脾性。」

顧馨之隨口接了句。「王妃原以為我會是什麼性子的？」

安親王妃沈吟了下，道：「以慎禮的性子，大家都以為謝夫人必定是那端莊淑柔、娟好靜秀之人。」言外之意，顧馨之是不端莊不淑柔、也不是那娟好靜秀之人。

顧馨之壓根兒沒在意，甚至攤手應道：「結果，沒想到是個滿身銅臭、毫不謙遜的姑娘，是吧。」

安親王妃微詫。「喲，妳倒是不生氣。」

顧馨之莞爾。「這就要生氣，那每天得有多少氣生啊。」

安親王妃忍不住點頭。「謝夫人豁達。」

顧馨之略略謙虛了下。「王妃謬讚了。」

安親王妃失笑，再看了眼自家低眉不語的孫女，暗嘆了口氣，拍拍她的手，道：「小姑娘們在這兒待著也無聊，妳帶她們去園子裡逛逛。」

清沂恍然回神，福身應是，看了眼顧馨之，收回目光，先朝諸位夫人行了個禮，再柔聲招呼眾家姑娘，領著她們退了出去。

瞧著幾名姑娘走遠，顧馨之手邊一夫人感慨。「也不知誰家有這般福氣，能娶到清沂姑娘。」

立馬有夫人接上。「那可不，要不是我家小子還小，我都恨不得把人搶回家。」

有位面生的，看了眼上座正與其他人閒聊的安親王妃，壓低聲音。「總聽妳們說清沂姑娘好，她是漂亮了點，也不至於吧？我聽說安親王孫女外孫女加起來，有十幾個呢，是因為她占了嫡嗎？」

顧馨之假裝抿茶，耳朵卻豎了起來。

第一個感慨的夫人果真開始解釋。「黃夫人年底才回京，有所不知。清沂姑娘不光是安親王最寵愛的孫女，還師從岑章先生，詩詞歌賦無一不通，科舉應試題，她都能信手拈來，她作的文章，連國子監那邊都讚不絕口。」

顧馨之挑眉。喲，是高材生呢。

那位問話的黃夫人詫異。「岑章先生？可是那位撫州大能？不是說已經返鄉了嗎？清沂姑娘怎麼會與他打交道？」

「嗐，琢玉書院把人請過來了，待了三年呢。恰好清沂姑娘過去琢玉書院學習，就被收為關門弟子。聽聽，岑章先生都不惜收女弟子了，可見其才華。」

黃夫人咋舌。「這般高才，尋常人家怎敢娶？」

「這妳就不懂了。」那夫人捂嘴笑。「這可是安親王府家的嫡親孫女，將來怎麼著也是個縣主，又有一身的學識本事，還擅管家、女紅，若是娶進門，既能扶持夫家，又有美人紅袖添香，將來孩子開蒙什麼的，都不必假手他人……娶妻娶賢，不都是為了後代嘛。」

黃夫人若有所思。「這麼說，這位清沂姑娘確實不錯啊。」

「那可不。」另一夫人插嘴。「清沂姑娘脾性好，不驕不躁，做事細緻，又孝順長輩，聽說安親王夫婦，這兩年生病，都是她伺候的。這樣的姑娘，哪個當婆婆的不喜歡？」

幾名夫人連連點頭。

顧馨之憋不住好奇，湊過來。「幾位夫人如何知道這般多的？那清沂姑娘在書院讀書，妳們都見過了？」

最早開始介紹的那位夫人笑道：「謝夫人有所不知，我先生亦是師從岑章先生，故對她的情況較為了解。」

顧馨之了然。「原來如此。」接著又問：「京裡還有別的才女嗎？」

那位夫人頓了頓，遲疑道：「自然是有的……只是，謝夫人對這些也有興趣？」

顧馨之眨眨眼。「當然啊。誰不喜歡漂亮又有才華的小姊姊？」

幾名夫人一時都覺得怪怪的。

說她輕浮吧，她也是個婦道人家；說她不輕浮吧，這話怎麼聽怎麼不對味。

那夫人尷尬笑笑。「這，我其實知道的也不多。」

顧馨之一臉無所謂。「沒關係，咱就聽個新鮮……您不知道，我這幾年都沒怎麼出門，最近出門多了，也都是忙活鋪子上的事情，對京裡情況是一無所知，就等著姊姊們給我解惑呢。」

兩句話工夫，就喊人姊姊了。

那位夫人愣了下，仔細看她兩眼，發現她彷彿真的只是想聽些新鮮事，遂鬆了口氣。「那我拋磚引玉，先提幾個。有缺漏的，幾位幫我補補啊。」後一句是對一旁幾名夫人說的。

夫人們自然無有不可。

那夫人這才揀了那人盡皆知的情況開始說：「這兩年，京裡有幾名數得上名號的姑娘。安親王府的清沂姑娘自不必說，論才華，那琢玉書院鍾先生的閨女，也很是厲害……」

顧馨之興致勃勃的聽著，就差手裡揣上瓜子了。

第五十五章

前院男賓處。

一堆同僚、喔不，舊日同僚客套噓寒問暖完畢，幾名大臣甚至直接與謝慎禮討論起各種朝事──當然，都是去年蓋棺論定的事。他們是想聽聽謝慎禮的意見，倘若下回遇上，該如何調整。

謝慎禮習以為常，條理清晰、語速不疾不徐，慢慢與他們說道。

因天氣乾燥，顧馨之最近隔三差五燉湯品，今早喝的是甜絲絲的銀耳羹，不喜甜的他當時便多喝了幾杯茶水。如今與諸位大臣閒聊，話多了，茶水喝得也多。

因此，未到開席，他便覺不適，只得暫且與諸位大臣告罪，打算去尋個方便。

性子較隨和的戶部老尚書打趣道：「老謝成了個親，虛了？」

「讓大人笑話了，鄙人身體還行。只是今晨內人準備了湯品。」謝慎禮微微嘆氣。「全是內人的拳拳愛護之心，鄙人只得喝了。」

老尚書噎住，擺手。「行了行了，別顯擺了，趕緊去。」

謝慎禮微微笑，拱了拱手，暫且退出。

一旁伺候的侍童識趣上前，低聲為他引路。

謝慎禮右手虛端在身前，慢條斯理的跟在後頭，寬大的袍服袖襬微微晃動，一副閒庭信步的模樣，半點看不出來內急之態。

侍童偷偷打量他，只覺他好看歸好看，卻又讓人望而生畏，也不知是為什麼。

謝慎禮對侍童的偷覷宛若未覺，一臉淡定直到更衣處。更衣淨手，擦拭整衣，皆是慢條斯理，亦不需旁人伺候。

那侍童一直想上前伺候，皆被青梧擋在幾步外。

謝慎禮收拾妥當，正要出門，想到什麼，回頭對青梧、蒼梧道：「我慢些走，你倆也收拾收拾。」

青梧下意識搖頭。「不——」

謝慎禮挑眉。「你們出門前不是才被夫人灌了薑湯嗎?此時不急，待會兒都得急了。」

顧馨之昨兒就開始叨叨，說他們在屋裡的還好，伺候的幾個也不知道要在外頭站多久，萬一凍著就糟糕了，所以一大早，就讓人熬了薑湯，今兒跟著出門的，有一個是一個，全都得喝，青梧、蒼梧自然也不例外。

青梧啞口。

蒼梧撓了撓頭，果斷躬身。「多謝主子體恤。」他拽住青梧往後退，低聲道：「趕緊的，又不費什麼功夫。」

青梧沒法，只得跟了上去。

謝慎禮再次轉回來，依著記憶往前走，侍童連忙跟上。

正月春寒，即便是安親王府也掩不去那冷意。除了宴席所在的場所擺滿青松、紅梅，別處多少還是能見著幾分枯意，掩在精緻的雕梁畫棟中，頗有意境。

謝慎禮踱步而行，慢慢欣賞著沿途景致。

「先生？」不敢置信的低柔聲音突然從拐角處傳來。

謝慎禮微微皺了下眉，轉過頭，朝快步而來的嬌柔美人點了點頭，便打算離開。引路的那名侍童迅速朝來者行禮，還沒等叫起，一陣香風掠過，面前哪還有自家姑娘的身影。他正詫異，就聽後邊傳來說話聲——

「先生……」溫柔的嗓音帶著幾分忐忑，清沂攔在謝慎禮面前。「我、我想，我需要給您賠個不是。」

謝慎禮被迫停步，神色轉淡，垂眸避開她視線。「若是有事，自有令祖父——」

「事關令夫人！」清沂情急道。

謝慎禮頓住，掀眸看她。

對方終於聽她說話了，清沂卻不覺開心。她暗吸了口氣，溫軟道：「方才有位叔母開了個玩笑，令夫人彷彿不太高興，與她起了些爭執——」

「她贏了嗎？」謝慎禮打斷她。

清沂面露疑惑。「啊？」

謝慎禮面無表情再問一遍。「有人與我內人起爭執了，我內人贏了嗎？」

清沂愣了下，遲疑道：「也算，贏了吧？」

「多謝告知。」謝慎禮頷首，接著抬腳繞過她，逕自往前。

清沂不解這是何意，也不願放棄，遂再次追上去。

「先生，暫且留步。」綴著繽紛落梅的雪白披風在風中打了個旋，擋在謝慎禮面前。

謝慎禮被迫停步。

「先生。」許是在院子裡待了些時候，清沂的臉頰鼻尖被凍得微微發紅，襯得那張柔美嬌容更為楚楚，尤其是她帶著委屈、隱忍、不甘望過來時，那雙盈盈水眸，幾要讓人心醉。

謝慎禮毫無所動，甚至還退後兩步。「姑娘，請自重。」

清沂顫了顫，委屈道：「你我只是巧遇，我有何不自重之處……我只是、我只是……」她咬了咬唇，壓低聲音。「我只是不甘。」

謝慎禮神色淡漠。「姑娘說笑了，妳甘心與否，與我何干。」

清沂低語。「你這般人物，那二嫁的顧馨之如何配得上你？讓我如何甘心？」

謝慎禮神色驟冷。

清沂一直盯著他，如何看不出他神色變化。她心中難受，忍不住道：「她二嫁是不爭的事實，你能讓我閉嘴，能堵住悠悠天下口嗎？若非她插上一腳，此刻站在您身邊的，應當是我。」

謝慎禮慢條斯理道：「姑娘，京中名醫無數，當請則請。這點銀錢，想必王府還是出得起的。」

這是在暗指她有病？清沂不敢置信。「先生，您怎會說出這般無禮之語？」下一刻，她彷彿找到理由。「是不是那顧家姑娘？方才我便覺得，她太過無禮——」

「姑娘。」謝慎禮打斷她。「倘若我沒記錯，妳應當是安親王的孫女。」

清沂怔了怔，面露欣喜。「是的。」他記得自己……是不是說他——

「我與安親王平輩相交，即便我敬他年長，禮讓一輩，那也是妳的長輩。」謝慎禮的聲音低沈肅冷，一字一頓。「按制，妳得稱我內人為嬸嬸。」

清沂怔住。

急促腳步聲傳來。

「主子！」青梧兩人迅速靠過來，然後給清沂行禮。「三姑娘，新年好。」這位清沂姑娘曾經在琢玉書院待過一段時間，他倆自然不會錯認。

清沂頓了頓，抿唇頷首。

看到近侍歸來，謝慎禮亦神色稍緩。「走吧。」

他扔下一句，轉身離開。青梧兩人忙應聲，朝清沂拱了拱手，便迅速跟上。

眼看主僕三人就要離開，清沂下意識挽留。「先生……」以兩人身分，倘若今日錯過，下回再見，便不知何時了。

她不捨得。

謝慎禮卻聽而不聞，端著手逕自向前。

清沂的眼眶霎時紅了。年少相見，她便傾心於謝慎禮。為了配得上他，她琴棋書畫無有懈怠，針線廚藝管家不敢放鬆，甚至為了他進入琢玉書院，修習本不需要學的經學、策論。

她不介意他是喪偶的鰥夫，好不容易也說服了祖父母、父母，只等著他原配喪期過去，便要與他共結連理……卻不想，等來的，卻是他與姪媳有染的傳聞。

她開始也不以為然，以為不過是旁人污衊。謝慎禮如斯年紀便身居高位，多的是人彈劾他。等到謝慎禮真為了這位姪媳辭官，她才如遭雷劈。

至此，父母便不肯與謝家議親……她不顧父母反對，極力哀求疼愛自己的祖父，讓他再問一問。

結果如何，自不必說。

她傷心欲絕，只能聽著宛如鬧劇的追求傳聞一波一波傳入耳中，直至謝慎禮與顧馨之訂親，她終是徹底死心，然後便病倒了。直至年前，才堪堪緩過來。

她多年付出，如今，卻連問上一句的資格都沒有嗎？

清沂傷心欲絕，終歸是忍不住，追上幾步，顫聲問出心中疑慮——

「敢問先生，我究竟何處不如她？一個出身低下、遭遇離休的絕戶女，憑什麼能得到你的青睞？」話音未落，她已是語帶啜泣。

青梧、蒼梧瞬間頭皮發麻。

謝慎禮也停了下來。

青梧、蒼梧對視一眼，急忙跟著停下，低頭含胸，飛快退到兩邊。

謝慎禮果真回轉身。

清沂猶自繼續。「我出身安親王府，又師承岑章先生，琴棋書畫無一不通。即便只論皮相，我自問亦是世間少有……我哪裡比不過她？」落梅霜雪披風，裹著那美眸含淚的柔美嬌顏，端的是我見猶憐。

謝慎禮直視她，冷聲道：「就憑我內人絕不會在背後污衊他人。」

低頭聽著的蒼梧腹誹，可不是，他們家夫人，有什麼仇，當場就報了。

對面的清沂可不知其中內裡，聽到謝慎禮這句宛若指責的話，登時淚灑當場。

「我、我只是情之所至……」她軟下聲音。「先生，你休了她，娶——」

「姑娘自重。」謝慎禮冷聲打斷她，朝青梧吩咐。「將三姑娘好生送回去。」

青梧當即應是。可他一外府僕從，怎麼把王府姑娘送回後院啊……怎麼說，都得惹一身騷啊。

謝慎禮自然不會忽略這點，道：「去找夫人，就說，我們該走了。」言外之意，他只是順道遇到三姑娘罷了。

青梧傻眼。「啊？主子，這還未開席呢……」

「不吃也罷。」謝慎禮語中嫌惡，滿得讓人無法忽視。

清沂如遭雷擊，愣愣的看著他甩袖離去。

顧馨之正興致勃勃的聽著八卦呢，就看到丫鬟匆匆進屋，飛快走到一名姑姑身邊。她記得，那名姑姑，是扶著安親王妃出來的，應當是安親王妃的親信近侍。

只見丫鬟附耳與姑姑說了幾句，姑姑當即臉色大變，顧不得說話，三步併作兩步往主位走去。

顧馨之一下來精神了。

只見那姑姑快步走到安親王妃身邊，說話停歇的工夫，立馬上前，假借換茶的動作，低聲說了幾句。

正笑著的安親王妃登時皺了眉，問：「怎麼回事，怎的這般突然？」

來赴宴的哪個不是時刻留意著，那姑姑上前時，說話聲便悄然降了下來，等安親王妃這話一出，屋裡頓時沒了聲音。

那姑姑低著頭。「聽說是身體抱恙。」

「他抱恙？」

「是。」

安親王妃無語。「他一箭能射百丈，壯得跟牛似的，找的什麼破理由？」

那姑姑不敢多言。

「四嫂，誰身體抱恙了？」坐在左下首的康王妃好奇問道。

安親王妃沒好氣。「謝慎禮那小子啊，無端端的，說身體抱恙，讓人過來接他夫人，要先走了。」

眾夫人狐疑的目光齊刷刷看向顧馨之。

顧馨之也不知道，她也很懵逼啊！

安親王妃也看過去。「雖然不知道慎禮在搞什麼……謝夫人，往後有空，常來走動。」

顧馨之茫然起身，下意識福身應好。

安親王妃見她傻乎乎的，忍不住笑。「去吧，那小子已經派人在外頭等著了。」

「是。」顧馨之便暈乎乎的開始行禮告辭，繞場一周後，終於得以脫身。

走出大門，她便看到院子裡探頭探腦的青梧。看到她，青梧臉現驚喜，疾步迎上來。

顧馨之看了眼後頭，壓低聲音。「怎麼回事？」

青梧苦著臉。「夫人，這事吧，奴才不敢說。」

青梧想想不妥，又趕緊找補了句。「也沒啥大事，主子就是嫌棄鬧騰。」

「你這說的，更奇怪了。」謝慎禮又不是第一回赴宴，還能嫌鬧騰？「別不是真的不舒服吧？」

青梧這回啥也不說了。

攢了一肚子的顧馨之好奇往外走，在二門處看到自家馬車，立馬快步過去，一把掀開簾子。

面色如常的謝慎禮已大馬金刀坐在裡頭閉目養神，聽見動靜，他掀眸望過去。修長黑眸中，是一如往日的沈靜。

看到顧馨之，他眉眼柔和下來，道：「上來。」

顧馨之卻不忙搭理他，將他上上下下打量了一遍，確認啥事沒有，扭頭問青梧。「你管這叫抱恙？」

顧馨之也不需要青梧回答，提起裙襬踏上馬凳，噔噔噔鑽進車裡。

謝慎禮伸手，將她扶到自己身邊落坐，同時朝外邊吩咐。「走吧。」

「是。」

馬車噠噠開始行走。

顧馨之剛坐穩，便開始上下其手。

眼看自家夫人的手已經往衣服裡鑽，謝慎禮很是無奈，抓住那微涼的柔荑，問：「怎麼了？」

顧馨之沒好氣。「你問我怎麼了？我還要問你怎麼了？好端端的，怎麼提前離席？還說身體抱恙，我不得看看你出啥毛病嗎？」

謝慎禮莞爾。「我沒事。」

「真沒有？」顧馨之想到什麼，忍不住往下瞟了眼，揶揄道：「別不是早上把你掏空了吧？」

飽暖思淫欲，況且，他倆一大早確實來了場妖精打架——誰讓某人練武回來要沐浴時被她撞上，那腹肌、那腰……上面還帶著汗……嘶！

她正回味呢，一胳膊將她攬過去。

男人的聲音帶著無奈。「世上怎會有妳這般大膽的女子？」

顧馨之嘆氣。「那是，前無古人的……你能娶我，真是三生修來的福氣啊！」語罷她還拍拍他胸膛。

同是自傲自誇，為何出自他家夫人之口，他只覺可愛喜人，換作旁的人，他只覺是倨傲無度？

看著那盈滿笑意的杏眸，謝慎禮忍不住低頭。

顧馨之彎了眉眼，順勢攬上他後頸。

半晌，兩人才分開。

不知何時被抱坐在某人懷裡的顧馨之動了動，微喘道：「看來沒掏空啊……那你何處抱恙了？」

總之，謝慎禮往後是不能再用這個「身體抱恙」的理由了。

謝慎禮不提，顧馨之也不問，提前離席一事便算過去了。

接下來，夫妻倆又去幾家相熟的人家拜年。

接連幾天出去拜年，顧馨之順嘴問了句。「他們怎麼輪番開宴啊？」人都是那些人，卻每天換個地兒見面，倒是好玩。

謝慎禮也隨口回答。「習慣了，他們年年如此。」

「我看別人家好像沒有這樣，怎麼你們這麼玩？」

謝慎禮頓了頓，道：「約莫是為了熱鬧吧。」

「過年誰家不熱鬧——」顧馨之開口吐槽，突地頓住看他。「以前沒有？就這幾年？」

「嗯。」謝慎禮回憶了下。「他們成親之前，也就在書院裡折騰。」

沒記錯的話，他小時候都是在書院裡過年？顧馨之若有所思。「這是給你折騰的吧？」

謝慎禮頓了頓，微嘆。「或許吧。」

他在謝家處境艱難，打進了琢玉書院，幾乎便以那邊為家。原以為成親後會好些，那位薄命的夫人卻連年都沒過，便香消玉殞。

「算了！」

顧馨之的嬌聲，讓謝慎禮回神。

「不管原因為何，禮尚往來，我們也該輪一回。」

謝慎禮愣了下。

顧馨之已經開始扳著手指數了。「陸家五口、柳家三口、陳家五口——哎呀老爺子一家子也得……一二三四……」

「無須如此著急——」

顧馨之推他。「你去寫帖子，邀請他們今兒——喔不，明兒過來吃飯。哎呀，我得趕緊去看看有什麼菜肉。」

謝慎禮手剛伸出，自家那著淺紫襖裙的夫人已如彩蝶般飛了出去，轉眼就不見蹤影。他無奈收回手，舒展的眉眼顯示著他輕鬆的心情。

屋裡再次安靜下來。他翻出上回沒看完的書，接著看下去。剛看幾頁，外頭又傳來腳步聲。

「老謝。」顧馨之風一般捲進來。「柳山長夫人有什麼忌口的嗎？你那些兄弟呢？」

「應當沒有。」不過，怎麼又稱他「老謝」？

顧馨之狐疑。「你確定？」

謝慎禮卡了下殼，不確定道：「要不，我問問？」

「那趕緊的——」顧馨之眼睛一瞟，看到他手裡的地方誌，柳眉一豎。「你還看書？讓你寫的帖子呢？」

「我稍後就——」

顧馨之扠腰。「書什麼時候都能看。你這些年吃人家的喝人家的，好不容易宴客一回，別的便罷了，好歹你要把誠意表現出來吧，怎麼還在這兒不緊不慢的看書？」
謝慎禮闔上書。「我現在寫。」
旁邊忍笑的青梧迅速翻來名帖、筆墨。
顧馨之臉色這才緩下來，叮囑道：「帖子寫得好看點，好話多說點，不能丟了你這探花郎的臉啊。」
「好。」
顧馨之繼續交代。「記得問問忌口，還有風俗忌諱。」
「好。」
顧馨之擺擺手。「那我去忙了。」說完噔噔噔又跑了。
正當時，許遠山一邊往回看，一邊進屋，及至書桌前，行了個禮，才開口。「主子，夫人怎麼跑進跑出的？可是有什麼事？」
謝慎禮擺手。「沒事，訓我呢。」
蒼梧沒忍住噗的笑出聲，連青梧亦是低著頭抖啊抖。許遠山意會，估摸著是夫妻倆的某種情趣，遂瞪了蒼梧、青梧兩人一眼，不再多問。
他掏出一張信函，恭敬地擺到桌上，道：「主子，撫州那邊來信了。」
謝慎禮接過來，確認印信完好，才拆信展閱。
一目十行，薄薄的紙張很快看完。他滿意點頭。「那邊準備好了，看來不等化凍，我們就可以出發。」

「誒。」許遠山遲疑了下。「要提前給夫人打聲招呼嗎？」

謝慎禮想了想，搖頭。「別了，她這操心的性子，提前說了，有得折騰。」

許遠山自無不可。

謝慎禮想到什麼，道：「現在大家都忙著走親訪友，正是消息散播的好時候，把年前查出的東西逐一扔出去。」

許遠山愣了愣，遲疑道：「不等過完年嗎？那畢竟是……」

「速戰速決。」

許遠山凜然。「是。」

第五十六章

謝家西府設小宴，邀請琢玉書院的幾名先生、幾名同窗共賀新春。個中歡樂、忙碌自不必說，宴罷，送客離開的時候，謝慎禮親自送柳山長。

柳山長今兒喝得有點多，路都走不穩當，嘴巴還一直叨叨。「那幫小子鐵定荒廢了，天天到處喝酒，回頭我得給他們緊緊皮。」

謝慎禮好脾氣。「嗯，您也別太操心，有晏書他們呢。」

柳山長一聽，瞪大眼睛。「你什麼意思？你覺得我老了教不動了？我告訴你，我還能給你兒子開蒙！」

謝慎禮點頭。「好，等學生兒子長大，必拜在您的門下。」

柳山長沒好氣。「你這信口雌黃的，兒子都沒影兒呢——」想到他快三十的人，至今膝下無子——不，他甚至才剛剛成親，便默了下，然後道：「我沒有催你的意思，這麼些年了，你總算是有家有室有牽掛了，也不差這點時間……馨之是個好姑娘，別辜負她。」

謝慎禮神色柔和。「嗯，學生知道，學生不會的。」

柳山長拍拍他胳膊，靠著他慢慢往前走，謝慎禮小心的攙著他。

柳山長暈乎了下，又慢慢開始說話。「這麼多學生，我最擔心你……你穎悟絕倫又心思縝密，但從小經歷不太好，又無人壓制，行事從無顧忌，手段也有些狠戾……旁人看你是端莊內斂，我看著你長大，卻知你內裡。」

謝慎禮安靜的聽著。

「以前覺得你這樣，是能成大事者，現在想來，卻是我想岔了。利刃出鞘，只有鋒芒，那是殺人的刀。」

謝慎禮默了片刻，道：「不會的，先生放心。」

柳山長哼道：「你說不會就不會？你十歲大點就敢跟人拚命，腦袋都破了還不肯退……你以為你現在比小時候好多少？你別以為我看不出來，你現在做的事情，跟小時候有什麼兩樣？別忘了，你現在是有家有室的，不能不顧一切了。聽到沒有？」

謝慎禮低頭聽訓。「學生明白。」

柳山長打了個酒嗝，喃喃道：「真明白才好……唉，我老了，我是管不動你們了……」

謝慎禮低聲。「不會的，先生放心。」

宴會轉天，顧馨之理所當然的起晚了——單純是因為前一天累著了。

等她爬起來，日頭都掛得老高了。問過許氏和謝慎禮的動態後，她簡單吃了點羹湯，便打算開始理事。

昨兒擺宴，花得多，用得多，好多東西都得清洗入庫，等著下回再用。還有賓客們送的禮，也得入冊。因為年前才送了年禮，大家昨兒送來的大都是些應景的糖果點心，得趕緊處理了。

還有，年也算過了大半了，她那鋪子該收拾收拾準備開門，庫存盤點、貨品整理、新品上市、訂製接單……種種都得運作起來了。

一大堆事，千頭萬緒的。顧馨之懶懶打了個哈欠，準備今天都埋在書房裡幹活。

還沒進書房呢，就見許遠山匆匆過來。

「夫人。」他神色凝重的行了個禮，道：「主子請您過去。」

顧馨之揉揉眼睛。「哦，怎麼了？」

「族老們都在東府等著了，主子的意思，您也一起過去看看。」

顧馨之那股睏勁兒還未消散。「族老們？大過年的，來給咱家拜年？」

「這……應當不是。」

顧馨之又打了個哈欠。「哦，是來者不善？」

許遠山苦笑，壓低聲音。「怕是要換族長了。」

顧馨之瞬間清醒。「哎喲，還有這等好事？」

許遠山忍不住偷覷她。「嗄？」

顧馨之興奮不已，提裙就往外走。「走走走，我要去看看，究竟是什麼老古董，見天欺壓我家老謝。」

許遠山有點懵。他家主子……被欺壓了？

謝慎禮望著款款而來的自家夫人，有那麼一瞬間的失神。

顧馨之雙手交疊在腹前，一步一步的緩慢走到他面前，下巴一抬，倨傲的問道：「好看嗎？」

謝慎禮盯著她的臉，微微皺眉。「這是上妝了？」

顧馨之一秒破功，朝他胳膊就是一下。「有沒有情趣啊，問你好不好看呢！」

「好看。」

顧馨之這才笑開顏，面上冷意褪去了些，顯出幾分平日的嬌麗。

謝慎禮碰了碰她眼角，問：「怎麼弄成這樣？」

顧馨之嘿嘿笑。「這不是要去跟人幹仗嘛，咱輸人不輸陣，氣勢得擺起來！」

沒錯，聽說要去東府見族老們，她立馬回去妝扮一番，艱難的用僅有的化妝工具，給自己捯飭了個煙燻妝——當然，不誇張的那種，只是讓自己的臉看起來凶一點。

再配上她好不容易翻出來的墨綠裙襖、暗金披風、金絲鏤空孔雀釵……此刻的她，就是鈕祜祿馨之！

謝慎禮不解。「什麼幹仗？」

「唉唷，這是誇張修辭手法。」

謝慎禮頗為頭疼。「要不，妳去洗把臉？」

顧馨之驚了。「難道不好看嗎？」

謝慎禮倒是不違心。「好看。」就是，太招人了點。

顧馨之白他一眼。「那還洗什麼？」

再打量謝慎禮。他的衣衫袍服如今都是顧馨之每天搭配好的，又因為過年，顏色花紋都會偏暖色系，今兒也不例外，暗紅長袍、如意滾邊，讓平日冷肅的他帶著幾分暖意。

「要不，你也去換一身？那身黑底金線的就很不錯啊！」

「不用了。」

顧馨之點頭。「行，反正有事我頂著！」昂首挺胸。「走，出發！」

謝慎禮只得由她，兩人帶著一行近侍出門，拐個彎，踏入東府大門。

莫氏的嬤嬤已經在大門處候著，看到他們，忙不迭行禮，然後引著他們往裡走。很快，他們便抵達東府會客廳。

謝慎禮當頭，率先踏入，顧馨之緊隨其後，便看到滿滿當當一屋子的……老頭。哦，還有東府幾房的人，除了那些個年紀小不懂事的，東府老老小小幾乎都在了。

除了莫氏、謝宏勇母子臉帶擔憂，其他人臉上皆帶著幾分幸災樂禍，尤以鄒氏為甚。

顧馨之暗哼了聲，果真是要來欺負她家老謝的。

謝慎禮很是淡定，對著一屋子人，依舊慢條斯理的理了理衣領袖口，再朝諸位族老們拱了拱手。「諸位長輩萬福，看來新的一年，諸位身體依舊康健如昔。」

有幾個定力差的或清咳或乾笑。

顧馨之也跟著福身行禮。

兩口子行罷禮，輪到晚輩們上前行禮。接著兩人就站在屋子中間，面對著一堆人。

右手虛攏身前的謝慎禮臉一沈。「諸位是——」

「大嫂、二嫂、三嫂、四嫂。」號稱要過來幹仗的顧馨之卻一臉笑意。「家裡是不是沒錢了？」

目前還是當家的莫氏趕緊接話，問：「五弟妹，怎麼了？為何問出這樣的問題？」

顧馨之揮手示意她看眾人。「妳看，連椅子都沒多兩把，就我倆站在這兒，不知道的，還以為你們在升堂呢。」當然，謝宏毅那一輩自然是沒座的。

莫氏乾笑，見族老們都不吭聲，知道這鍋自己背定了，只得暗罵了聲，趕緊讓人去搬椅子。

等椅子的工夫，顧馨之也沒閒著，眼睛滴溜溜的開始點名。「三爺爺您讓一讓，騰個地兒出來。哎喲，看來你這年過得舒坦，這麼占地兒……宏勇，傻愣著幹什麼？趕緊給三爺爺搬椅子。」

謝宏勇愣了下，下意識看向謝慎禮，見他頷首，臉上立馬露出笑意，響亮的誒了聲，大步過去，扶起那位謝家旁支的三爺爺。

顧馨之給了他一個讚賞的眼神，接著道：「哎喲四爺爺您怎麼還歪著呢？是不是過年吃太油膩，有中風徵兆啊？宏成，你還傻站著幹麼，還不趕緊搭把手？」

有了謝宏勇那一著，謝宏成下意識聽令。

顧馨之繼續。「四爺爺都快沒地兒了，二伯，您怎麼還不動一下？」

屋裡接連響起桌椅碰撞、茶盞磕碰之聲，族老們還未反應過來，座位已經被挪開，讓出了主座。

正好，下人搬來的椅子也到了，見狀麻溜的擺在主位上。

一連串下來，屋裡緊張嚴肅的氣氛早已消失殆盡。

謝慎禮、顧馨之兩人安然落坐，舒舒服服的端著茶盞。

顧馨之一邊端茶盞，嘴上仍在指揮。「坐，都坐，站著怪累的……邱管事，再搬幾張凳子來，大過年的，讓宏勇他們也坐著說話。」

族老們一個個氣得吹鬍子瞪眼的。下馬威還沒擺上，就被對方明著暗著諷刺了一番，如今連主次都倒了過來。

白眉的謝四太爺第一個緩過來，拍桌道：「坐什麼坐，族裡商議事情，有他們小輩坐的地兒嗎？能在一旁聽著就不錯了！」

謝慎禮終於出聲。「無——」

「哎喲。」顧馨之撞了下他胳膊，搶聲道：「不坐就不坐嘛，反正他們年輕，站會兒也沒事，四爺爺別為這點小事生氣，您都一把年紀了，要是氣壞身體，那真是不值當。」

謝四太爺氣得腦門直抽抽。「妳閉嘴！」

「哦。」顧馨之頓了頓，又道：「四爺爺您火氣這麼大，要不讓人燉點退火的——」

「閉嘴！」謝四太爺的枴杖敲得咚咚響。「妳看看這場合，是妳叨叨的地兒嗎？」

顧馨之嘟囔。「不都是自家人嘛，又不是跪祠堂。」這時代，女人不承香火，沒有資格跪祠堂，自然不能在祠堂叨叨。

謝四太爺被氣了個倒仰。

謝慎禮掩在茶盞後的薄唇微微勾起。他想，往日覺得他家夫人的耍賴大法很是難纏，今日用到別人身上，竟然……感覺還不錯。

他放下茶盞，按住還想繼續說話的顧馨之。她看他一眼，乖乖閉上嘴，將場子交給他。

謝慎禮環視一周，視線在謝宏毅身上停留一瞬便挪開，緩緩道：「我知你們今日齊聚，所為何事。」

眾族老凜然，齊齊看向他，被看了眼的謝宏毅也下意識挺直腰。

「在下不才，兼任族長一職已三載，為族中處理過大大小小上百件雜事、禍端，不曾沾染半分族產……我自認仁至義盡。」

謝三太爺嘆氣。「你做得不錯，但——」

「如今我遭貶丟官，雖仍掛著三品將軍銜，在朝中卻無足輕重，在外邊也無法替族中子弟說話，難堪大任。」謝慎禮慢條斯理的說著自貶之語。「這族長之職，我確實該退了。」

眾族老面面相覷，這確實是他們今日的目的，但……這般容易？

謝慎禮看向門口。「遠山、蒼梧。」

候在門外的蒼梧應了聲，立馬抬著一個大箱子進來，許遠山緊隨其後。

謝慎禮指了指箱子，道：「這些年，我處理族中瑣事時，著實花費了不少，上回我夫人已經給二嫂看過，那些實則不過是冰山一角……帳本都在這箱子裡，諸位看什麼時候方便，結一下帳。」

顧馨之卻雙眼發亮。哎喲，還能討債？

知道族產底細的莫氏、鄒氏齊齊變了臉。

謝慎禮猶自繼續。「三年前，謝新晟以分產不分家的理由，勸我扛起謝家大旗。」謝新晟便是過世的謝老爺子，他名義上的爹。

「這產既然分了，便是我個人的，我擔任族長，心懷族中子弟，自然樂意為大家分憂，但……」

言下之意是如今他非族長，自然不願再為族人墊錢，眾人臉色忽青忽白，非常精彩。

顧馨之撞了撞謝慎禮胳膊，朝他擠眉弄眼，唇語道：「哥兒們，幹得漂亮！」

總之，就是不能老老實實喊他夫君？謝慎禮無言。把注意力放回場上，輕聲交代。「遠山。」

他話音剛落，許遠山便踏前兩步，先朝三面各作了個揖，笑咪咪道：「這舊年的帳冊塵灰大、墨字不清，為免諸位主子爺勞累，奴才斗膽，為主子爺們念念。」

不等眾人發問，許遠山已飛快從箱子裡撿起一本，翻開就開始念——

「昭明八年三月初七，二太爺家的四爺與人爭妓，致人重傷，被抓入大牢。我家主子自費五百五十兩於傷者治療所需，八百兩送給相關市吏，才得以讓四爺提前出獄。」

「昭明八年三月二十八，四太爺家的六爺在賭坊與人爭執——」

「停停停。」謝四太爺率先反應過來，喊停許遠山，然後看向謝慎禮，語重心長道：「慎禮，我知道你這幾年為族裡付出良多，你總歸是謝家孩子，吃著謝家的米長大，如今你長大了，羽翼豐滿了，多幫襯幫襯族裡，也是應當，別把事情做得太過。」

謝慎禮放下茶盞，道：「沒問題，四爺爺說情，我自然要領情。」

謝四太爺神色稍緩。

顧馨之撇嘴。她家老謝就是太好說話了。

謝慎禮慢條斯理的說：「我出生時，謝家沒給我找奶娘，我喝我娘的奶直至兩歲。兩歲到十歲，吃的是府裡下僕分例，衣物也都是我娘用舊衣改製……直至十歲那年冬，得幸被柳先生照拂，才住到書院去。」他看向幾位兄長。「我說的對吧？」

謝慎重張了張口，閉上了嘴。剩下兩名謝家兄長亦是啞然。倒是鄒氏不以為然，嘟囔了句什麼，被謝宏毅拽了下，才悻悻然閉嘴。

其他人則不然。

大夥兒都知道謝慎禮童年不太順遂，但沒想到是這般不堪，一雙雙眼睛都直往謝慎重幾兄弟身上瞄，瞄得幾人渾身不適。畢竟謝慎禮出生時，他們這幾個當哥哥的都已然成親，要是願意照拂一二，也不至於……

說一千道一萬，都是個人自掃門前雪罷了。

顧馨之心疼壞了。她也聽說老謝早年不太好，沒想到這麼慘……連吃飯穿衣都靠他娘，怪不得他娘早早病逝，這種環境、這等壓力，豈是尋常人能撐住的？

四太爺想說話，謝慎禮又再次開口。「雖然我十歲往後，大部分都在書院吃住，但偶爾也會回來住一住。」他沈吟了下，又道：「還有我娘，雖然吃飯穿衣、延醫請藥皆不靠謝家，但畢竟住在這裡多年，也是需要些資費。」

謝二太爺察覺什麼，當即道：「這些便算了，是你爹對不住你們，人死如燈滅，這些過往何須再提？」

謝慎禮語氣淡淡。「四爺爺既然要算帳，這些自然得算清楚。」然後便轉回主題。「我也不占大夥兒便宜，我既生在謝家，自然要有所回報。」轉向許遠山。「所有帳目都折半，權當是我多謝族裡這些年的照顧。」

顧馨之噗一下笑出聲，迎上眾人詭異的視線，忙擺擺手，道：「不好意思，你們繼續，繼續。」

謝慎禮冷眼掃向眾人，所有人當即躲閃著挪開視線。

顧馨之忍不住偷笑，這回倒是知道低頭，假借喝水，擋住笑意——既然老謝遊刃有餘，她就不需要多事了。

謝慎禮見眾人不再盯著自己媳婦，轉向許遠山。「繼續。」

「是。」許遠山捧著冊子，從頭開始念。「昭明八年三月初七，二太爺家的四爺與人爭妓，致人重傷，被抓入大牢，我家主子自費五百五十兩於傷者治療所需，八百兩送給相關市吏，耗資共計一千三百五十兩，折半是六百七十五兩。昭明八年——」

「行了！」謝二太爺忍怒打斷，瞪著謝慎禮。「你這是要跟我們算帳？你拿這些錢的時候，問過我們了嗎？既然當初沒有經過我們同意，我們憑什麼認帳？」

謝慎禮頷首，面上神情毫無波動。「也是。」接著他轉向許遠山。「將東西遞交給刑部或京兆尹。」

這是要讓京兆尹、刑部翻案的意思？眾人大驚。

謝二太爺大怒。「謝慎禮，你這是要葬送謝家根基嗎？」

謝四太爺也驚了。「你瘋了，你以為你做這些事，朝廷會放過你嗎？」

謝慎禮看他，反問。「四爺爺是想看朝廷放過我，還是不想看到？」

謝四太爺頓住。

謝慎禮謙遜道：「四爺爺放心，我做事，向來會給自己留後路，這些帳本，扯不到我身上。」

謝四太爺差點跳起來。

謝二太爺忍不住，當即指著他鼻子。「好你個謝慎禮，你是早有準備，想把謝家送上死路嗎？我就知道——」

謝四太爺按住他，望向謝慎禮。「慎禮，我知道你心裡有怨，但謝家還有眾多晚輩，他們什麼也沒做過，他們好歹叫你一聲叔叔或叔公，你不能將他們的前程都葬送了。」

謝慎禮點頭。「然後呢？」

謝四太爺頓了頓，繼續道：「他們還小，也都仰仗著父兄長輩的教導和扶持。你這一代裡，除了你，只剩下你三哥在禮部領著閒差，還有你七堂兄在北邊當知縣……雖說你現在沒有實職，但你是三品將軍，來往的也多是權貴，怎麼著都比其他人強，雖然有些許誤會，但我們沒有要換族長——」

謝慎禮伸手做了個壓的動作。

謝四太爺停住，看著他。

謝慎禮懇切道：「四爺爺誤會了。我拿出這些帳本，並不是為了繼續上任族長之職。」

「那你意欲何為？」

謝慎禮做思考狀。「討債？」然後解釋般說了句。「之前花得太多，我又少了份俸祿，家裡有些不就手了。」

合著這是三品將軍虛銜的俸祿不夠養家？更別說他名下那些鋪子。別說其他人了，饒是謝四太爺忍功了得，也是黑了臉。

顧馨之差點再次笑出聲，趕緊側過臉。

謝慎禮眼角覷見她身體抖啊抖的，眼底閃過一抹無奈，再看向謝家眾人時，又是那副淡漠模樣。

謝四太爺怒道：「你究竟想幹什麼？」

「卸去族長之位。順便，分宗出族。」

顧馨之樂了，有這等好事！

謝四太爺倒吸了口涼氣，震驚道：「你要出族？」

謝慎禮不緊不慢的答。「正是。」

謝二太爺也是不敢置信。「你瘋了，你要是被逐出宗族，京裡哪還有你立足之地？」

「我是分族，自成一族，何來逐出一說？」

謝二太爺當即敲杖。「不行，從來沒有分族一說，我不答應。」

謝慎禮點頭。「沒關係。」他話題一轉。「聽說六堂哥家的孩子準備應試，十一堂哥家的孩子還小……不過沒關係，不能應試，經商、務農也是不錯，安安穩穩的，也挺好，順帶還能照顧下十一堂哥家的孩子。」

謝二太爺下意識看向蒼梧手中箱子，了然，怒道：「你在威脅我們？」

謝慎禮點頭。「好像是這樣沒錯。」

謝二太爺氣了個倒仰。

謝四太爺卻深吸口氣，沈聲道：「這些暫且不忙，我們先來討論，你的品行問題。」

「哦？」謝慎禮淡定坐著。「晚輩洗耳恭聽。」

人群中的謝宏毅走出來，語氣鏗鏘道：「御史彈劾、皇上罷黜，還不顧人倫娶姪媳，這位謝家族長，品行不良，難堪大任……我認為，我們謝氏一門，確實該換個族長，省得污了我族的名聲。」

謝二太爺看看左右，輕咳一聲。「宏毅這話在理。」

「所以，族裡準備還錢了？」謝慎禮毫無所動，絲毫不接謝宏毅的話茬，也不接謝二太爺那句話。

謝二太爺卡殼。

謝四太爺惱怒的瞪他一眼，看向謝慎禮。「你是非要與族裡過不去嗎？」

「那也不是。」謝慎禮看向其他不吭聲的族老們。「族產每年產出幾何，想必諸位都清楚，我也不為難諸位。只要諸位同意分宗，往後生死富貴，兩不相干，這些帳單，我可以一筆勾銷……連同諸多罪證，都送給各位。」

此話一出，別說謝二太爺，其他族老都猶豫了。

謝宏毅見狀，再次道：「這等卑鄙無恥，對著同宗同族皆萬般心機的人，怎麼會帶領謝家往前走？」

族老們更是動搖。

謝慎禮仍是不搭茬，甚至端起茶盞，慢條斯理的刮起茶葉沫子。

謝宏毅仍要再發話，旁邊的謝宏勇一個拐腳，佯裝跌倒，撞掉了他的話。

謝四太爺忙不迭輕咳兩聲，立馬開口。「慎禮啊，這些年確實是難為你了……但是分宗不是小事，豈能兒嬉？再者，世人多以宗族論高低，若是分宗了，往後你如何自處？你自詡文武雙全，不怕旁人低看，你的兒女子孫呢？你能保證你所有的兒女都是天之驕子、才華橫溢嗎？古往今來，那懷才不遇者，也不在少數，你不怕子孫後代受苦受累？」

謝慎禮看他一眼。「倘若分宗，這些，便不牢四爺爺操心了。」

謝四太爺語塞。

顧馨之在旁邊說風涼話。「現在有宗族，也不見得小輩們飛黃騰達呀。」

第五十七章

謝家號稱是連州大族，卻早已沒落得連族學都快要開不起來，日常有事全靠謝慎禮填補的地步。

顧馨之猶覺不足。「再說，我家夫君連孩子都沒影兒呢，你們就替他子孫考慮上了，是不是太周全了點？」

謝二太爺沒好氣。「慎禮都幾歲了，至今還膝下空虛，妳好意思說？」

顧馨之眨眨眼。「二爺爺記性這麼差了嗎？年前才喝我家的喜酒呢。這才幾個月，豬下崽也趕不上吧。」她才成親不到三個月，生得出來才有鬼呢。

謝慎禮頭疼。哪有人用豬下崽類比自個兒生娃的？

眼看大家都沈浸在豬下崽的震撼裡，謝慎禮輕咳一聲。「言盡於此了，諸位族老考慮一下，若是沒有問題，等元宵過後，府衙開門，我們就去把事情結了。」

諸位族老面面相覷，然後看向平日主事較多的謝二太爺、謝四太爺。

謝四太爺收回目光，沈默片刻，道：「出族對你而言，百害而無一利……你當真考慮清楚了？」

謝慎禮道：「嗯。」

謝二太爺又問：「那箱子裡的東西當真會給我們？」

謝慎禮微哂。「二爺爺放心，我謝慎禮向來說到做到。」

謝二太爺、謝四太爺對視一眼後，謝二太爺直接拍板。「行吧。」

謝四太爺欲言又止，看看諸人，終歸還是不再說什麼。

既然已經決定分宗，祭告祖宗、開宗過祠也得提上日程了。一屋子老頭子開始就這些流程商議起來。大家歲數都不小了，但畢竟都沒幹過分宗的活，時不時還得爭吵一二。

顧馨之聽得哈欠連連，又被他們吵得頭疼，就想撤了。她看看左右，偷偷探手過去，拽了拽謝慎禮衣袖。

他回頭，疑惑的看著她。顧馨之悄聲說：「好無聊，我可以先走嗎？」

「無妨，妳回去吧。」

顧馨之略過那些分神發呆的、悄悄說小話的謝家人，只看那激烈爭論的老頭子們，然後低語。「直接走？不打聲招呼？」

謝慎禮莞爾，跟著低語。「過些日子，我們都不算謝家人了，面子上過得去就行……這會兒妳過去辭行，才是打擾。」

沒問題就行。顧馨之眉開眼笑鬆開他。「那我走了，你也早點回家。」

謝慎禮眉眼柔和。「嗯。」

顧馨之起身，看看那邊唾沫齊飛的老頭子們，朝水菱她們招手，然後放輕腳步，慢慢往外挪。

屋子雖大，但大夥兒一直老老實實坐著，乖乖聽上首族老們講各種族規宗矩，突然有個人站起來，還帶著丫鬟往外走，這下，頓時就吸引了全場視線。

一直被鄒氏低聲念叨的謝宏毅眼睛一亮，目光熱切的盯著看。

鄒氏自己便是過來人，看到他面上神情，再看那堂中動靜，哪還有什麼不懂的，當即氣得肝疼，低聲罵他。「你是豬油蒙了心啊，那死丫頭已經是別人家的了，你還惦記著幹麼？過兩天李大人家擺宴，你收拾妥當，跟我一起去。」

謝宏毅明白其中含意，眼睛黯了幾分。「知道了。」

鄒氏又忍不住心疼了。「你要是喜歡那樣的，去外頭納幾房差不多的就是了，沒得為個丫頭失魂落魄的。」

謝宏毅望著那漸行漸遠的身影，面上有了幾分動搖。

分宗出族茲事體大，一時半刻自然討論不出個結果。及至午間，莫氏站出來讓大夥兒先用膳，膳後繼續討論。

謝慎禮站起來，道：「我家夫人等著我回去用膳，這頓飯就免了。」

莫氏自然不會強留，只笑道：「沒事，就挨著，要吃飯隨時都能吃。」

謝慎禮朝她點點頭，看向謝二太爺。「宗族之事暫且不急，諸位可以慢慢討論，晚輩先告辭了。」

謝二太爺沒異議。「行，待討論出個章程，我們再找你。」

謝慎禮點頭，轉向候在旁邊，此刻聞聲起立的謝宏毅。謝宏毅直視他，雖力持平靜，依然掩不住眼底透出的嫉恨。

謝慎禮神色不變，只問：「讀聖賢書，所學何事？從今而後，庶己無愧。此句，如何做解？」

鄒氏茫然，轉向謝宏毅。

謝宏毅冷冷道：「我喊你一聲小叔叔，你倒也不用整日擺長輩架子，你也不過大我幾歲而已。是，我學識是不如你，那又如何？你就能以此打壓我嗎？」

瞧見兩人搭上話的小輩們剛豎起耳朵，就聽到這一番話，齊齊倒吸了口涼氣，驚懼地看向謝慎禮。

謝慎禮倒是神色不變，只看著謝宏毅，彷彿在看一個無理取鬧的小孩。他淡淡道：「你想多了，我沒工夫打壓你。」

「你把我從琢玉書院摘出來，扔去桃蹊書院，無事不得返京。甚至年初三就要讓我離家求學……若非我堅持不走，此刻你不是已經得逞了？你不就是怕我跟馨——」

「謝宏毅。」謝慎禮冷下臉。「你不是小孩子了，什麼話該說什麼話不該說，當心中有數。你讀書多年，聖賢書嘴上過，禮智信何存？」

「笑話，你跟我講禮智信？你也不過是個搶自己姪媳的偽君子，別在我面前——」

謝慎禮懶得再說。「中傷長輩，德行有悖，自去領三十板子，再到祠堂跪一晚。」

這等天氣……鄒氏大驚。「謝慎禮你安的什麼心？你一個要出族的人，還朝我兒子下死手?!我就知道你沒安好心，看不得我們謝家好。」

「大嫂說什麼便是什麼吧——青梧，綁了。」謝慎禮不太耐煩，甩袖便要離開。

青梧上前，抓向謝宏毅胳膊。

謝宏毅下意識往後躲，鄒氏尖叫一聲，攔在他面前擋著，叱喝青梧。「狗奴才，這是什麼地方，你敢動手？」她轉向謝慎禮，嚷道：「你以為你還是什麼太傅族長嗎？想抓人就抓人？想打板子就打板子？」

謝慎禮停步，轉身，看了眼鄒氏，再看被護在身後的謝宏毅，冷嗤一聲。「謝宏毅，你過了年便及冠，怎的還躲在母親後邊？」

他語氣淡淡，說出來的內容，卻彷彿憑空給了謝宏毅一巴掌。

一旁的謝宏勇登時噴笑。

謝宏毅漲紅臉。

鄒氏尖聲道：「謝慎禮你什麼意——」

謝宏毅推開鄒氏，站到他面前，道：「我一人做事一人當，有什麼你衝著我來。我不像你，只會指揮狗腿子綁人打人，馨之跟了你——」

一陣風掠過——

砰！

謝宏毅整個人橫飛出去，撞倒兩把椅子，再狠狠摔到地上。

眾人譁然，靠得近些的甚至嚇得退後幾步，連正在看熱鬧的謝二太爺等人也愣住了。

鄒氏尖叫著衝過去。「兒子！」

謝宏毅痛得臉色發白，蜷縮著身體呻吟不已。

「兒子你怎樣？要不要找大夫？」

「死不了。」謝慎禮袖子一甩，再次恢復平日那副斯文先生的模樣。

他慢條斯理整理弄出摺痕的袖口，平靜道：「你錯了。我沒有親自動手，只是因為你不配。」

謝宏毅咬牙。「你！」你了之後卻沒有下文，著實是想不到有什麼東西可以比得過面前的人。

謝慎禮放下手，踱步走過去。

鄒氏驚懼交加，攔在謝宏毅面前。「你、你想幹什麼？」

謝慎禮卻沒理她，只居高臨下看著謝宏毅。「我曾經給過你許多機會，甚至親自推著你往上走……但，爛泥確實扶不上牆。」

謝宏毅惱羞成怒。「胡說八道，若非你強迫我娶妻，我怎會冷落——」馨之，導致如今這般結果。

可惜，謝慎禮壓根兒不給他說完的機會，直接打斷他。「既然你對我的安排這般抗拒，桃蹊書院你也不用去了。」

鄒氏面露驚懼。

謝宏毅剛緩過勁正要爬起來，聞言頓住。「什麼意思？」

謝慎禮整好袖口，單手負於身後，居高臨下的看著他。「什麼意思？琢玉書院，是我讓你進的，桃蹊書院亦是我舉薦的。兩家聞名遐邇的書院，在你眼裡卻給分了個高低上下，還念出個不敬尊長……既然你自詡清高和天賦，為何還要去我推薦的書院？為何還要請教我給你推薦的先生？為何還要讀我給你的種種書冊文稿？」

他竟要將所有東西收回，謝宏毅臉都白了。「你這是挾私報復！」

謝慎禮坦然。「對，我就是挾私報復。有何問題？」

最重要的是，還對他家夫人糾纏不清，是可忍孰不可忍。他冷聲道：「既然你不認我這小叔叔、不認罰，那我也不自討沒趣，從今以後，你我橋歸橋、路歸路，往後你的一切，我皆不再過問，你亦不許再以我的名義求學問經。」

謝宏毅霎時臉色灰敗，慌亂道：「不，你不能這樣對我！」

鄒氏亦是大驚失色。「你這是要毀了宏毅！你、你、你對得起你大哥嗎？對得起爹嗎？你大哥臨終前交代你要照顧宏毅——」

謝慎禮側臉看她，淡淡道：「大哥人都死了，說這些有何意義？既然是謝家長子，就讓大嫂及幾位兄長親自呵護照顧，更為妥貼，我年紀小，壓不住他呢。」

那幾位兄長面面相覷。

鄒氏開始哭嚎。「你這是欺負我們孤兒寡母……夫君你為什麼要早早丟下我們！」

謝慎禮微哂，理都不理她，轉身就走。

圍觀的晚輩們連忙退開，將路讓出來。面前的人神情雖淡，一身氣勢卻很是嚇人。尤其方才那一下——他那一腳，輕輕鬆鬆的，卻能將謝宏毅一個大男人踹出丈許遠……試問這般人，誰敢惹？

其他人讓開了，族老們卻沒臉就這麼放過去。

謝四太爺硬著頭皮上前阻攔，謝慎禮只得停步，可剛踢人的氣勢還未收起，一身煞氣甚是嚇人。

謝四太爺暗自穩了穩心神，賠笑道：「慎禮啊，小孩子不懂事。這，罰一罰便算了？」

謝慎禮右手虛攏在腹前，淡聲道：「四爺爺，宏毅及冠了。我及冠那年，已在塞外殺敵上千了。」

這話讓膽子小些的甚至再次退後兩步。

謝四太爺乾笑。「這，尋常人哪能跟你比呢？」

謝慎禮頷首。「也是。庸才終究是庸才……不過，既然我已決定要分宗，這些雜事總歸是要丟開手的，今日開始也不錯。」

謝四太爺語塞。若非這人以各家孩子做威脅，誰願意分宗啊？

謝慎禮自然不會管他如何想，彬彬有禮道：「我夫人尚在家中等著晚輩，如無他事，晚輩先告辭了。」頓了頓，又道：「分宗之事，煩勞四爺爺多費心了。」

謝慎禮說完話，微微行了個禮，便領著許遠山兩人往外走。

滿滿當當一屋子人，半句話也不敢說，自動讓開路，由得他們離開。

「嗚嗚嗚怎麼辦啊！」跪坐在地的鄒氏猶自拍地哭嚎。「這殺千刀的兔崽子，是要斷我兒的前程啊——」

「鄒氏閉嘴！」謝四太爺轉回來，怒道：「若不是你母子危言聳聽，謝家何至於此？」

鄒氏瑟縮，下一刻哭得更大聲了。「都這時候了，你們還想舔謝慎禮臭腳？你們也不看看人家，理你們嗎?!」

「休要胡說，妳這潑婦……」

謝家東府如何吵鬧，離開的謝慎禮自是不知，也不關心。他出了東府，轉進西府，便忍不住加快腳步。

許遠山看得好笑，提醒般道：「主子，還早呢，還有小半刻鐘才是開飯的點。」

謝慎禮不吭聲，腳步卻半點不慢。

青梧朝許遠山聳了聳肩，許遠山搖頭，也很是無奈。

謝慎禮一路快走，及至正院。剛進院門，就聽見前頭傳來吵吵嚷嚷的聲音。

「快快，端水來。」

「拿濕帕子！」

「茶水呢？茶水快點！」

「趕緊去請大夫。」

謝慎禮神色一凜，快步越過院子，掀簾入內，飛快閃過往外衝的丫鬟，問：「怎麼了？誰要請大夫？」

端坐桌前的顧馨之聞聲抬頭，隔著一群丫鬟看到他，笑笑。「沒事，就是有點——嘔——」

謝慎禮臉色大變，箭步上前，寬袖一甩，直接將擋道的丫鬟揮開，扶上顧馨之肩膀。

顧馨之顧不上理他，接過小滿手裡的痰盂，一陣狂吐。

謝慎禮臉都黑了，手下輕撫她後背，嘴裡快速扔出一連串指令。「青梧速去備車，遠山去請老夫人，白露拿披風。」

「是！」幾人應聲，立馬行動起來。

顧馨之仍在乾嘔，壓根兒沒法說話。

謝慎禮凌厲的眼神掃向諸位丫鬟。「怎麼回事？」上午還好好的，錯眼工夫，就成這樣了？

端著溫熱茶水的水菱急得快哭了。「奴婢、奴婢也不知……」

白露抱著披風跑出來，氣息急促道：「夫人回來的時候還是好好的，方才還喊餓。但夫人要等您回來用飯，不肯吃東西，奴婢讓廚房先上了碗湯。」說著，還指了指桌上的瓷碗。「夫人剛喝一口，就吐了。」

謝慎禮擰眉。「廚房今日誰當值？算了，妳去前邊找長松，把廚房的人都——」

終於緩過一波的顧馨之抓住他胳膊。「不用，等會兒。」然後她接過小滿送來的茶水，漱了漱口，再摸出帕子擦擦嘴角，有氣無力道：「我沒事。」

謝慎禮反手握住她，輕聲安撫。「嗯，沒事，張大夫今日出門訪友，我帶妳去百藥堂看看。」另一手則借著身體遮擋朝白露擺了擺。

白露意會，擔憂的看了眼顧馨之，將披風塞給水菱，提裙便要出去。

當她瞎的嗎？「回來！不是廚房的問題！」

謝慎禮皺眉。「乖，別的事暫且別管，我們先去看大夫。」一邊說著，取過披風，兜頭一裹，俯身，直接將她橫抱而起。

顧馨之嚇了一大跳，下意識攬住他寬厚的肩。察覺這廝開始往外走，她奮力掙開披風。「放我下來——我大概知道是什麼情況。」

謝慎禮腳步不停，神色嚴肅。「不可諱疾忌醫。」她可是有前科的人。

水菱、香芹急急跟上。

顧馨之自然不願，掙扎不已。「我真的沒事，大過年的別折——」

「馨之，聽說妳吐了？」許氏一陣風似的颳進來，臉上興奮肉眼可見。

謝慎禮被堵在門口，再看她神情，頓了頓，道：「是，煩勞岳母讓一讓。」

許氏對上嚴肅凜冽的女婿，笑容頓時僵在臉上，下意識往後縮了下。

顧馨之掙扎半天下不來，見到她，猶如見到救世主。「娘，您快說說他，都說不用去看大夫！還不聽！」她邊說，還仿效鯉魚打挺，拚命掙扎。但這傢伙力道太大，攬在她後腰跟膝窩的胳膊跟鐵鉗似的，半點不放鬆。

謝慎禮眉峰快能夾死蚊子了。「別亂動，當心摔下來。」然後再看許氏。「馨之方才吐得厲害，岳母——」

許氏回神，連連擺手。「沒事沒事——誒誒誒，趕緊放她下來！」她彷彿想起什麼，瞬間緊張起來，托舉雙手靠近。「慢著點，當心摔著了！」

「就是，摔著我了有你好看！」

「妳們都知道什麼情況？」

許氏緊張兮兮的虛托著顧馨之，一邊道：「知道知道，快放下來。」

謝慎禮遲疑片刻，彎腰將人放下來。

許氏連忙扶住人，攙著她就欲往桌邊走。「哎喲，嚇著沒有？」

謝慎禮不明所以，只緊跟著攙上她另一邊，視線半分不離，眉峰依舊緊鎖。

「沒有。」顧馨之正要舉步，視線一掃，趕緊停住，吩咐丫鬟。「趕緊把湯端走！熏死我了！」

白露趕緊讓小丫頭端下去，還跑去將窗戶打開，讓屋裡的味兒散散。

顧馨之這才安心往回走，謝慎禮連忙攙著她。

許氏跟著入內，好奇發問。「什麼湯？」

謝慎禮道：「正要叫人去查廚房，稍晚有消息告訴您。」

顧馨之沒好氣。「都說了廚房沒問題，我喝不慣不行嗎？別給廚房找事，我還指著他們吃吃喝喝呢。」

顧馨之已經扭頭去跟許氏說話。「就羊骨湯，昨兒讓他們燉的，加了白蘿蔔……」她有點沮喪。「以前可愛喝了，湯又鮮，蘿蔔又甜。」

許氏安慰她。「過了就好了，到時想喝就讓廚房做。」

顧馨之又道：「也可能不是因為這呢？說不定是早上去東府吃了冷風，著涼了。」

許氏想了想，點頭。「還是得找個大夫看看。」

這話他明白。謝慎禮忙道：「正想出門看大夫呢。」

許氏連忙打斷。「還出門啊？馬車這麼顛，顛出個好歹怎麼辦？去把大夫請回家來。」

謝慎禮皺眉。「我抱著她，不會顛著——還是去看看大夫吧。」不然他不放心。

許氏愣了下，看看他，再看看顧馨之。「他不知道怎麼回事嗎？」

顧馨之眨眨眼。「看起來像是不知道。」

許氏沒好氣。「妳也不說說！」

顧馨之道：「說什麼？大夫都沒到呢。」

許氏語塞，然後擺手。「說不過妳！趕緊歇著吧……誒對，趕緊讓人去請大夫。」

謝慎禮仍皺著眉，一副仍要將人帶出去的模樣。顧馨之索性直接吩咐小滿，讓她去找青梧，用備用的車去接大夫。

小滿應聲去了。

謝慎禮有話要說。「倘若身體不適，怎可——」

「誒。」顧馨之靠過去。「我剛才吐暈乎了，我想坐著。」

謝慎禮當即閉了嘴，小心攙著她坐到繡墩上。

桌上的羊肉蘿蔔湯已經撤走了，顧馨之長吁了口氣。

許氏笑咪咪跟過來。「想吃什麼？讓廚房給妳做。」

謝慎禮不贊同。「她剛吐了。」

許氏擺手。「不礙事不礙事，口味變了而已。」

「沒有人會因變了口味而嘔吐。」謝慎禮盯著許氏，冷聲問道：「岳母對馨之是不是太過——」

「你別凶娘。」顧馨之拽住他。「都說沒事，待會兒大夫來了你就知道了。」

許氏也不惱，笑咪咪道：「哎呀，你這是沒經過事，不懂，很正常。以後經得多了，就知道了。」

謝慎禮若有所思，看看周圍，俯身，壓低聲音。「是女人家的問題？」

顧馨之看他一本正經的模樣，樂了，跟著壓低聲音。「對，算是。」

謝慎禮微鬆口氣，輕聲道：「待會兒讓大夫看看。」

顧馨之點頭。

許氏笑咪咪的看著他們說小話，也不問。

顧馨之安撫完謝慎禮，撫了撫肚皮，道：「我餓了，既然老謝都回來了，不如我們先開飯吧。」

謝慎禮又皺眉了。「等大夫看過？」

「不礙事。」許氏擺手，轉頭朝白露道：「讓人上膳──喔，那羊肉湯就別上了。」

白露看看顧馨之，見她沒意見，福了福身出去了。

許氏招呼謝慎禮一起坐下，然後問顧馨之。「想吃什麼？」

顧馨之想了想。「沒有，就餓。」

許氏點頭。「那待會兒看看。」

謝慎禮宛如在聽天書，忍不住問：「真不是什麼大問題嗎？」

母女倆齊聲。「不是不是，你聽著就是了。」

第五十八章

許氏又問顧馨之。「上回是什麼時候？」

顧馨之回憶了下。「剛成親那會兒。」

許氏扳著手指數了數，點頭。「那也有兩個月了。」

顧馨之也覺得是。

謝慎禮聽得雲裡霧裡，卻不妨礙他知道她們談論這時間挺長，故很是擔心。「難不成是頑疾？」

顧馨之沒好氣。「對對對，得拖好久呢！」

謝慎禮眉峰自進門起就沒鬆開過，聞言，下意識握緊她的手，勒得顧馨之低叫出聲，他才趕緊鬆開。

許氏莞爾。「妳別逗他了，他這年紀了還……不知道也是正常。」

「好嘛。」顧馨之想了想。「不過最近確實累，每天都睡很晚。」

「妳成親後哪天不晚的？但凡晚上早些歇息……」許氏言外之意，是夫妻倆晚上鬧太晚了。

被岳母直指房事，謝慎禮有些尷尬。顧馨之卻毫無避諱。「我們剛成親，新鮮著呢，很正常。」

許氏白她一眼。「行，說不過妳。待會兒讓大夫看看就是了。」

又是吐，又是計算時間，還提及房事……謝慎禮想到曾經看過的些許醫書，僵住了。

兩人沒注意，許氏想起他們上午去東府，就問了幾句。顧馨之揀能說的說了幾句，大夫就到了。是老熟人了，去年顧馨之病倒在此處養病時，正是他每日過來問診的。

顧馨之母女忙起身相迎。「張大——」

「張大夫。」一直坐在一旁作沈思狀的謝慎禮唰的站起來。「免禮快請，我家內人方才吐得厲害，勞您看看。」

張大夫行禮剛行到一半，就被他攙起往裡走。張大夫無奈，快步至顧馨之兩人跟前，行禮問安。「夫人過年好，老夫人過年好。」

許氏母女忙回禮，同樣送上新年祝福。

然後顧馨之接著道：「大過年的勞您跑一趟真是抱歉。」

「習慣了，這病痛不適，可不會看過年就歇息的。」張大夫笑呵呵，卸下藥箱，翻出脈枕。「夫人請坐。」

謝慎禮飛快伸手，小心翼翼扶著她。

顧馨之坐下，伸手。老大夫搭上她腕間，閉上眼，慢慢撫著長鬚。

許氏捏著帕子緊張的盯著他，有所猜測的謝慎禮亦是凝神屏息。

不消片刻，老大夫睜開眼，問：「斗膽問一句，夫人上一回月信是何時？」

許氏頓時激動了，雙手合十，按著順序朝四面拜了又拜。

顧馨之也明白了，坦然說了個日期。果不其然，老大夫點點頭，起身，朝謝慎禮躬身。「恭喜先生、恭喜夫人。夫人有喜了。」

謝慎禮雖有所預料，但實際聽來，仍是格外……

他沒吭聲，顧馨之狐疑的瞅了他兩眼。

張大夫似也不在意，行了禮逕自起來，回到座位上。

顧馨之兩輩子第一次懷孕，有些擔心，遂向張大夫請教。「有什麼地方需要注意嗎？吃的用的，有什麼忌諱嗎？」她可是看過很多宮鬥劇，什麼紅花、麝香的，聽起來可嚇人了。

張大夫捋了捋長鬚。「不用太過緊張，平日如何繼續如何就好。至於吃的……待會兒老夫會給您留個單子，吃喝稍微注意點，便沒有太大問題了。」

顧馨之連連點頭。「好的好的，煩勞張大夫了。」她朝白露使了個眼色，再借著身體遮擋，比了個數字。

白露意會，麻溜出去。

謝慎禮終於回過神來，想到方才情景，忙問道：「張大夫，她方才吐得厲害，是不是有什麼問題？」

顧馨之單手托腮，看著這位準爹爹問問題。

張大夫笑呵呵。「沒事，懷孕了大都會這樣，過段時間就好了。」

謝慎禮擰眉。「竟還要過段時間？過段時間是多少時間？接下來是日日如此？還是偶然一次？」

張大夫仔細回答。「短則十天八天，長則數月，各有不同，不一而論。大部分孕婦都是晨間嘔吐較劇烈，偶有部分白天亦然。」

謝慎禮大驚。「竟要這般久？難不成就這麼吐下去嗎？她身體本就不算……累著了就容易生病，如今又有孕在身，要是整日這樣吐，如何受得了？」

顧馨之白他一眼。她身體好著呢，她就生病那麼一回，怎麼到他嘴裡成了體弱多病的樣子？

張大夫撫著長鬚。「正因孕育艱難，更需孝順母親，此乃順應天地之道，很是正常。」

謝慎禮怒道：「何來正常？人皆有生死，照你這麼說，病了就不該問診吃藥，自該遵循天地之道，歸於塵土。」

顧馨之趕緊拽了下他袖子，低聲道：「好好說話。」

謝慎禮頓了頓，暗吸了口氣。「您是大夫，想想辦法，開個舒緩的方子，讓我內人不至於過於辛苦。」

張大夫為難。「是藥三分毒，這時候只能靠調養。」

謝慎禮盯著他。「那就開調養的方子！」

大夫好脾氣。「好好，老夫這就寫幾道方子。」

丫鬟忙送上筆墨。

謝慎禮緊跟過去，盯著他書寫。饒是張大夫對他頗為熟悉，也被他這舉動驚得頓了頓。

顧馨之汗然，連忙道：「我夫君最近看了些醫書，對各種方子頗有些興趣……」她乾笑了下，覺得是有點圓不過去。

「老夫懂的。」張大夫好笑。謝先生年近三十，仍膝下空虛，突聞喜訊，緊張些也是應當。他這般想著，順手提筆，蘸墨開寫。

剛寫幾個字，謝慎禮就語氣不善的開口。「您不是說寫方子嗎？為何這看著像食譜？」

「是藥三分毒。藥補不如食補。」

謝慎禮皺眉閉上嘴。

顧馨之暗笑，連許氏也捂嘴直樂。

大夫唰唰唰寫了幾頁紙，然後吹了吹，看看左右，遞給旁邊的丫鬟，剛要說話，就聽謝慎禮又問——

「這幾道方子每日吃用幾次？吃多久，每份間隔多久？而且，每日就吃這些嗎？不能吃其他？」

「這些是調理方子，偶爾吃一次就可以了，不需要每日食用。」

「偶爾是多久？哪道先吃，哪道後吃？可否同時吃用？飯前還是飯後吃？上午吃還是晚上吃？」

好不容易等他問清楚明白，顧馨之趕緊送上厚厚的紅封——因為謝慎禮的百般刁難，她中途還讓白露又再去加厚了兩分。

送走張大夫，已過了平時的飯點，加上前面吐空了……顧馨之感覺自己餓得能吃下一頭牛。

聽她喊餓，許氏連忙讓人去廚房傳膳。

謝慎禮則小心翼翼的將張大夫留下的方子收好，讓人送去前邊書房。

「送那邊去幹麼？我還要看啊，回頭好讓廚房做。」

謝慎禮神情凝重。「不行，張大夫擅長風寒雜症，這些方子也不知道好是不好，等我確認過後，才能用。」

顧馨之想說，只是食譜，不至於……

好在，午膳送來了。

子薑燜鴨、乾鍋雞、酸黃瓜炒肉片、紅燒豆腐、素炒白菜、紫菜肉片湯，五菜一湯，擺了一張小桌。兩葷兩素一小葷，是他們家這兩個月以來的慣例——在許氏過來之前，夫妻倆只用三菜一湯。

家裡菜色都是顧馨之前一天定好的，好讓廚房提前準備食材。本來今天的菜色應當是羊骨蘿蔔湯、紅燒羊肉、子薑燜鴨、紅燒豆腐、素炒白菜。

而現在，羊沒了，換成了乾鍋雞、酸黃瓜炒肉片，還滾了個紫菜肉片湯。

顧馨之詫異，問白露。「廚房怎麼改菜色了？」

白露很高興的樣子。「張大夫說您有喜後，莊姑姑就去廚房給改了。」看樣子，她家夫人這段時間都不能吃羊肉了。頓了頓，她又道：「那羊骨蘿蔔湯與紅燒羊肉，姑姑作主送給前邊岑先生他們了。」

顧馨之懂了。「莊姑姑動作這般快。」

許氏回憶了下，笑道：「可不是，當年我懷妳的時候，也是半點聞不得肉腥味。」

顧馨之大驚。「肉都不行？那我吃啥？」

許氏想了想，指著桌上的菜品道：「或許妳不會呢，試試。」

說得也是。顧馨之本就餓了，當下也顧不上多說，抄起筷子，直奔子薑燜鴨。

鴨子是他們家莊子上養的，皮厚肉肥，紅燒香爛皆宜，尤其這道子薑燜鴨，更是從肉到油都是香的，舀上半油半醬拌到飯裡，顧馨之能多吃半碗飯。

加上這道鴨子用薑多，連油都嚐不出腥羶，這會兒估計也——

顧馨之臉色大變，扔下筷子就往外奔，謝慎禮跟著變了臉，立馬跟上。

「嘔——」

跑出屋子的顧馨之扶著欄杆狂吐，可她胃裡空空，只能不停吐酸水。

謝慎禮看得心驚，一邊扶著她，一邊下令。「快去請大夫——百草堂、濟世堂……不拘哪個，趕緊去！」

顧馨之吐了會兒緩過來，按住他的手，搖頭。「沒用，不用請。」

謝慎禮擰眉。

顧馨之接過丫鬟遞來的茶水，漱了漱口，癱靠到謝慎禮身上，鬱悶道：「我想吃肉！」她想到什麼，朝他肚子就是兩捶。「都怪你！你要是學學柳下惠，現在就不會搞出人命，我就能吃肉了。」

謝慎禮不明白。搞出人命是什麼？

顧馨之哀嘆。「美色誤人啊——貪色害人啊……」

緩過勁來，餓得要命的顧馨之再次回到桌前，那道子薑燜鴨已經被挪開了。

「這麼折騰你們都吃不上了。」顧馨之指揮水菱。「去取些小碟子來，每道菜給我挾一點點，我挨個兒試試。」

水菱誒了聲，趕緊去取碟子。

謝慎禮說：「岳母先吃吧，我陪馨之試試菜。」

許氏連忙推辭。「就這麼一會兒工夫，等等無妨。」

片刻後，顧馨之坐在桌邊，面前一排碟子，還有一壺溫茶，左邊腳下擺著盆，一群人嚴陣以待。

先試乾鍋雞，吐。

酸黃瓜炒肉，吐。

紫菜肉片更是完全不能靠近。

連放了點肉末的紅燒豆腐，也不行。

只有素炒白菜能吃。

顧馨之吐得難受，心裡更難受，抓著謝慎禮的胳膊哭唧唧。「怎麼辦啊？以後連肉都吃不起了。」

許氏忙安慰。「哎呀，說不定幾天就好了。方才料想妳吃不了，已經讓廚房趕緊做幾道素菜過來了。」

顧馨之捂胸。「天天吃素嗎？那我還不如住到和尚廟裡呢。」

許氏啐她。「呸，說什麼傻話。」

謝慎禮摸了摸她腦袋。「待會兒我讓人去問問別的大夫。」

顧馨之不抱希望。幾千年來的難題，哪有那麼容易解決。

折騰了一番，菜飯都涼了，又送回去廚房熱。沒多會兒，飯菜重新上桌，多加的素菜也擺了上來。

顧馨之聞著那濃郁的肉香，卻只覺噁心想吐。想到面前兩人陪著自己餓了許久……讓人將素菜端到一旁暖閣，道：「有話回頭再說，先讓我吃點。」湊一起肯定大家都吃不好，索性分開吃，就怕這兩人都磨嘰。

果然，只聽謝慎禮道：「岳母在此處吃吧，我去陪馨之。」

許氏也道：「你平日事多，不吃肉怎麼行，我去就好了。」

謝慎禮說：「不，我——」

「好了。」快餓死的顧馨之暴躁。「我是真餓了，你們別在這兒磨嘰！」

天大地大孕婦最大，顧馨之終於安安穩穩吃上遲來的午飯——即便是素的。結果，還沒吃幾口，就見謝慎禮大步進來，嚼著飯的顧馨之茫然看他。

謝慎禮大步過來，在她一旁落坐。「妳繼續吃。」

顧馨之匆匆嚥下飯，問：「你吃過了？」

「嗯。」

「你是直接往嘴裡倒飯菜的嗎？」

「沒有。」謝慎禮抓了雙乾淨筷子，目光在桌上巡視一圈，眉峰皺得能夾死蚊子。「怎麼就這幾個菜？」

顧馨之沒好氣。「臨時能出來這幾道菜，劉大叔很厲害了好嗎？別太苛刻了。」她掃了眼。「除了沒肉，其實都挺好吃的，尤其是這道酸豆角。」

謝慎禮似乎頗為生氣。「我娶妳進門，不是讓妳吃這些醬菜的。」滿桌子菜，一半是醬菜，像話嗎？

顧馨之無語，懶得理他，逕自扒飯。

謝慎禮的筷子在餐桌上繞了半天，終於下了一筷子，給顧馨之挾了幾片醋溜白菜。

埋頭吃飯的顧馨之抽空看他一眼，發現他那黑臉，嚥下飯，打趣道：「打聽到消息就沒好臉色，我懷孕了你不高興啊？」

謝慎禮頓了頓，正色道：「怎麼會？妳有身孕我很高興，但……」

「但什麼但。」顧馨之再次扒飯，含糊道：「你這是擔心餓著你家孩子了？」

「不是。」

「那不就得了，我又不是要死了。你該高興就高興，板著個臉給誰看呢？你家崽子又看不到。」

謝慎禮臉色倒是真的好看了些，顧馨之沒再管他，安心扒完這頓遲來的午飯。

飯畢，許氏找了白露、水菱幾名丫鬟，並幾名管事，一起去庫房看藥材，顧馨之則打著哈欠回屋午歇。

謝慎禮看著她躺下了，才一臉凝重的離開。

等顧馨之美美的睡了個午覺出來，就被聞訊而來的謝慎禮接到大堂，對上一屋子的老頭子，她一臉茫然的與這些老頭子互相見禮。

剛坐下，這些老頭子就擠上來，又是看臉，又是摸脈，又是問診……

站在她一旁的謝慎禮輕咳一聲。「煩勞幾位老先生仔細看看。」

「應該的應該的。」

「大人放心。」

「自當盡力。」

顧馨之很無奈，被一堆大夫望聞問切了遍。最後，這些大夫湊在一起嘀嘀咕咕半天，開出了兩道方子，一道止吐，一道調養。

謝慎禮接過來，一目十行看完，皺眉扔出一堆問題，關鍵是他還真是看過許多醫書，諸如《黃帝內經》、《本草經集錄》、《脾胃經》等等，扔出來的問題一個比一個專業、一個比一個刁鑽，直將這幫老大夫問得冷汗直冒。

顧馨之趕緊拽了下他，一通好話安撫這幫大夫，再送上厚厚紅封，好好把人送出去，然後轉回來，扠腰瞪著謝慎禮。

「你幹什麼？這些大夫看過的病例比你吃過的鹽還多，你折騰什麼？」

謝慎禮皺眉。「萬一遇上庸醫——」

「就你這樣折騰，人不庸醫，都想給你胡亂下藥了。行了啊，我只是懷孕，又不是病入膏肓，別折騰這些有的沒的。」

謝慎禮眉頭依舊不放鬆。「萬一還吐——」

「那也是我吐，誰懷孕不得吐幾次啊，我沒那麼嬌氣。」顧馨之伸了個懶腰。「好了，我要去研究一下菜色，看看我能吃什麼了！」

「也對。張大夫那幾道食療方子找人看過了，都能用，已經讓廚房做著了，待會兒妳先吃一點。」

顧馨之服了。行吧，畢竟是心意。

她以為這是謝慎禮初為人父，興奮的，沒當回事。殊不知，接下來幾天，每天早中晚、飯前飯後，各種湯品燉品。她感覺自己嘴巴就沒空過，每天都被撐死，找許氏訴苦，卻連她也贊同。

顧馨之沒法，朝謝慎禮好一頓撒潑，才改成一天兩盅。

除此之外，她還搗鼓了許多自己能吃的食物，比如，把肉打成丸子，她能吃上幾口；菌菇、豆腐燜一燜，做成肉的味兒，也能吃；還有雞蛋，煎炒煮蒸，都能吃……如此一來，桌上的菜色自然豐富許多。

別的倒好，只菌菇這塊，比較難辦。這年頭經濟、商貿不算發達，菌菇之類的培養少，大都是些乾貨，就這樣，價格也是老高。顧馨之自然是不捨得多吃，她只是用庫存乾貨搗鼓了兩頓，加上孜然粉等調料，整出類似肉的味兒，偶爾拿來解解饞。

謝慎禮看在眼裡，轉天就把京城各大鋪子裡的乾菇、酸豆角、酸菜全買了回來，還去敲陸文睿、柳晏書等人的家門，直接將人家的存貨掏空。

於是，沒幾天，親朋友好友全都知道顧馨之懷孕了。

彼時顧馨之還不知，睡個午覺起來，就被喜孜孜的柳山長夫婦抓著一通噓寒問暖，方知道自家老男人幹出這種事。

「想吃什麼儘管吃，老頭子別的本事沒有，就認識的人多，什麼乾菇、酸菜、雞蛋，都管夠，別省著。」

這邊說著話，外邊還在不停往屋裡搬箱籠。

「師娘，這也太多了吧？我就一個人，吃不下這麼多。」

柳山長笑呵呵的。「沒事，下一胎還能接著吃。」

顧馨之無言。這才剛開始，就想著下一胎了？再說，別說雞蛋，就是酸菜、乾菇，也放不了幾年吧？

柳山長夫人也反應過來。「哎喲，可不能放這麼久，下一胎要是還想吃，再找我們，這些能吃就吃，吃不了送人、扔了也不心疼啊，可別省著。」

「竟是這樣？那確實不能放，妳下回還要，我們再給妳送。」

顧馨之能說啥呢，只能乾笑著說好了。

柳山長夫人叮囑。「慎禮說妳這才剛滿兩個月？可不興到處說啊，按照風俗，得等三月滿了，坐穩胎了，才能告訴別人的。」

「我也沒說啊。」大過年的，又冷，親戚也走完了，她都窩在家裡貓冬呢。

「唉，不是說妳，是讓妳管管慎禮，他到處找人要乾菇酸菜，逢人就說家裡夫人懷孕，就好這一口吃的，這滿京城都快被問遍了。」

顧馨之內心大罵：謝慎禮，你死定了！

第五十九章

當晚，柳山長夫婦留下來一同吃飯。

因為顧馨之，家裡上菜如今都分兩批，油腥少的連帶素菜先上一批，等顧馨之吃飽了，躲開了，再上兩盤肉。

顧馨之覺得這樣太麻煩，架不住家裡兩尊大佛壓著。

原想著有客人了，能暫且改改，沒承想謝慎禮竟然直接與柳山長兩人說了她的情況和家裡安排，兩人欣然同意。

柳山長夫人甚至道：「就該這樣，沒得女人家懷孕受苦，你們男人還吃香的喝辣的，能讓你們補兩口就不錯了。」

許氏一副贊同非常的樣子。「就是，當年妳爹還陪著我吃素呢，怎麼就不行了。」

顧馨之詫異。「想不到啊，老爹這麼好男人的嗎？」

柳山長夫人跟著點頭。「這才是男人該有的擔當。」

因這話題，兩人一拍即合，當即開始聊起京城諸多八卦，柳山長夫人談起文人圈各種自命清高的男人們，許氏則提供許多武將圈裡的八卦情況，那叫一個憤慨。

顧馨之因為八卦，甚至多吃了半碗飯。

柳山長夫婦告辭離開的時候，謝慎禮當即非常誠摯的邀請柳山長夫人，得空多來家裡吃飯，說因為他們過來，馨之都多吃了許多，連肉丸都多吃了兩顆。

柳山長夫人啼笑皆非。「合著你小子就讓我來給你媳婦兒哄飯呢。」

謝慎禮正色。「也是因為高興看到你們。」

柳山長夫人頓時熨貼了。「行，那我得空就過來跑跑。」

送走客人，顧馨之拽住謝慎禮。「你過來，我有話跟你說。」

謝慎禮自無不應，許氏見狀，找了個理由走了。

夫婦兩人回到屋裡，顧馨之直接雙手抱胸。「我說，你最近是不是折騰得有點過了？」為了教訓他，她甚至把丫鬟們都遣出去了。

謝慎禮遲疑。

顧馨之挑眉。「你這什麼意思？」

謝慎禮伸手，握住她柔荑。「我沒想到妳這個時候懷孕，許多東西都沒有準備好。」

「嗯嗯。」顧馨之點頭。「然後呢？」

「倘若沒有意外，我過幾日就要離京上任。」

顧馨之很震驚。「你不留京？你去年不是一直幫皇上做事嗎？中間還巴巴出差一個多月去幫忙收拾爛攤子……怎麼連個京官都撈不著？」

謝慎禮無奈。「此次任職，正是用這些功勞換來的。」

「啊？」

謝慎禮解釋。「我這段時間獲得的嘉獎，官復太傅不是問題，但太傅一職任重道遠，如今的我，還遠遠不夠。倒不如用這些功勞，在皇上面前換一個不貪名利的好名聲。」

顧馨之豎起拇指。「不愧是你，既博得名聲，又能去歷練一番，以後回來，更名正言順，誰也無可指責了。」怪不得他之前一直在看風俗縣誌類書籍。

謝慎禮勾唇，接了這讚譽，然後道：「我問過大夫們，短期內妳不能舟車勞頓。」言外之意，他不準備帶她出門。

這年頭可不是交通發達的現代，去哪裡都是幾個時辰的事情，跨個州府都要幾天工夫。所以古語有云，父母在，不遠遊，就是擔心走遠了，別說照顧，許是連最後一面都趕不上。

除此之外，謝慎禮的意思，應當是要走馬上任去地方當官。這般情況，除非朝廷有召，或者述職調遣，否則，是不准在任上離開在任地的。

簡而言之，謝慎禮出去，短期內都不會回來了，顧馨之自然明白這點。

「你要去哪兒？」她問。

「鍼州。」

顧馨之想起屋裡偶然看見的書冊，了然，問：「去當什麼官？官大不大？俸祿如何？」

「還算可以吧，食君祿擔君憂，皇上如何安排，我如何做就是了。」

顧馨之催他。「就我們倆，你裝什麼啊？說說啊，我好奇。」

「無意外的話，應當是鋮州知府。」

顧馨之驚嘆。「好厲害啊，我夫君竟然要當知府了！」

曾官至太傅的謝慎禮幽幽的開口。「夫人莫不是還忘了我身上有三品將軍銜？」這不比一介知府強？

顧馨之不以為意。「那一點感覺都沒有。說有錢吧，我暫時還沒見過俸祿。說權力吧，你也沒啥權力，還不用點卯不用出門，當得一點意思都沒有。」她嫁過來的時間都入冬了，接著又是春節，自然沒見過俸祿。

謝慎禮捏了捏眉心。「夫人，重點不在這兒。」

「哦，對。你要出遠門了——任期是多久來著？三年嗎？」顧馨之摸了摸下巴。「要是咱三年不見……」

謝慎禮打斷她。「什麼三年？等妳胎象穩了，我會讓人接妳過去。我問過大夫們，三、四個月就差不多了。」

顧馨之大驚。「我的鋪子什麼的都在京裡，我不走啊！」

謝慎禮臉黑了。「妳一個人在京裡我不放心。」

顧馨之揮手。「安啦，你這幾天不是都給我安排妥當了嗎？還有娘也在呢，不行的話，還有先生和師娘他們啊。」

謝慎禮思及許氏曾經的狀態，不贊同。「他們尚且需要妳的照顧——」

「嗯嗯，那我就留下照顧他們。」

顧馨之看他黑臉，想了想，苦口婆心道：「你是做大事業的，不要被我這小女子給耽擱了啊，別人會罵我紅顏禍水的——雖然我確實挺美的。

「而且，我懷孕呢，哪兒都不能去，幾個月後生了崽，孩子也還小，更不能遠行——你放心，這兩、三年裡，我不是懷孕就是帶崽，不會給你戴綠帽的。」

這般說來，謝慎禮更不放心了。

顧馨之猶自繼續。「誒，什麼時候走？我給你收拾行李啊。」

謝慎禮擰眉。「夫人這是歡送為夫離開嗎？」

「你怎麼會這樣想？」顧馨之詫異，反過來安慰他。「別擔心，我知道你是去搞事業、去造福百姓。家裡有我，你放心去吧。」哎呀，她真是善解人意又體貼的新時代夫人。

謝慎禮眉峰皺得死緊，不悅道：「難不成妳不擔心妳夫君在鋮州迎新納妾？」

顧馨之眨眨眼。「這個，好像確實不太擔心。」

「為何？」簡單兩字，卻生生帶了股咬牙切齒的味道。

顧馨之聽出來了，拍拍他胸膛，笑道：「你要是這麼容易被勾引，謝夫人的位置哪還輪到我啊！放心，你不是那等貪色之人，我也不是那多疑的，你安心去吧。」

謝慎禮一陣無言。他的夫人，是不是豁達得太過分？

顧馨之以為這事就這麼定了，轉頭開始給他羅列出行準備。

當然，因旨意未定，她也不敢大張旗鼓的準備，只是假借自己懷孕的名頭，慢慢準備起來，加上莊子裡各項工作已經有序開啟，她每天都充實許多。

連她孕吐的狀況，都比剛開始幾天好多了。除了晨起吐上一回，偶爾廚房上點新肉菜試探她的底線吐一回，別的時候都沒啥事。不光許氏，謝慎禮也鬆了口氣。

加上她現在渴睡，早上起不來，等她爬起來，謝慎禮、許氏早已開始忙碌，故而她早膳都是自己吃，全素的飲食倒是不影響旁人。

早膳不沾葷腥，各種粥品點心亦很豐富，吃飽喝足，開始一天的忙碌。

午膳、晚膳與謝慎禮、許氏一道用。午飯後，謝慎禮會陪她在院子裡、花園裡繞兩圈消食，然後她午歇，謝慎禮自回書房忙碌。

等她午覺起來，廚房通常會伸出試探的魔爪，折騰各種帶肉、但幾乎嚐不出肉味的點心或湯品，但凡有新品，不是謝慎禮在場，就是許氏監工，反正她總得試。

顧馨之又好氣又好笑，卻知道這兩人是怕自己吃不好身體不好，只能受著了。十次有七次得吐，就這樣，也篩出幾道能吃的菜品，好歹讓她的膳食更豐富了。

這麼折騰下來，年便悄無聲息的過去了。

元宵剛過，朝廷便派人送來旨意，封謝慎禮為鉞州知府，著令盡快上任。

京中諸家如何揣測不說，夫妻倆徹底忙起來。

謝慎禮忙著去吏部收任書、官牒，與諸先生、好友辭行。顧馨之忙著給他收拾行李。都說窮家富路，吃的食物絕對不能太差。得益於謝慎禮之前大張旗鼓的收羅乾貨、酸菜等，顧馨之少操了許多心，只從莊子裡抓來許多雞鴨，或鹽醃、或滷製，折騰了一大堆肉乾、肉脯。

除了吃的，還有布料、蓑衣、油布等，也得抓緊時間採買。謝慎禮預計過了正月就走，正是春寒料峭時。冬衣是不缺的，但鉞州路遠，到那邊少說半個月，屆時他們都忙著熟悉人事，估計顧不上打理春衫、被褥，顧馨之索性一併處理了。

從謝慎禮到隨行幕僚、侍衛、僕從，每個人的衣衫襖子、鞋襪、被褥，春夏秋冬，全備齊了。為了收拾這些，她直接將莊子上的人工作都停了，還找了幾家熟悉的鋪子幫忙趕製，終於趕在二月前將所有東西備齊。

等謝慎禮忙碌完，準備出發了。

與自家夫人好好話別，又對留京的蒼梧叮囑一番，他穿上披風，準備出門。

顧馨之與許氏母女自然送到門口。

謝慎禮一邊回頭。「別送了，今兒風大，妳回去吧。」

「就送送嘛，接下來好久都看不到你了。」

謝慎禮看看她那過於殷紅的唇，想到旁邊的許氏，硬是忍下將人拉過來的衝動。他不再多話，轉頭，大步踏出家門——

對上一長溜幾乎看不到頭的車馬。

車隊打頭的青梧、長松一臉尷尬的看著他，謝慎禮立馬明白這些是顧馨之的手筆。

他常年出遠門，許遠山等人早就習慣他的精簡俐落，基本只會給他備些許衣物、乾糧、雨具。這回是要去任職，留的時間長些，他就讓許遠山多帶些書。即便他要帶上幕僚們，也不過是三、五輛車的事，而現在，這一長溜的車馬……

不說青梧跟長松，連跟在他一旁的許遠山亦是一臉心虛。

謝慎禮回轉身，聲音無奈。「夫人這是準備了多少東西？」

顧馨之沒察覺不對，以為他在擔心，安撫他。「放心，足夠你們吃上好長時間了，就算半道在什麼荒山野嶺迷路了也不怕，不用省著，吃飽了才有力氣趕路。」

「全是食物？」

顧馨之嗔道：「你傻了嗎？怎麼可能全是吃的，還有穿的用的啊，開春化凍，估計你們路上要遇雨，還有蓑衣、雨具什麼的呢。」

食物、雨具，估計還有衣物。謝慎禮估摸了下，又問：「還塞了什麼？怎麼如此多？」

顧馨之終於明白他的意思，眨眨眼，扳著手指開始數。「吃的方面呢，有米有麵，有臘肉、臘腸、鹽焗雞、乾香菇、菜乾、酸菜、調料……對了，我讓人包了點餃子，這不經放，你們先緊著吃。」

這食材豐富的，跟在家裡有何區別？

顧馨之接著數。「雨具、蓑衣不說，每輛車我都讓人裹了油布，還有生薑，若淋了雨，記得煮點薑湯暖暖身體，荒郊野外著涼了可不是鬧著玩的。還有幾車被褥，全都是新的，冷了記得翻出來用。」

「還有你常用的筆墨紙硯，常喝的茶……」

謝慎禮頓了下，深眸定定的看著面前嬌小的、叨叨不停的夫人，臉上神情雖無奈，卻是外人難見的溫柔。

「當然，不光是你的，還有先生們的。」

謝慎禮回神，頗為無奈的提醒。「夫人，為夫此行最長只需十數天，短則十天。」換言之，她備得太多了。

「什麼十天！我打聽過了，十天那都趕上急行軍了。你身體倍兒棒，先生們可不是你手下的兵。你們又不是行軍，做什麼這麼著急？再說，這些也不全是路上用的，到了地兒你們還得吃用呀……哎，你別管了，許叔會給你收拾妥當的。」

為避嫌站在遠些的幕僚先生等人自然也聽到了，忙不迭朝這邊拱了拱手。

顧馨之連忙笑著朝他們回了半禮，直起身體後又推了把跟前的謝慎禮。「好了，別這麼磨嘰，東西都備好了，現在卸下多麻煩。再說，東西齊全，去到地兒你就知道省心了。」

謝慎禮仍舊不太樂意。

「我還備了點小禮品，也不知道鉞州那邊有多少人，就往多了備，你去到那邊，記得先給下屬、同僚們送點見面禮。」
謝慎禮頓住，她連這些都備了？
顧馨之輕推他一下。「聽到沒有呀？」
謝慎禮回神，暗嘆了口氣，妥協道：「夫人說得是。」
顧馨之頓時笑開顏。
謝慎禮眸色轉深，常年循規蹈矩，終是讓他忍下將她擁入懷中的意圖。他深深的盯著顧馨之，低聲道：「那我走了……我在鋮州等妳。」
顧馨之嘟囔了句。「真要去啊？」
謝慎禮莞爾，抬手撫了撫她鬢角。「乖，我們說好的……權當是過來陪我。」
顧馨之點頭。「知道了。」
謝慎禮朝許氏拱手。「這段時間煩勞岳母了。」
許氏溫聲道：「放心去吧。」
謝慎禮最後看了眼顧馨之，退後，轉身——披風揚起，躍身上馬。
幕僚、侍從等紛紛上車上馬。
「出發。」謝慎禮韁繩一甩。
車馬行動，在石板路上帶出轆轆之聲。騎著高大黑馬的謝慎禮，很快消失在街角。
顧馨之收回視線，準備進去。

許氏伸手過來，低聲道：「別多想，再過兩個月妳們就能團聚了。」

顧馨之不解，一邊往前走一邊轉頭看許氏。「什麼？」

許氏仔細觀察她神色，沒發現端倪，微鬆口氣，接著自嘲。「妳比我淡定，當年妳爹出門的時候，我回回都得哭幾天。」

「那不一樣，爹那是上戰場。」

「也有幾回是去駐守的。」許氏嘆氣。「聚少離多，讓他特別內疚，每回回來都恨不得把我捧著，什麼事都不讓我幹。」

顧馨之不想許氏憶及過去心情不好，遂轉移話題。「娘您是勸我別去鉞州嗎？不過，我不去的話，老謝估計不會把我捧著，他估計會揍我。」

滿懷的傷感頓時消散，許氏忍不住笑罵。「少貧嘴，慎禮怎麼可能揍妳？況且妳還懷著身孕呢。」

「又不是一輩子都在懷孕。」

「慎禮都被妳吃得死死的，妳少欺負他就算了，哪能揍妳。」

「誰說的，分明是他一直欺負我。」

「妳自己出去說說，看會有幾個人信？」

「那是他們不知道老謝的真面目。」

「是是是，就妳知道……」

謝慎禮一走，府裡頓時冷清了許多。

謝慎禮不愛說話，平日一起吃飯，大都是顧馨之說，他耐心聽著，偶爾應上兩句。年前他們將許氏接了過來後，顧馨之怕許氏心裡有壓力，更是傾向於多與許氏說話。

除卻吃飯，白日裡他倆都各忙各的，一個在前院，一個在正院，交集其實挺少的。晚膳後，謝慎禮若是不忙，大都會跟顧馨之一起窩在暖閣，或看書，或習字。只是他性子靜，面上也少有情緒波動，平日壓根兒不覺有啥存在感。

這日，顧馨之沐浴更衣後，抱著個湯婆子窩在暖閣裡看書。

今日看的，是從謝慎禮書房裡摸出來的遊記。筆者特別喜歡看熱鬧，連吵架都要圍觀一二，還要寫進遊記裡，給遊記平添幾分市井意趣。換句話說，特有生活氣息。

顧馨之看得津津有味。

伺候的水菱給她換了杯溫茶，然後搬了張繡墩過來，坐在一旁做些不費眼的針線活。

屋裡很是安靜，顧馨之撚動紙張的聲音都清晰可聞。

又翻了幾頁，看到某段極逗的文字，顧馨之噗哧笑出聲，當即伸手往一旁拍。「看，這裡笑——」手卻拍了個空。

水菱聞聲，忙不迭放下針線。「夫人，什麼事？」

顧馨之頓了頓，收回手，若無其事般道：「沒事。」

水菱不明所以。「夫人不是讓我看什麼嗎？」

顧馨之擺擺手。「沒有，妳聽錯了，忙去吧。」說著，她低下頭做翻書狀。

水菱見她看書，沒再吱聲，再次忙活起來。

低著頭的顧馨之卻撇了撇嘴，她想她家老謝了。

書也不看了，收拾收拾，準備歇了。

天冷，白露早早就暖了湯婆子。顧馨之鑽進被窩，整個人都是暖烘烘的。她壓著被沿，朝收拾的白露幾人道：「每天都收拾，亂不到哪兒去，趕緊去歇著吧。」

「誒，順手的工夫，明兒香芹她們省事些。」

「夏至不在，妳們幾個倒班是不是不好倒？反正白天我都跟娘一塊兒待著，妳們到時多歇歇，不用盡顧著我。」

白露笑道：「哪有什麼排不過來的？夫人您身邊的都是輕省活兒，奴婢們上值清閒，在夫人這邊還暖烘烘的，不知多少人羨慕呢，哪個樂意歇息的？」

主家仁義，她們家這位夫人更是盯得緊，全府上下，上到一等丫鬟，下到看門婆子，每人都能領到足夠的炭，保證夜間休息的時候屋子裡是暖和的——只一點，必須開窗透氣，發現誰不開窗，罰沒一天炭例。這麼冷的天，沒炭盆誰受得了啊。

只是，她們畢竟是奴僕，白日裡不可能也點炭盆，自然就冷了。而正院這邊蓋了暖牆，一天到晚都是暖烘烘的，可不是舒服？

顧馨之笑罵。「少來，妳們幾個的屋子挨著暖牆，炭都省了，哪還會覺得歇息不好？」

白露笑道：「倒是讓夫人發現了……不過，夫人您身邊都是輕省活兒，奴婢幾個上值確實很輕鬆，當值不當值的，也不差什麼，您安心養著就行了。」

顧馨之回想了下她們一天的工作，還是站著多，往後沒事讓她們下去，多歇歇就是了。

「行吧，那妳們再堅持堅持……話說，夏至究竟忙啥去了？這都大半個月了，怎麼還不見回來？」

白露頓了頓，笑道：「誰知道呢，許是有什麼重大任務吧？」

顧馨之沒注意，只忍不住笑。「她一小姑娘，老謝才不會讓她做什麼重大任務，怕不是讓她去給別人收拾打掃——誒！」她想起什麼，翻身看過來。「會不會是去了鋮州？」

白露無奈。「您都沒去呢，主子怎麼可能讓夏至去啊？」

顧馨之不無樂觀。「原來根本不知道我會懷孕啊，說不定就是讓她去當個前鋒呢？」

白露笑笑。「等咱們過去鋮州，就知道是不是了。」

「還不知道去不去呢……」顧馨之嘟囔。「我可沒答應啊。」

白露身為近侍，自然聽過她與謝慎禮的對話，聞言抿嘴直樂。「那奴婢可管不著。」

顧馨之輕哼了聲。

白露又逗趣了兩句，才將床帳放好，帶著其他人退出去。

顧馨之隔著帳子看到外頭隱隱約約的燈光，抱著湯婆子翻了兩次身，總覺得背後生涼。

外頭的白露聽見動靜來問，被她含糊打發走。

大晚上的，不想讓小姑娘起來著涼，她就儘量不再翻，慢慢的也睡著了。

一夜無夢。

第六十章

第二天起來，顧馨之又再次活蹦亂跳、幹勁十足。吃過比常人晚的早飯，她開始準備忙鋪子上的事——年過去了，春裝得準備起來了。

許氏抱著一疊布料進門，直接擺到桌上，道：「都在這兒了，看看。」

顧馨之「哎喲」一了聲。「怎麼讓您抱過來？這忒沈了，摔倒了怎麼辦？」

許氏白她一眼。「得了，這大半年妳使喚我使喚得少了嗎？」

顧馨之嘿嘿乾笑，趕緊展開布料。「正事要緊，正事要緊！」

許氏自然不會真與她計較，開始跟她討論起來。「這些料子都是剛出來的，用的紗線各有不同，感覺都挺好的，妳看看怎麼用。」

顧馨之嗯嗯兩聲，摸起一塊布，專心查看起來。

「這塊用的是青州紗，這種紗的絲線比較——」

「夫人，老夫人。」香芹掀簾進來，朝兩人福了福身，喜笑顏開的道：「夏至姊姊回來了。」

跟在後頭的不是夏至是誰。

「奴婢給夫人、老夫人問安，願夫人、老夫人新的一年萬事順——」

「哎，行了行了。」顧馨之緊走兩步，伸手要將她攙起來。「回來就好。」
夏至見香芹、水菱都緊張兮兮圍過來，也嚇了一跳，忙不迭自己起來，然後小心問道：
「可是有何不妥？夫人……」
「沒事——」
「懷孕了嘛，緊張點是正常。」旁邊的許氏笑道。
夏至立馬伸手攙住顧馨之，緊張道：「恭喜夫人——夫人您還是坐著吧。」
「我又不是不能動了，我每天還散步呢。」
奈何周圍的人都緊張，顧馨之只得悻悻的坐回去。
夏至鬆了口氣，又因為喜事，臉上不自覺帶了笑容。
顧馨之仔細打量她，然後問：「怎麼瞧著瘦了些？還蔫蔫的？老謝也真是，一聲不吭就把妳弄走，什麼都沒來得及準備吧？天兒冷，晚上睡覺有沒有炭？吃的用的，有缺的嗎？」
水菱、香芹也連連點頭，關心的問：「看著是瘦了。」
「氣色也不怎麼好啊。」
夏至笑容不變，垂眸福身，慢慢答話。「夫人放心，兩位妹妹放心，奴婢這段時日一切都好，吃的用的，半點都沒缺，就是心裡惦記著夫人和幾位姊妹，難免有些鬱鬱，吃的便少了些。」
顧馨之懂了。就是地方不熟，放不開，又想家了。她安慰道：「大過年，難免的。這幾日妳好好歇著，想吃什麼只管去廚房吩咐，別給夫人我省著，把肉都養回來。」
夏至忙道：「那哪行呢，奴婢不用歇息，水菱她們這段時間辛苦了，奴婢可以——」
「可以什麼，妳過年都沒歇著，她們也不差這幾天的，等妳緩過來，再回來上值……別擔心，妳這一等大丫頭的地位穩得很。」
夏至哭笑不得。「奴婢不是這個意思。」
顧馨之大手一揮。「行了，不管什麼意思，都好生歇著去……誒對了，難為妳大過年出差幹活，補一個紅封，就按著過年那會兒，大管事的分兒吧。」
水菱誒了聲，麻溜去取。
顧馨之抵不過好奇，問夏至。「老謝究竟讓妳去幹什麼啊？還得挑大過年去。」
夏至一臉為難。「這……」
「老謝不讓說？那，能說說是跟什麼相關的嗎？」
夏至苦笑。「夫人別為難奴婢了。」
顧馨之不死心。「哎，他人又不在，妳怕他做甚？再說，不還有我在嘛。」
夏至吞吞吐吐。「這……畢竟是老爺的事……要不，夫人還是讓老爺告訴您？」
顧馨之失望。「好吧，不難為妳了，回頭我問問他。」如果她還記得的話。
夏至鬆了口氣。
顧馨之瞧著她精神不是很好，也不多說，只是把她趕回去歇息，過幾天再輪班上值。

待夏至離開，許氏嘀咕。「瞧著很累的樣子，慎禮讓她幹什麼去了？」

顧馨之點頭。「還瘦了好多……回頭我得好好問問老謝。」

許氏勸道：「他要是不想讓妳知道，妳就別打聽了，省得為了點小事離了心。」

「知道了。」顧馨之也沒有刨根究底的習慣。

夏至的話題便撂下不提，兩人再次討論起布料。

這批布料是選用不同的線織就，同一個紋樣，在不同的布料，會展現出不同的風格。顧馨之要從中挑選出合適的布料，用於製作春衫。

她一塊一塊拿起來，摸、揉、捲、刮……仔細研究過後，再記錄下布料的材質特點，最後經過對比，挑出數種。這幾種布料，或是適合製作春衫，或是適合裁成長裙，或是適合做輕薄褙子，或是適合當內襯……不一而論。

除了忙活，顧馨之也沒錯漏京中各處的八卦。

當然，尤其是隔壁東院的。

比如，鄒氏的娘家兄長犯了事，被一壓到底，鄒氏見天回娘家，或四處找關係，天天急得焦頭爛額，完全沒工夫找碴，東院那邊是難得的清靜了好些天。

比如，謝三爺又收了房妾侍，天天在府裡鬧妖，三夫人被氣得找了兩回大夫。

比如，謝宏毅遇到謝宏勇，嘲諷他不讀書只鑽研那等經濟事，被謝宏勇揍了……

如此過了數日，皇宮突然來人，召顧馨之入宮。

在許氏擔憂中，顧馨之換了身衣裳，淡定的出門了。

許是體諒她懷孕，傳話的內侍半點沒有催促，由著謝家馬車慢吞吞往前走，入了宮門，也是小心慢步。

顧馨之心裡就明白，這波應該問題不大。

到了地兒，剛行罷禮，皇后便賜座。

皇后打量她片刻，開口問道：「不過數月未見，夫人怎麼似乎清減了些？」

兩人也是有兩面之緣，除去莊子那一回，還有一回是過年時，顧馨之作為誥命進宮參加新年祭典，不過顧馨之品階算不上高，湊不到皇后跟前，所以皇后說的，只是指莊子裡的那一次見面。

顧馨之笑道：「懷孕反應大了些，吃的又不多，確實瘦了些。」

皇后了解。「前幾個月大都這樣，熬過去就好了，等症狀輕些，再慢慢補回來。」

「謝娘娘金口，估計待會兒出去，臣婦就能吃嘛嘛香了。」

皇后莞爾。「對，吃嘛嘛香。」笑完，又問：「先生離京，留夫人一人在京中，他也放心嗎？」

顧馨之道：「京中有母親和柳先生及師娘照料，他自然是放心的。」

皇后無奈。「以往覺得先生冷靜自持，以家國為先，如今看來，還是過於清冷了。」

換言之，有些無情了。

「那倒未必。」顧馨之笑道：「正是因為關心愛護，才不願意冒一絲風險。」我家先生好著呢，別胡亂扣帽子。

皇后愣了下，琢磨片刻，才道：「也是，是我想左了，先生——」

「姊姊！」雀躍之聲由遠而近，語音未落，一胖墩就已衝進殿內，直奔顧馨之。

眾人大驚。

顧馨之還沒看清楚人影，就見一宮女疾步出來，攔住了那小胖墩。

阿煜被攔住猶自蹦躂。「讓開！我要見顧姊姊！」

皇后暗鬆了口氣，然後斥道：「你的規矩呢？誰教你這般胡衝亂撞的？要是撞著人了怎麼辦？」

聞言，阿煜立馬停下來，乖乖認錯。「兒臣知錯了，兒臣只是急著見顧姊姊。」

皇后輕斥。「喊什麼顧姊姊，這是你師娘。」

雖未行拜師禮，但阿煜從去年開始，便已得謝慎禮教導，日常功課都要送到謝家給謝慎禮查閱，此刻喊顧馨之一聲師娘，確實合理。

顧馨之聞言笑道：「無妨。」她朝阿煜伸手。「阿煜，來，讓我看看你長高多少！」

宮女這才鬆開手，阿煜立馬跑到顧馨之跟前，他這回倒是放慢腳步，乖乖站到顧馨之面前，端手行禮。「學生阿煜，給師娘問安。」

穿著滾邊袍服的小胖墩裝正經，萌得顧馨之心肝顫，直接上手，按住臉頰一頓搓。「哎喲，誰家孩子這麼圓滾滾的啊。」
阿煜掙扎。「放開——師娘！」
顧馨之戀戀不捨鬆開他，阿煜立馬連退兩步。
顧馨之逗他。「怎麼了？剛才不是還喊著要見姊姊的嗎？」
阿煜皺著鼻子。「男女授受不親，我已經七歲了，師娘要自重！」
顧馨之大樂。「哎喲，不愧是謝先生的弟子啊。」
皇后也忍不住笑罵。「這會兒知道規矩了？快扶你師娘坐下，她現在雙身子，可不能累著。」
阿煜忙道：「是！」
兩位長輩依次落坐後，阿煜挨著顧馨之坐下，眼巴巴的看著她。「師娘，您什麼時候開始曬布啊？我去給您幫忙。」
顧馨之輕咳一聲。「沒到日子，暫時不需要你幫忙呢。」
阿煜有些失望。「我還想去賺點錢呢。」
顧馨之看到皇后詭異的臉色，忍笑問道：「你缺錢嗎？怎麼會想要賺錢呢？」
阿煜老實道：「上回我用賺到的錢給老祖宗買了禮物，她給我賞了好多東西。」
言外之意，這工作穩賺不賠。
顧馨之差點笑出聲。「我那莊子現在不缺人，你要是想賺，怎麼不找娘娘問問呢？娘娘手裡鋪子肯定不少。」

阿煜雙眼一亮，立馬看向皇后。

皇后嘴角抽了抽，道：「你翻過年才七歲，正是學東西的時候，怎麼盡想著這些？」

阿煜煞有介事。「先生說求學不能拘泥於書本。我在師娘莊子裡幫忙的時候，就學了點染色的學問，還知道匠人製布、染色不易，回來後寫的文章詩句，都被先生誇獎，誇我有想法有深度。我要是再多去幾次，肯定能學到更多。」

一番話說得皇后啞口無言。

顧馨之笑道：「在其位不謀其政，你將來不是要當匠人，製布、染色技藝，你親歷一次足矣。」

阿煜仰頭看她。「那不就是知其然，不知其所以然嗎？」

顧馨之樂了。「哎喲，你還學過這個。那你聽過『君子志於澤天下，小人志於榮其身』嗎？」

阿煜搖頭。

顧馨之解釋。「這句話的意思是，君子是立志讓天下人得到恩惠，小人只想榮耀加於己身。你想當小人，還是想當君子？」

阿煜挺胸，毫不猶豫道：「自然是君子！」

顧馨之點頭。「但你若是只能為自己賺取銀錢、博得行業內小小的聲名，絕對當不了澤被天下的君子喔。」

阿煜不解。「那我要怎樣才能當君子？」

「你先生不是告訴你了嗎？」

「啊？」

「不能拘泥於書本啊，所以，你也不能只拘泥於一個行業。你若是想學，士農工商三教九流，無處不是學問。」

皇后微微皺了皺眉。

阿煜若有所思。「師娘的意思是，我應該每個都去試一試？」

顧馨之忍不住刮了下他鼻子。「你倒是想得美。窮盡一生，也不過短短數十年，你還想把世上所有行業都體驗一遍？」

阿煜不懂。「那我該怎麼辦？」

顧馨之開解。「讀書啊。聖賢們究其一生所學的知識和本領，凝聚成了書本，你只需要通過書本，就能在聖賢們的智慧裡遨遊，不比你親自去學習來得快嗎？」

啪啪啪！一陣掌聲傳來。「說得好。」

幾人循聲望去，看到殿門外一身明黃長袍的皇上，眾人連忙離座行禮。

「免禮。」皇上走進來。「不曾聽說謝夫人入宮，是朕唐突了。」他剛下朝，欲與皇后用午膳，沒想到聽到這番言論。

顧馨之自然道無妨。

「先生離京，原本朕還在發愁要找何人教導阿煜，現在想想，謝夫人應當也能為我兒指點一二。」

靠，教導皇子？顧馨之嚇了一跳，連忙推拒。「皇上謬讚了，臣婦不過胡扯的功力高一點，內裡實則淺薄，當不起這般大任。」

皇后也是一臉不贊同。

皇上笑道：「謝夫人謙虛了，妳我見面不過寥寥，朕就聽到妳許多精彩言論。再者，妳若是淺薄，先生如何入眼？」

顧馨之頓了一秒。「因為美色？」

見帝后笑不出來的樣子，顧馨之乾笑。「開玩笑開玩笑。」

皇上莞爾。「朕就算不相信先生的眼光，也要相信柳山長的眼光吧？」那可是桃李滿天下的柳山長。

顧馨之撓腮。「那是他愛屋及烏了。」

「朕還是看得出他是愛屋及烏，還是真的愛才。」皇上沈吟片刻，道：「這樣吧，謝先生不在的這段時日，阿煜暫且勞妳幫忙教導一二。」

來真的？顧馨之大驚。「皇上，這使不得！」

皇后亦是不贊同，委婉道：「謝夫人還有身孕呢，怎能再煩勞她呢？」

顧馨之連連點頭。

皇上擺手。「無妨，課業還是由先生們教導，只每日下學後，將功課帶到府上完成，妳幫著提點一二罷了。」

嗯？只是相當於自習課？顧馨之遲疑了下。

「哦，聽說等妳身體穩妥了，就要前往鋮州，屆時，阿煜就跟著妳一起去，路上也有妳輔導，朕就放心多了。」

顧馨之大驚。不，她還沒想好去不去啊！

皇后也驚了。「阿煜要去鋮州？」

阿煜驚喜。「兒臣要去鋮州？」

皇上低首對阿煜道：「讀萬卷書不如行萬里路，你先生在鋮州，你過去，若是能學到一二，便足矣。」

這便算是拍板了，阿煜當即歡呼出聲。

皇后想勸，被皇上拍了拍手背。「放心，朕自有安排，回頭再與妳細說。」

顧馨之只能乾笑。得，有皇帝這番話，鋮州，她是去定了。

因皇帝突然到來，皇后不便留顧馨之用膳，略聊了幾句，便著人送她出宮。

甫回到府中，擔憂了一上午的許氏連忙詢問情況，顧馨之還沒來得及說呢，就聽下人來稟，柳山長夫人來訪。

顧馨之忙道：「我去迎師娘，娘您去廚房——」

「不用不用。」柳山長夫人的聲音傳來。「我老婆子著急，直接進來了。」

顧馨之兩人回頭，那快步進院的正是柳山長夫人。

「師娘慢點。」顧馨之忙快走過去，換下丫鬟攙住她。「怎的這般著急？可是出了什麼事？」

柳山長夫人有些喘，卻拉著她上下打量。「聽說妳被傳喚進宮，嚇得我喲……沒事吧？宮裡責罰妳了嗎？」

大冷天的，老太太鼻尖出了一層細汗，可見著急。顧馨之心裡感動，溫聲安撫她。「怎麼會責罰我呢，娘娘只是找我說說話，還說這段時間讓阿煜得空過來玩呢。」

柳山長夫人不甚相信。「當真？」

許氏亦是懷疑。

顧馨之無奈。「真的，明兒阿煜過來，妳們就知道了……咱們先進去說吧，外頭冷，別吹著風了。」

一行人進了屋，顧馨之一邊讓人去廚房煮薑湯給老太太祛寒，一邊給她們細說宮裡的情況。

柳山長夫人撫著胸口。「這就好，老頭子說沒什麼事，應當是慎禮新上任，給他壓個場子，我還不信呢，看來被他猜中了。」

顧馨之道：「師娘是擔心我嗎？」

柳山長夫人嗔道：「他走前才拜託我們好好照顧妳，要是辦不好，我們倆該怎麼跟慎禮交代。」

顧馨之無奈。「這麼多年，老謝都麻煩過先生師娘多少次了，這麼件小事，沒那麼嚴重吧。」

柳山長夫人無奈。「沒有、沒有，慎禮這人啊，太懂事了，有事也從來不找我們的……就連當年他被逼娶、咳，被逼遠走西北，都完全沒跟我們提過，只讓我們在事後著急懊惱。這麼些年，他就求了我們兩件事。」她打趣的看著顧馨之。「兩件都跟妳相關呢。」

一是照看她，還有一件，定是之前以謝慎禮長輩出面下聘、主婚之事了。顧馨之沈默了下，又問：「那，那以前謝家子弟上琢玉書院……」

柳山長夫人嘆息。「都拿貴重東西換呢。慎禮不愛虧欠人情，託別人辦事，都會加倍還回去。而且，若是謝家孩子不成器，他也不會推過來……妳說，我們夫妻倆看著他長大，他還這般客套，若非平日什麼都惦記著我們，真以為他對我們生疏冷淡得很呢。」

顧馨之默然。

許氏也心疼。「這孩子，太見外了吧。」

柳山長夫人道：「哎，也怪不得他，妳是不知道，他當年有多難……」眼角掃到顧馨之的神色，她語氣一頓，轉移話題道：「唉，不提這個了，知道馨之沒事，我這心就放下了，老頭子要不是給客人絆住了，估計也要跟過來了。」

顧馨之回神，哭笑不得。「哪有這般誇張，娘娘又不是那等是非不分的人。」

「這不是擔心嘛。對了，皇上有沒有問及慎禮分宗出族之事？」

過年的時候，謝慎禮用一箱子的罪證逼著謝家族老們點頭分宗出族。剛開始，有些族老們不願意，在各種出族禮儀規則上諸般刁難，謝慎禮也不催，抓了兩名謝家旁支的子弟，塞進京兆尹的大牢裡。

這年還沒過，京兆尹甚至還沒開衙呢。

這下可把謝家那些老傢伙嚇壞了，飛快把一切理順，剛出元宵，就正式分宗出族。

當天，謝慎禮就將自家母親的牌位請回西院——不，以後就是另一個謝家了。只等春暖化凍，將母親的墓遷走。

聽老人家提及這個話題，顧馨之忙安慰。「沒有，皇上沒這麼閒，不會管這種小事。」

柳大夫人還是擔心。「以慎禮的能力，回京伴君是早晚的事，就怕皇上覺得慎禮過於絕情了，往後處事，易生掣肘。」

「沒關係的，您了解先生的，若是事情沒有完全把握，他是不會亂來的。」

開玩笑，這邊才說分宗出族，京郊百里之外就冒出一個現成的祠堂，還有將來充當祖墳的山頭。要說謝慎禮沒有準備，她是一個字都不信的。這種能將事情算到數年之後的妖孽，哪裡需要旁人擔心的？

柳大夫人還是擔憂。「老頭子也這麼說來著，但我這心裡總墜得慌。」

許氏插話。「老姊姊，凡事不要想太多。外頭的事，自有男人去打理，咱們啊，給他們管好家裡就行了。」

顧馨之連忙接話。「對對對，比如眼下都快過午了，咱們午膳還沒吃呢，這不比那虛無縹緲的可能重要嗎？人以食為天，皇帝老子也不如這個重要。」

柳山長夫人頓時被逗笑。「瞧妳說的——哎喲，妳們還沒用午膳？妳還雙身子呢，怎麼能餓著！趕緊吃去！」

顧馨之挽著她胳膊。「我們家廚子做菜很好吃的，最近還開發了幾個新菜色，您跟我們一起嚐嚐？」

柳山長夫人也不推辭，笑道：「吃吃吃，我要不吃，妳們都吃不安心了。」

許氏朝顧馨之投了個讚許的表情，顧馨之彎起眉眼。

三人遂慢步轉道飯廳。

柳山長夫人邊走邊問：「最近身體還好吧？這都三個多月了吧？還吐嗎？」

「好著呢，吐是吐，但大夫天天給我把脈，一點問題都沒有。」

柳山長夫人安心。「這就好，妳好好的，才不枉慎禮請了兩位大夫在府裡……」

第六十一章

宮裡，帝后亦在說著話。

「阿熠在這年歲都不曾出遠門，怎麼捨得讓阿煜出去？」

皇上拍拍她手背。「阿熠是儲君，這年歲自當留在朕身邊學習，過兩年，也得下去州府歷練。阿煜不同，他貴為皇子，榮華富貴少不了。我讓他跟著先生，是想看看他適合文還是武。而允文允武者，天下無人能出先生之右，自然是跟著他合適。」

皇后不滿。「阿煜才剛開蒙多久，哪裡想到這麼遠？再者，你不怕先生將來擁立阿煜，導致兄弟反目？」

皇上啼笑皆非。「妳讓朕別想這麼遠，妳自己倒想得更遠了。別擔心，朕早與先生通過氣，他知道怎麼做的。」

皇后很是沮喪。「先生在鋮州少說要待三年，阿煜還這麼小，要我如何捨得？」

皇上不以為意。「阿煜又不是去當官，想他就讓他回來啊。」

「往返一趟將近一月呢，太折騰了。」

「正好讓他在路上學學騎射。」

隔日，阿煜下了學便直接出宮前往謝家。

顧馨之權當自己是補習班老師，揀了本書，陪著他做功課，時不時回答他的疑問——皇帝都不擔心她教歪了，她便放心教唄，要真教錯了，還有宮裡一堆先生幫著修正。

不過，阿煜年紀小，所提問題，不外乎是詞義句義，偶爾問點人情世故相關的，顧馨之一律瞎扯歪理應付。以阿煜身分，她說的話定然會呈遞到皇帝跟前。數日下來，卻無人前來斥責、指正她，她更是放心了。

她在府裡天天好吃好喝養胎，輔導孩子做作業，剩下的時間，就開始琢磨去鍼州的事。

鍼州啊……

她來這裡之後唯一一次出遠門，是去湖州。湖州近，與京城往返不過數日，就顛得她欲生欲死的，這要是去鍼州……想想就難過。

奈何皇帝開了金口，她是躲不過了。還有阿煜，皇上的意思，是要他去鍼州找謝慎禮，她總不能讓一個七歲孩兒獨自上路吧？

如今胎兒快要滿四個月，路上也化凍了——趕早不趕晚吧，等肚子大起來了更麻煩。

她認命，開始安排鋪子裡各項工作。

雖說莊子已經給了許氏，各項工作，還是要顧馨之幫著參詳。尤其這半年，莊子蓋了兩排廠房，招了許多女職工。如今織布、製衣都在莊子進行，儼然一個製衣廠，事情自然也不少。

她這一去，起碼一年半載回不來，她得給自家母親做好未來一、兩年的規劃，確保不出大錯。批量製作的花樣、衣版等，她可以設計好了讓人送回來，只辛苦下人在鋮州與京城來回罷了。

好在許氏這大半年來也算鍛鍊出來，應當不會出大問題，再不濟，還有徐叔跟李大錢幫襯著，吃不了大虧。

鋪子倒是穩當，供貨有莊子，還有雲來南北貨行固定採購，日常營運沒問題，只是那訂作款，怕是得暫且擱置了。

除了要做離開的準備，還要招待客人。

柳霜華以及這幾個月交到的幾名朋友接連來家裡，一是她懷孕滿三月，來送禮祝賀的，二則是聽說她也要離京了。

除了朋友，還有徐姨等幾家人。

就這樣，顧馨之每日晨起處理事情，近午有客到訪，就跟客人一塊兒用膳，午歇後給小屁孩補習。一天下來，充實又忙碌，不知不覺，孕吐都少了，只剩下晨起會吐上一回，吃飯也不挑葷腥。

正當其時，鋮州的信到了。

兩封。

第一封信，是謝慎禮一貫的風格，只說他已抵達鋮州，一切安好，最後加一句，望她平安康健，早日來鋮州。

字數寥寥，言簡意賅。
顧馨之暗切了聲。真是一點都不浪漫。
放下信，接著拆第二封——
信抵家中，腹中胎兒當已足四月，倘若身體允許，夫人該啟程了。夫，慎禮。
顧馨之撇了撇嘴。哼，就知道催她，這麼著急幹麼？
放下信，她問長松。「除了信，老爺還有什麼吩咐嗎？」
長松拱手。「稟夫人，主子讓屬下留在京城，等夫人收拾妥當，大夫確認沒問題後，就護送夫人前往鋮州。」
顧馨之擺手。「不差你一個，這裡有蒼梧呢，他送我就行了，你給我送封信過去。」罵一下老古板。
長松堅決。「主子有令，屬下不敢不從。」
顧馨之不以為意。「他才剛走多久，著什麼急。你先回去。」
長松忙道：「請夫人不要為難屬下，屬下這回過來，還帶著一百府兵，三名大夫，真走不了。」
顧馨之大驚。「三名大夫？在鋮州找的？怎麼——不是，一百府兵？他總共就帶了一百過去！怎麼又帶回來了？莊子還有兩百府兵呢。」
謝慎禮總共就養了幾百府兵，平日裡他們都住在京郊莊子上，輪值的時候才住到府裡，鋪子貨行的人要是出遠門，也會讓他們幫著護送。

長松撓頭。「往日主子出門，壓根兒不帶府兵的。上回主子是帶了許多糧種、書冊，擔心遇到賊寇，才帶上。但夫人不一樣，夫人不會武功，不光帶著丫鬟婆子，還會有許多行李，荒野之地多賊寇，一路都不太平，府兵自然是越多越好。」

顧馨之馬上掌握重點。「你們過去的時候遇上了？」

長松點頭。「確實遇到幾撥不長眼的，不過都沒打起來，畢竟我們帶的人多。」

顧馨之吐槽。「不是說我朝繁榮昌盛、安居樂業嗎？」

長松啞口。

蒼梧笑道：「長松不會說話，夫人您就別逗他了。咱大衍是好，但架不住地大人多。再是太平盛世，也有窮人、也有賊寇。咱們這一路過去，山林多、窮地方多，可不得備著嘛。夫人放心，咱們多帶點府兵，就能嚇退賊寇，不會有什麼問題的。」

行吧。都給她安排好了，不走是不行了。「行吧，長松你先去休息，我這邊還要收拾收拾，兩天後——」

「不著急、不著急。」長松連忙擺手。「主子說了，一定要讓大夫們確認夫人身體沒問題，能走了，才能動身。喔對了，府裡那兩位大夫，也得一併帶上。」

「我是懷孕又不是要死了，要這麼多大夫做甚？」

這話長松不敢接，蒼梧則是嘴快回話。「呸呸呸，夫人不要亂說。咱們都等著小主子出生呢。路途遙遠，咱們又一幫人，萬一遇到蛇蟲鼠蟻，或摔了個胳膊斷了腿的，也好有個大夫看病開藥，圖個安心。」

顧馨之點頭。「也對。這麼說來，還得備點藥。看來得再晚兩天，等我合計一下有什麼東西要帶的。」

長松倒還好，反倒蒼梧有些著急。「夫人您要買什麼，寫個單子給奴才，奴才抓緊時間給您備齊。」

顧馨之不覺有異，道：「行，回頭我寫給你，我先去問問大夫，能不能上路。」

「誒誒，奴才送您。」蒼梧狗腿跟上。

顧馨之斜他一眼。「有話要說啊？」

蒼梧看了眼她身後的夏至，嘿嘿笑。

顧馨之了然，擺擺手，讓夏至退開幾步。

等夏至走開了，蒼梧才壓低聲音。「夫人，奴才斗膽，給夫人提個醒。」

顧馨之慢慢往前踱步，隨口道：「說吧。」

「您身邊的水菱、香芹，彷彿一個二十，一個二十有一了。」

「對。」

蒼梧小聲道：「咱這回去鋮州，少說兩、三年。兩位姊姊這般年歲，總不能拖到後邊吧？萬一在鋮州嫁了，等主子回京，您可就見不著兩位姊姊了。」

顧馨之還真沒想過這個問題。她總覺得兩個姑娘還小呢，卻忘了這時代，二十歲都算老姑娘了……畢竟，她這個二十歲的主子，都已經二嫁了。

她嘆氣。「確實不能耽誤她們。」

蒼梧嘿嘿笑著應和。「夫人這是捨不得呢。」

「虧得你提醒，這回去鉞州，就不帶她們了，讓我娘在京裡給她們找個好人家。」畢竟是在謝家護她許久的忠心丫鬟，顧馨之私心想給這兩人脫了奴籍，嫁個好人家，一直在找。這要是去鉞州，可就不好辦了。

畢竟終究還要回京的，她可不想把丫鬟遠嫁，往後生死難相見。

顧馨之前些日子已經開始準備，該交代的交代了，要辭行的也都見過了，蒼梧等人採購物資、準備行李的空檔，她寫了一遝書信，當給各位親友告別。

蒼梧緊張兮兮，天天催著各種採買，甚至還發了幾回脾氣。

顧馨之聽香芹抱怨了兩回，笑道：「妳是不是因為被留下來，看他不順眼啊？」

香芹撇嘴。「奴婢知道，夫人留下奴婢兩人，是為了我們好，奴婢才不會這麼小氣，遷怒旁人。分明是蒼梧這傢伙有毛病，天天上火似的催。」

水菱跟著搭嘴。「昨兒看他，還長了兩嘴皰，都不知道急個什麼勁。」

蒼梧平日都在前院，或者出去辦事，顧馨之見得少，倒是不清楚，聞言詫異。「這麼著急？難不成老謝給他私下下了什麼命令？」

「誰知道呢。」

顧馨之想了下，沒想出個所以然，遂道：「可能是跟朝廷的事有關吧，反正也收拾得差不多了，他可以放心了。」

香芹眼眶紅了。「奴婢捨不得夫人，夫人如今又身子不便，奴婢想跟著一起去鋮州。」旁邊的水菱也想哭了。

畢竟十二、三歲就跟著的丫鬟，相伴近十年，不捨得也是正常。顧馨之拍拍她倆腦袋。「要是帶妳倆出去，被鋮州的野漢子勾搭了怎麼辦？安心在京裡待著。」

水菱嘟囔。「奴婢不想嫁人，就想伺候夫人。」

顧馨之白她一眼。「想得美，等妳老了走不動了，我還得找人伺候妳，麻不麻煩？」

水菱不滿。「嫁人也不定能有人伺候啊。」

顧馨之傲然。「有妳夫人我在後頭撐腰呢，誰敢不伺候妳？」

「夫人您這是要仗勢欺人啊？」

顧馨之扠腰。「那肯定。有勢不仗，要勢何用？」

水菱、香芹登時被逗笑了。

此時，一小丫鬟匆匆進來，氣喘吁吁道：「夫人，柳老爺子出事了。白露姊姊已經在收拾東西了，夫人準備好就能過去。」

顧馨之倏地站起來。「什麼？快，去——」

小丫鬟忙道：「白露姊姊已經去後頭備車了，說夫人收拾好，直接去東側門，要走得慢些，不能急。」

不錯，省了她吩咐了！顧馨之提裙。「還收拾什麼，走！」

上了車，白露才將柳山長先生的情況道來。

冬去雪融，春來花漫，南山寺的桃花也開了。柳山長先生自然坐不住，邀上一幫好友，到南山寺踏春行詩。踏春本是尋常事，只是，前一天剛下過雨，山路濕滑，老人家沒踩實，摔了下來。

傳話的人也不知道具體情況，只說摔下來。這要是從山上摔下來……

聽說在南山寺，夏至面上閃過一抹不自然。

顧馨之的心思全在柳山長身上，聽說摔下來，急忙問道：「來人有沒有說摔哪兒了？」

白露搖頭。「他急著回書院傳話，就說老爺子摔了，求咱家快快找大夫過去……奴才方才已收拾了些跌打傷藥，到時看看能不能用上。」

「好。誰去接的大夫？知道哪個大夫比較擅長接骨什麼的嗎？」從山上摔下來，肯定傷筋動骨，可不是隨便什麼大夫都能看的。

白露扶著她。「夫人放心，長松去接的。南山寺那邊離咱家莊子近，咱家的大夫都在那兒。他打馬過去接，比咱們快。」

白露口中的莊子，是謝慎禮名下的，家裡府兵居住之地。住在那裡的大夫，是當年跟著謝慎禮上戰場的軍醫，精通接骨、外傷，比城裡大夫靠譜。

顧馨之略略放了些心，轉頭掀起車簾，催道：「快點。車裡佈置過，我不礙事的。」

這馬車是為了去鉞州特意改裝過的，拆了原來的長凳和小桌，從地板到車壁，全鋪上墊子，一層棕墊，一層褥子，再一層棉花軟墊，再塞上好些軟枕。不管路途多顛簸，顧馨之都能舒舒服服的。

這種時候，倒是先用上了。

長松穩穩的抓著韁繩，沈聲道：「夫人放心，待出了城，屬下會加快速度。」

看看外頭來來去去的行人，顧馨之只能按下焦灼。

出了城後，長松果真揚鞭，讓馬兒小跑起來，一路緊趕，很快便抵達南山寺。

南山寺與琢玉書院一個南一個北，柳山長夫人、書院中的子弟肯定還在路上，陸文睿等人也還在上班，怎麼看都是她來得最快。

顧馨之在夏至、白露的驚恐目光中跳下車，提著裙子一路快走。夏至、白露急得不行，追上去要攙她，都被她拒絕。

很快，一行終於抵達寺廟。

寺院門口已有僧人等著，聽說是謝家夫人，立馬將她們引往廂房。

還未走近，就看到一群老頭在院子裡踱步、繞圈。

顧馨之心中一緊，疾走幾步。「岑先生、鍾先生、秦先生！」

幾名老者聞言轉頭，看到她，忙迎上來。

「您怎麼過來了？」

「您還有孕在身呢，怎麼也跑過來？」

其餘老者也跟著看過來。

顧馨之朝諸位長輩福了福身，趕緊道：「晚輩不礙事……先生情況如何？」

同在琢玉書院任教的岑先生臉色鬱鬱，道：「摔得重了，怕是……」

顧馨之一驚。柳山長都快要六十了，摔得重，豈不是……

「你嚇她做甚。」鍾老趕緊接話。「沒看她臉都白了，嚇出個好歹可怎麼是好？」

岑老一看還真是，趕緊道：「哎喲，沒事、沒事，嚇唬妳呢，這天兒冷，柳山長穿得厚實，連塊皮都沒擦傷，就是落地的時候踩了坑，把腿扭折了，躺兩個月就好了。」

顧馨之大鬆口氣，渾身力氣一泄，差點軟倒在地。

「夫人！」白露、夏至嚇得驚呼，急忙攙扶。

岑老幾人也嚇了一跳，急忙詢問。

顧馨之靠著夏至緩了口氣，擺手。「沒事，沒事。你瞧你，要是把娃兒嚇出好歹，你看老柳不跟你拚了。」

岑老訕訕，朝顧馨之拱手。「老夫玩笑過了，娃兒見諒啊。」

顧馨之自然說無事，然後望向廂房。「那大家怎麼在這裡？先生呢？」
鍾老道：「方才情急，隨便找了名大夫看的，蒼梧帶了大夫過來，說要看看才放心，我們就讓出來了……這會兒估計差不多了。」
原來如此。顧馨之微鬆口氣。「那晚輩進去看看。」
「去吧去吧。要是被念叨得煩了，就出來跟我們幾個老頭子說說話。」
「好。」顧馨之抓住夏至胳膊，低聲道：「扶我一把。」方才走得太急，她有點腿軟。
夏至忙用力攙住她。
寺院裡的廂房門窄小，三人並排是沒法走，白露便退到後邊，小心跟著。
主僕幾人走進去。
「這兩個月儘量別落地，等骨頭長好就好了。」
「多謝大夫，等我家人過來了，再給幾位大夫送上厚禮——」
「先生，您——」顧馨之走進來，才開口，胳膊陡然吃痛，話便卡在喉嚨。
夏至驚覺，急急鬆了力道：「夫人，奴婢——」
「顧丫頭。」屋裡的柳山長已經看到她們，眼睛一瞪，中氣十足的開訓。「妳怎麼過來了？妳不知道妳身體什麼情況嗎？」
顧馨之先嚥下疑問，快步過去問好。「先生。」
靠坐在扶手椅上的柳山長裹著厚厚的袍子，一條腿脫了鞋襪、裹著白布架在板凳上，屋裡還能聞到濃重的藥味。而柳山長除了臉色有些蒼白，衣襬有些髒污，其他看起來還好。

顧馨之微微鬆口氣。「看到您沒有大礙，我就放心了。」

蒼梧及幾名大夫上前行禮，顧馨之忙伸手做攙扶狀，示意他們免禮。

柳山長吹鬍子瞪眼。「什麼叫沒有大礙，我腿都斷了。還有，我剛才跟妳說的話，妳沒聽見嗎？妳過來幹什麼？」

顧馨之敷衍。「聽著呢，等會兒再跟您說話啊——邱大夫，先生情況如何？」邱大夫是他們莊子的軍醫之一，過年的時候還給她敬過茶，她還有印象。

邱大夫拱手。「稟夫人，柳先生傷了腿骨，問題不大，接下來只需要按時換藥，安心靜養即可。」

顧馨之這才徹底鬆了口氣，拍著胸口說：「幸好幸好，嚇死我了。」

柳山長撇了撇嘴，嘟囔。「本來就沒什麼事，就他們大驚小怪。」

方才誰還嚎著自己腿斷了的？顧馨之轉向大夫們。「辛苦幾位大夫跑一趟了，先生年紀大，回頭還得煩勞你們幫忙盯著點。」

「應該的應該的。」邱大夫伸掌，示意她看向身側的乾瘦老人，道：「先前多虧黃大夫及時給柳先生正了骨，後續麻煩少了不少，說來，還得謝謝黃大夫。」

顧馨之忙朝那位大夫福了福身。「多謝黃大夫。」

黃大夫笑笑。「不用不用，老夫恰好今天過來上香，也是趕巧罷了。」

「不管巧不巧，能出手相助就當得一聲謝。」顧馨之看向夏至，卻發現她低垂著頭。顧馨之頓了頓，拍了拍她扶在自己胳膊上的手，低聲提醒。「給黃大夫送份紅封。」

出門時，白露去準備車，她想到肯定得用錢，趕緊讓夏至揣了點平日封好的紅包出來，這會兒正好合適。

夏至低應了聲是，鬆開她，掏出一份紅封，低頭往前走了幾步，福身，遞上紅封。

那位黃大夫看了她兩眼，不確定道：「是夏至姑娘？」

舉著紅封的夏至僵住了。

顧馨之詫異。「您認識她？」

黃大夫捋了捋長鬚，笑道：「說來湊巧，夏至姑娘過年的時候，在老夫好友那邊休養了一段時日，老夫去拜年的時候與夏至姑娘有過一面之緣。」

顧馨之不解。「休養？」

黃大夫詫異。「夫人不知——呃，許是老夫認錯了，呵呵，認錯人了。」

「這都是小事。」蒼梧突然擠過來，從夏至手裡拽過紅封，往黃大夫手裡一塞，攬著他往外走。「黃大夫，今日煩勞您跑一趟了，接下來就不麻煩您了……對了，您家在哪兒，小的駕車送您回去？」

幾句話工夫，黃大夫便被攬著帶出門外。

顧馨之不解，柳山長好奇。「真認錯人了？」

夏至低著頭。「那位大夫認錯人了。」說完，迅速回到顧馨之身邊，低頭攙著她，不再吭聲。

柳山長挑眉，看向顧馨之。

「先生您腳不疼了？」如此八卦。

柳山長立馬扶腿。「哎喲，疼死了，快給我開點消腫止痛的藥，這麼疼，怎麼活啊？」

顧馨之索性轉頭，跟幾位大夫談論起柳先生這段時間的治療安排。

後頭的白露悄悄碰了碰夏至，夏至抬頭，臉色蒼白的看著她。白露嚇了一跳，無聲問了句「怎麼了」。

夏至苦笑了下，搖了搖頭。

柳山長畢竟年紀大，年輕人傷筋動骨都要一百天，何況他這種年紀。雖然邱大夫他們說問題不大，顧馨之依舊不放心。這時代還沒有X光，也不知道骨折究竟有沒有斷成碎片。

徵求了邱大夫等人的意見後，顧馨之決定讓他們幾個輪流到柳家盯著。擔心柳山長夫人他們擔心，安排好，就不再耽擱，準備回城了。

號稱送黃大夫走的蒼梧不知何時又回來了，由他揹著柳山長下山。

一行人匆匆而來，又匆匆趕回城，還在路上遇到打馬而來的柳家人。

一群老、少爺們衝到馬車邊，一迭連聲詢問情況。

柳山長隔著窗戶開罵。「這是謝夫人的馬車，她還在這裡呢，你們一個個的，湊過來幹什麼？還懂不懂禮數了？」

還沒看到人就被噴一臉的眾人紛紛後退。

顧馨之忍笑，將大夫的話轉述了一遍。

柳晏書當先鬆了口氣，拽馬離開幾分，道：「方才伯父聲如洪鐘、精神依舊，可見確實問題不大。」

柳山長忍不住笑罵。「臭小子，不要陰陽怪氣。」

聽起來精神確實不差，眾人也放下心，一行人再度啟程，奔向柳府。

第六十二章

到了柳家，安置好柳山長，安慰了一番柳山長夫人，順帶還留下吃了頓午飯，顧馨之方告辭離開。

因為一路奔波，即便在柳家坐了好一會兒，顧馨之這會兒亦覺得疲意上湧，靠在軟枕上昏昏欲睡。

夏至、白露安安靜靜的坐在旁邊。

「夏至。」顧馨之眼皮也沒抬，聲音輕飄飄的。「說說過年的時候，老爺讓妳去忙什麼事了？」

夏至一僵，改坐為跪，低頭道：「夫人，老爺——」

「想好了再說。」平日嬌軟的聲音此刻冷得平靜無波。

夏至俯身低頭，額觸掌背，吶吶不敢言。

白露著急，推了她一把。「快說啊。」

夏至低聲道：「奴婢、奴婢絕對沒有做對不起夫人的事……」

白露催她。「那妳說啊！」

夏至又不吭聲了。

半晌，顧馨之掀起眼皮，看著跪在跟前的丫鬟，嘆了口氣，道：「忠僕難得，可惜，這忠心卻非我所有。等到了鉞州，妳去伺候先生——」

「夫人。」夏至聲音顫抖。「奴婢過年犯了錯，老爺罰了杖責三十，此前是在南山寺下劉田村休養。老爺擔心嚇著您，不許奴婢透露半分。老爺說了，若有疏漏，奴婢便不用再跟著夫人。」

答案出乎意料，顧馨之聞言怔住。

夏至伏跪在地，哽咽道：「奴婢不是有意隱瞞，實在是……求夫人看在奴婢盡心伺候的分上，不要趕奴婢走。」

顧馨之還懵著呢。「妳什麼時候做錯事了？我怎麼不知道？什麼錯能下三十板？妳偷妳家主子的機密文件賣給對家了？」

夏至連忙搖頭。「奴婢打小被老爺救下，斷不可能做這種賣主之事。」

顧馨之更是不理解了。「既然沒叛主，為何——難不成，妳犯錯犯到妳家主子頭上了？」比如，勾引不成之類的。

夏至不傻，當即連連磕頭。「夫人明鑒，奴婢對老爺絕無非分之想。」

「好了好了，別磕了，坐下來好好說話。」她怕折壽。

夏至這才停下來，卻仍然保持著磕頭姿勢。

顧馨之沒法，繼續問：「那妳犯了什麼錯，惹得他罰妳三十大板的？」

夏至低聲道：「過年的時候，奴婢陪著夫人過去東院吃開年飯，飯後遇到大公子……奴婢沒有攔住，也沒有及時護著夫人離開，是奴婢沒做好，甘願受罰。」

大公子？謝宏毅？「為了這麼點小事，打妳三十板？」

「因為這一面，夫人開年就折騰著給東院送禮，還得給大公子送去意義非凡的繡物，導致外頭流言四起……」

「不是。」顧馨之打斷她。「這就是小事一樁，我還拿回了我的荷包……再說，我當時啥也沒幹，吩咐了幾句話，跑腿的都是妳們，怎麼還罰妳了呢？」

夏至低著頭。「這些本不該發生。」

顧馨之嘆了口氣。「起來說話。」

夏至磕了個頭，顫聲道：「求夫人救救奴婢，奴婢不想被賣了。」

顧馨之伸手，試圖將人攙起來。「誰說要賣妳了？起來。」

許是太害怕，夏至渾身輕顫。顧馨之用了點力氣才將她半扶起來。

夏至雖然起來了，依舊跪坐在那兒，滿臉驚懼。「老爺說了，若是東窗事發，便要將奴婢發賣出去。」

顧馨之柳眉一豎。「他敢？妳是我丫鬟，妳怕他做甚。等到鋮州，我還要找他算帳呢，竟然罰我的丫鬟。」

白露看看兩人，小心翼翼道：「夫人，老爺向來說一不二，怕是不好勸住。」

「難不成他還能打我嗎？」顧馨之拍拍肚皮。「再說，這不還有尚方寶劍嘛。」

夏至、白露不敢接話。

「這趟去鋮州，水菱、香芹都留京，小滿、甜杏她們年紀還小，我身邊靠譜的就妳跟白露了，他怎麼可能這個時候把妳發賣了，他要是敢，我就帶著妳們回京過日子，讓他在鋮州自生自滅！」

許是這番話奏效，夏至終於冷靜了不少。

顧馨之摸摸她腦袋。「當時打得重吧？怪不得回來的時候都瘦了……苦了妳了。」不過是個十來歲的小姑娘啊，擱現代還在讀書呢。

夏至憋了許久的眼淚瞬間落下。「不辛苦，是奴婢沒做好──」

「誰能想到謝宏毅那傢伙如此不要臉呢？再說，妳也就是個小姑娘，就算他要幹什麼，妳也擋不住，老謝分明是蠻不講理，妳別聽他的。」

夏至泣不成聲。「夫人……」

「回去讓劉大夫給妳看看，別留下病根子。」

夏至連連搖頭，哽咽道：「奴婢、奴婢沒事……」

顧馨之拍拍夏至。「三十杖不是小事，聽話。」然後看看白露，再次叮囑道：「妳倆是我的丫鬟，往後這種事應當稟我，我給妳們撐腰。我既承了妳們的伺候，自當扛起這份責任，別淨想著給我省麻煩。」

夏至跪伏在地，低泣不止。
白露眼眶早就紅了，聞言跟著跪下，磕了個頭。
顧馨之嘆氣。

回到家，顧馨之立馬讓人去喊府裡的大夫。
大夫前腳剛到，蒼梧就匆匆過來。「出什麼問題了？夫人是不是哪兒不舒服？」
顧馨之現在看他哪兒，哪兒都不順眼，瞥他一眼，逕自招呼大夫給夏至把脈。
蒼梧詫異。「夏至姑娘怎麼了？」
被按坐在椅子上的夏至忙要起身。「不是──」
「坐著。」顧馨之按住她。「劉叔，麻煩你了。」
劉大夫拱了拱手，坐下，伸手搭脈。
蒼梧看看夫人，又看看坐立不安的夏至，摸摸鼻子，閉上嘴等著。
半晌，劉大夫收回手。「夏至姑娘並無大礙，只身體有些虧虛，調理一番即可。」
顧馨之微鬆了口氣。「好，煩勞劉叔開幾服藥，不拘什麼，只管把她身體調養好。」
劉大夫點頭，行至一邊寫方子。
顧馨之想想又不放心，又讓白露也被診一把。好在，白露沒甚問題，只是姑娘家慣有的小毛病，每月喝些紅糖薑茶就可以了。

蒼梧笑呵呵。「這是排隊看診呢？劉大夫，要不要給奴才也把把脈？」

「你身體倍兒棒，不用看。」顧馨之轉向白露。「送送劉叔。」

劉大夫忍笑，拱了拱手。

白露將劉大夫送出去後，顧馨之才轉回來，朝夏至道：「待會兒妳拿方子去庫房取藥，缺了什麼，去外頭買，走我帳上。」

夏至紅著眼福身。「是。」

蒼梧看看她，再看看顧馨之，決定避開身體問題，問正事。「夫人，明兒是不是按照原來計劃出發？」

顧馨之終於正眼看他。「先生才剛摔了，走什麼走，過段時間再走。」

蒼梧頓時急了。「這傷筋動骨一百天，沒兩、三個月，老先生都好不索利，咱可不能一直等著啊，回頭您肚子大起來了，您想走，奴才都不敢送了。」

「哦。那就在京裡生啊。」

蒼梧終於察覺不妥，小心翼翼問道：「出什麼事了嗎？」

顧馨之朝他假笑。「能有什麼事呢？」

蒼梧看她這麼笑，瘆得慌。

顧馨之知道蒼梧就是個聽令的，陰陽怪氣了兩句便作罷。「行了，開個玩笑而已，等先生情況穩妥了，就出發吧。」別的不說，她還要去找老謝算帳呢。

蒼梧微鬆了口氣。「那奴才去跟高護衛說一聲。」這回護送顧馨之前往鋮州的府兵，是由高赫親自帶隊。

顧馨之擺手。「去吧。」

接下來幾日，顧馨之每日都跑去柳家，陪柳山長夫婦用飯。當然，除了他倆，還有柳家人，還有各種聞訊而來的親友們。

有人，自然就有交流。誰都知道謝慎禮已經去鋮州上任，看到顧馨之，自然都會問上幾句，比如孕期如何啊，比如何時去跟謝先生團聚啊等等。

幾天下來，顧馨之還沒煩呢，柳山長先不耐煩了，開始趕她。「妳既然準備去鋮州，就別耽擱了，趕早出發。」

顧馨之沒答應。「您這還傷著呢——」

「我就是傷了腿，又不影響吃喝，除了不能到處走，跟平日也無甚差別了。再者，京裡有這麼多人照看我，要妳一個孕婦跑來跑去的，像話嗎？」

柳山長夫人也跟著勸她。「京裡有我們呢，妳就放心出發吧。」

顧馨之看柳山長中氣十足的模樣，也不推脫。「那行，那我將劉大夫留在這裡，等先生好了，再讓他回莊子。」

柳山長這才鬆了臉，露了笑。

柳山長夫人更是直接。「還是妳說話爽快，換了別人，不得推脫幾番。」

顧馨之哭笑不得。「這有什麼好推脫的，我本來就準備出發，既然先生沒什麼大礙，我就不耽擱了。」

柳山長夫人問：「東西都收拾妥當了？」

顧馨之點頭，老實道：「行李早幾天前就裝車了呢，這兩天她們天天去翻行李，折騰得不行。」

柳山長夫人愣了下，笑道：「怪不得妳不推脫呢。」

柳山長沒好氣。「早說不用過來了。」

顧馨之道：「這不是擔心您嘛。」

柳山長不吭聲了。

柳山長夫人忍笑，拉住顧馨之的手。「收拾好了就別耽擱了，路上記得慢一點，遇到下雨什麼的，儘量避著，別急著趕路……」

顧馨之耐心聽著，一一點頭應了。

走的時候，恰好遇到幾家結伴來訪的客人。送顧馨之出門的柳家大兒媳簡單介紹了下，顧馨之與對方行了個禮，便告辭了。

柳家大兒媳也不留，只叮囑。「去到地方別忘了寫信回來，娘他們嘴上不說，都擔心著呢。」

「會的，先生、師娘就煩勞大嫂多費心了，回頭還要麻煩大嫂提醒一下先生、師娘，讓他們記得給我們送信，報個平安。」

比她大了快一輪的柳家大兒媳登時笑了。「倒讓妳叮囑上了，放心，回頭我肯定提醒他們。」

顧馨之便不再多說，福身告辭，上車離去。

旁邊的客人中，有位站得遠些的婦人，狀似隨意般問了句。「那是謝夫人吧？要出遠門嗎？」

柳家大兒媳認出是某大人的夫人，依稀記得娘家姓鄭。她笑了笑，答道：「對啊，謝大人出任鍼州知府，開年就上任去了，她耽擱了好些天，明兒該出發了。」

那位鄭姓夫人恍然，看了眼顧馨之離開的方向，不再多問。

春末夏初，清晨的風猶自裹著幾分涼意。顧馨之彎著身，給哭唧唧的小屁孩擦眼淚。

「過段時間就能見到我了，不哭啊！」

阿煜淚眼汪汪。「說好一起走的——」

顧馨之無奈。「也就是幾天的事。」

「萬一要很久呢？真是不知道什麼亂七八糟的人家，好好去吃個酒，外祖母就——」

「阿煜。」顧馨之捏住他嘴唇，不贊同道：「閒談莫論人非。」

阿煜撇嘴。

「老夫人身體不適，娘娘不方便，你作為男子漢，是不是要幫母親分憂，好好照顧外祖母？」

阿煜掙開她的手，抹掉眼淚，道：「我知道，外祖母要我哄著才會吃藥呢。」

顧馨之摸摸他腦袋。「真棒，阿煜現在都是個能照顧人的大孩子了。」

阿煜驕傲挺胸。

「那等阿煜外祖母好了，阿煜再過來鉞州吧——你自己過去，會不會害怕啊？」

阿煜猶豫了下，下一瞬又挺胸。「不會，我是大孩子了，我可以的。」

顧馨之好笑。「好。我留了幾本書，你要是在外祖家無聊，可以翻出來慢慢看，那都是很好玩的話本子呢。」

阿煜瞪大眼睛。「話本子？那不是不務正業嗎？」

顧馨之眨眨眼。「怎麼會？那可是連你家先生都愛看的話本子。」

阿煜不敢置信。「先生也看話本子？」

「當然啊，讀書讀書，不光要讀聖賢書，也要讀一些人情世故、市井生活，才能看到人生百態，眼光才不會狹隘啊。」

阿煜似懂非懂。「所以什麼書都要看？」

顧馨之歪頭想了想。「都可以看。但什麼年紀看什麼書，卻還是要注意一下，畢竟寫書著論，不需要講究出身和才華。世間文集千千萬，有好的自然就有壞的。有些是引人向善，有些是惑人放縱。你如今年紀還小，沒辦法分辨好壞，所以不能隨便看。」

阿煜明白。「只能看先生、師娘給的書。」

顧馨之莞爾。「還有你父皇、宮裡先生們推薦的，都行。」

阿煜點頭。「知道了。」

拍拍阿煜腦袋，顧馨之起身。「那我走了，我在鍼州等你！」

阿煜眼睛又紅了。「好。」

辭別阿煜，顧馨之登上馬車，在金色晨光中，緩緩駛出京城。出了城，與城郊等著的高赫等人會合後，便加快速度，前往鍼州。

顧馨之這趟出門，帶的行李，比之謝慎禮那一回，那是有過之無不及。

除了她慣用的衣物用具、一行人路上吃喝要用的東西，還有許多長輩朋友送的藥材、食品，加上數百府兵、丫鬟僕從，還有雲來南北貨行藉著護衛，跟著一起走的採購隊伍。

林林總總加起來，那車隊，長得都快趕上軍隊了。

當然，這只是顧馨之的想法。

在這個治安算不上好的時代，帶著高價值財物穿山過林、走南闖北，屬於高危險行為。

顧馨之原本不覺。她也算是出過京城的人，但那次依著南北貨行，還半道就被謝慎禮追上，送了一隊護衛，所以她對這個世界的危險還未有太深的認識。

出門第一晚，一行落宿一個小鎮客棧。蒼梧跟高赫安排人，在她門外值守。

顧馨之想到上回謝慎禮也這般安排，便沒放在心上，只叮囑兩人，要安排好護衛的歇息時間，不要累著人了。

蒼梧笑嘻嘻。「夫人放心，天亮了他們能在車上歇息。」

顧馨之放心。「那就好。」

她以為是常規守夜，卻發現，一路過去，她身邊再沒有離過人。他們帶著這麼多人呢，至於嗎？

不過，在專業問題上，她選擇信任專業的人。

只是白日裡行路，她就不再半道停車，在蒼梧等人憂心忡忡的目光下，去那遠處林子、樹叢裡方便了。散步的時候，也只在駐紮地周圍轉轉，絕不走遠。

當然，她也沒輕鬆幾天。在這種沒有水泥馬路的時代，出門行走的都是土路，有時候甚至連路都沒有，各種碎石草坡不一而論，即便顧馨之的馬車經過改裝佈置，也被顛得不輕。還不是一時半刻，除了休息時候，其餘時間基本都在顛。

一天下來，連夏至、白露都有點撐不住，更不必說顧馨之。她每日要吐好幾回，唬得蒼梧等人都不敢趕路，速度越發慢，趕路的時間也越發少，駐紮歇息的時間越發長。

如此這般，足足走了十二天，一行人方進入深州，一個山多平地少、缺水少雨的窮州。

第六十三章

進了深州後，整個護衛隊、貨行的人彷彿更為謹慎戒備，一路巡邏不停。

顧馨之早就聽謝慎禮介紹過一路的情況，對這個賊寇、流匪眾多的州府頗有印象。

原本謝慎禮是想要到深州上任的，不過深州知府去歲新上任，短期內皇帝也不想換人，他才退而求其次，選了鋮州。

顧馨之當時還笑話他，是不是對自己太有信心了，專挑這種困難模式。

當時的謝慎禮毫不客氣的直接點頭，道：「州州皆有難處，但富庶州府無須我去錦上添花。」言外之意，他比較想去雪中送炭。

這可不是容易的事。想到書房裡那一箱箱的縣誌資料，顧馨之感慨，拱手。「先生高義啊。」

謝慎禮無奈，將她的手拉過來，道：「在其位，謀其事罷了。」

顧馨之吐槽。「你這會兒還沒在其位呢，萬一皇上覺得你這莽夫不懂這些，不讓你去，看你怎麼辦？」

顧馨之看著他無語的神情，忍不住笑出聲——

「夫人，下去走走嗎？」

顧馨之從回憶裡出來，發現馬車停了。

「怎麼了？」

夏至笑答。「快入午，高護衛讓停下紮營生火了。」

這麼快了啊。顧馨之伸了個懶腰。「那我們下去走走。」

「誒。」

下了車，顧馨之環視四周。四月的中午，陽光和煦、微風習習，她在車前活動下手腳，緩解下顛了一上午的痠軟。

白露已經去忙活午飯，她扶著夏至，慢慢散步，緩解坐車帶來的暈眩不適。

高赫選了塊碎石地當臨時營地，左側有個小山坡，坡上鬱鬱蔥蔥，與一路過來的景色無甚差別。

丫鬟僕從們都在往下搬鍋碗瓢盆，春夏交接之際，生鮮食品自然沒法帶，但顧馨之讓人帶了許多乾貨，醬菜、酸菜不說，臘肉、臘腸、臘鴨、鹹雞……多種多樣。鍋裡放米，加上些許臘味，蒸出來，就是一鍋香噴噴的臘味飯。

或是用顧馨之讓人折騰的醬料包，煮開加料，加上一把麵條一點酸菜，就是酸菜麵。

因為她身體原因，大家行程不趕，回回生火做飯，高赫都一臉腐敗、墮落至極的模樣，惹得蒼梧笑話了好幾回，還拿來當茶餘飯後的笑話，說給顧馨之聽。

顧馨之卻想起曾經上戰場的謝慎禮，遙想一個小小少年，就要遠赴邊地，吃行軍苦，忍不住心疼。

所幸他這回出門，自己給他備了許多……應該能讓他舒服些吧。

顧馨之扶著夏至的手，一邊慢走，一邊想著。

正當時，忽聽一聲大喝。「有賊匪！保護夫人！」

顧馨之愣了下，抬頭望去。

左側小山坡上，光斑閃爍，是賊匪手中的大刀。

其實他們一路過來也遇到了幾撥匪流，四、五十有之，一、兩百有之。多是窮苦人家活不下去，攔路要吃的，說匪流都是高看了，其實就是一堆老弱病殘。顧馨之別的帶得少，食物帶得滿滿當當的，看到這些哪裡忍得下去。索性她現在不差錢、不差糧，就給了，好歹能讓這些人熬過青黃不接的春夏時期。

她也無須問，為何號稱繁華富庶的大衍朝，竟會有這般情況。曾經她所處的時代，也是繁華富庶的時代，即便這樣，也會有有人處在貧困、每日為溫飽發愁……這種農業落後的時代，餓死人實在是再正常不過了。

除了這些老弱病殘，還有一撥一百多人的匪流。手持棍棒、鐮刀，一個個精瘦悍壯，一看就是常年在田地勞作的農人，打頭的高赫帶著人過去，連刀都不用拔，兩三下就把人全揍翻了。顧馨之還沒反應過來，一百多人就被捆了，然後帶到縣城，交給當地府衙。

雖然有驚無險，顧馨之卻深刻體會到這天下的不太平。

因此，再次遇到劫匪，她半點不輕敵，拉著夏至迅速往回退，蒼梧第一時間帶著人衝過來，護著她們退回馬車邊。

僕從丫鬟們也扔下手裡的活，飛快聚攏。

另一邊，高赫已經領著人迎上賊匪。

行蹤已然暴露，賊匪也不再隱藏，喊殺聲幾欲震天。

顧馨之剛剛站定，耳邊便聽得刀劍相擊、慘叫聲起，她下意識抬眼去看。豔陽下，鮮血飛濺，隔著這般距離，彷彿都能聽到刀劍劃破衣衫、皮肉的聲音。

顧馨之何曾見過這種光景，當下臉都白了。

「夫人。」夏至雖然也害怕，卻比她鎮定多了。「您先回車裡，別嚇著了。」

「上車。」提著刀的蒼梧擠開人群衝過來，神色是從未見過的嚴肅。「妳們得先離開這裡。」

顧馨之手一抖。「高赫他們攔不住？」

蒼梧低語。「對方刀劍武器太齊全了，身手也不像尋常百姓，為防萬一，夫人先走。」

顧馨之有些慌。「那高赫他們——」

「夫人您在這裡，高赫他們無法專心。」

顧馨之咬牙。「好，我走。妳們都趕緊上車，一起走。」無須夏至攙扶，她忍著害怕，提裙快步走向馬車。

其餘僕從聽了，連忙哆嗦著爬上車。蒼梧始終戒備的盯著，待眾人上車，立馬帶人翻身上馬。

「走！」

長松鞭子一揚，馬車立馬飛奔往前。

顧謦之憂心忡忡，掀開簾子往後望，喊殺聲、刀劍聲已被馬蹄、車聲掩蓋，連景象也被緊跟車旁的蒼梧等人擋住。

「蒼梧。」她扶著車窗喊：「我們先去前邊，你回去幫高赫。」

蒼梧戒備四顧，聞言道：「恕奴才不能遵命，您的安危才是——」

「殺！」一大群舉著刀的壯漢從兩側林子湧出，後頭甚至還有持刀的騎兵，那些騎兵掠過奔行者，直衝顧謦之的馬車。

「有埋伏！」領跑的護衛馬速不減，揮刀迎敵。

看到那些騎兵，蒼梧臉色大變，雙腿一夾，衝到前邊，橫出一刀，揮下一顆腦袋。「長松，衝出去。」

駕車的長松沈著臉。「放心。」他大喝一聲。「夫人坐穩了！」

他韁繩一甩，馬車再度加速，直衝敵人。扶著車窗的顧謦之還未來得及反應，整個人往後摔，若非旁邊的夏至拽了一下，怕是要摔狠了。

即便如此，顧謦之也磕得背部生疼，悶哼出聲。白露嚇死了，顧不得馬車飛速，撲過去幫著拽胳膊。

馬車陡然一拐，主僕三人登時跟著往另一側甩。

白露、夏至惦記著顧馨之懷孕，一個攀窗拽拉，一個直接拿自己當墊背，再次將顧馨之托住。

接連兩回下來，顧馨之臉都白了。

「不行。」白露大喊：「長松，停車。」

外頭的長松吼道：「不能停，這裡太亂了，容易驚馬。」

白露焦灼。「不成啊，夫人撐不住！」

長松這才記起自家夫人還懷著身孕。他巡視一圈，咬了咬牙。「馬上，再撐一會兒！」他狠狠拽動韁繩，馬車爬上草坡地，衝向不遠處的山石。

蒼梧一眼看出他的意圖，驅馬揮刀，將那些騎兵擋在馬車周邊。

車內主僕三人被顛得左搖右晃，顧馨之只覺氣血翻騰，胸悶欲吐。好在，吐出來的前一刻，馬車終於減速停住。

顧馨之撞到車壁，堪堪停下。

車外，馬蹄聲、刀劍聲瞬間逼近。

長松急急道：「屬下已將韁繩砍斷，妳們不要出來。」

白露、夏至壓根兒顧不上回答他，爬起來衝向顧馨之。

「夫人！」

「夫人，您沒事吧？」

顧馨之嚥下到嘴的酸意。「沒事。扶我起來。」

兩人趕緊將她攙扶起來。

車外響起幾聲慘叫，顧馨之抖了抖。

平日再穩重，畢竟也是十來歲的小姑娘，白露臉都嚇白了。「怎、怎麼辦？」

夏至眼淚也出來了。「我們是不是要死了？早知道就該讓小滿、小雪在車裡，她倆好歹會點拳腳功夫。」

顧馨之深吸了口氣，穩住顫抖的手，爬到窗邊，微微掀起一道縫——

刀刃反射的光線中，一線血珠越過縫隙，濺到她臉上，血腥之氣撲面襲來。

顧馨之吐了。

她最近實在暈車，吃得不多，早上吃的也消得差不多，只吐出一灘酸水。即便如此，白露、夏至也嚇得齊齊驚呼「夫人」。

車外慘叫聲不斷。

顧馨之顧不得衣衫髒污，抬手隨意擦掉臉上的血漬，再次掀開車簾。

蒼梧等人早已下了馬，此刻正在數步外與人交鋒，而馬車停在山石下，他們只需護住三面。

顧馨之忍著噁心仔細打量。

單論打鬥，蒼梧等人的武藝似乎更勝一籌，慘叫的都是賊匪，但……對方人太多了，顧馨之甚至看不到跟在後面的僕從車輛情況——

砰——

「長松！」靠在車門處的白露哭叫。

「沒事——不要出來！」長松翻身，再次衝出去。

蒼梧聽見動靜，大喝。「青松護著這邊，我去支援長松。」

「是！」

聲落，蒼梧已跳到車前。

顧馨之咬牙，爬到前邊，掀起車簾，低喊。「蒼梧，踢幾把刀給我們。」她看到蒼梧等人殺傷了好幾個人，地上落了幾把刀。

蒼梧踹開一賊匪，再橫刀攔下一個。「妳們別出來。」

顧馨之力持鎮定。「他們是衝著我來的，有刀預防萬一。」

除了高赫那邊，她這裡的護衛是最多的，若只為財，何苦追著她的馬車。

蒼梧咬牙。「先退開！」

顧馨之連忙拽著白露避到車壁後，鐺的一聲，一把刀被踹到車簾下，刃上還沾著血。

三人同時打了個哆嗦。

顧馨之飛快解下頭上髮繩，牙齒咬斷，一分為二，迅速纏到手臂上，將左袖口紮緊。

這會兒工夫，蒼梧又踹了兩把刀進來。

顧馨之紮好袖口，深吸口氣，抓起一把刀。

「夫人……」夏至哆嗦的靠過來。

顧馨之低喝。「把妳們平日管丫頭的氣勢都拿出來，拿上刀──」

「篤」的一聲響，車身震了震。

「操，老李！」外頭響起蒼梧的聲音。「長庚、長宇，西北方，弓箭手！」

「是！」

一眾護衛本就攔得吃力，還要分人出去。顧馨之心沈了沈，雙手不自覺更握緊刀，戒備的盯著車門。夏至兩人哆哆嗦嗦的，跟著抓起刀，為防誤傷，三人皆是刀刃朝下。

「成哥！」長松驚怒交加。

「這些逼崽子！」蒼梧大吼。「都不要手軟，殺！」

「殺！給成哥報仇！」

「逼崽子，給爺死！」

顧馨之眼眶熱意上湧，連忙眨眼，生怕淚水模糊了視線誤事，她全神貫注，只怕出現意外。

「夫、夫人。」夏至哭著。「奴婢、奴婢彷彿聽見馬蹄聲。」

顧馨之驚了，連忙細聽。急促馬蹄聲隱約而來，不過片刻，便蓋過喊殺聲、慘叫聲，傳到眾人耳中。

顧馨之的心徹底沈了下去。

蒼梧罵了聲。「這些人什麼來頭，怎麼還有援軍——」

「是主子的箭！」

「是主子！」

「主子來了！」

顧馨之瞪大眼睛，迅速爬到窗邊，掀開簾子往外看——

一道道箭影劃破長空，指向馬車，每落下一道，便有一聲慘叫，不過幾個呼吸，馬車邊壓力頓減。

同時，一隊黑衣騎兵由遠而近，當頭一人，正是謝慎禮。

只見他扔下弓箭，反手抽出長刀，從疾馳的駿馬上一躍而下，一刀揮下，瞬間帶出一片血。

眾人精神為之一振。

「真的是主子。」白露、夏至又笑又哭。「我們有救了！」

顧馨之也徹底鬆了口氣，扔下刀，軟倒坐下。一放鬆，方覺腹部正隱隱作痛——

顧馨之連忙抓住仍在哭的白露。「快，讓他們去找劉大夫！」

白露瞬間反應過來，連滾帶爬衝到車門。「蒼梧，長松！」聲音猶帶哭腔。「快去找劉大夫！」

同樣哭得不行的夏至也趕緊湊過來，扶著她躺下，哆嗦道：「夫人別著急，大夫馬上就來了。」

怎麼聽起來彷彿她快要死似的？行吧，反正顧馨之現在確實不敢動。

等待的時間總是漫長。

顧馨之擔心著外頭的情況，腹部還一陣陣輕微悶痛，整個人坐立不安。彷彿過了許久，外頭的喊殺聲、慘叫聲逐漸減少。

「唰」地一下，車簾陡然被掀開，高大身影背著光出現車門口。

白露尖叫一聲，便要撲過去。

來者刀背一攔，將她推到一邊，另一手直接將一人提溜上車，往車裡塞。

「快點。」

顧馨之定睛一看，被提溜上車的，正是兩鬢染霜的劉大夫。劉大夫臉色有些蒼白，看到躺在車裡的顧馨之，連忙拱手。「得罪——」

車門口的高大身影喝道：「休要拖拉，速速探脈。」

劉大夫哆嗦了下，撲進車裡，一把抓上顧馨之脈門。

顧不得大夫診脈，顧馨之急急問門外之人。「有沒有受傷？」

那高大身影自然是謝慎禮。他將大夫扔上車後，便站在車門邊，握著刀戒備著。聽見那熟悉的嬌軟聲音，他放軟聲音，道：「別擔心，我沒事，妳也會好好的。」

「嗯。」顧馨之吸了口氣，忍下眼淚，看向劉大夫。

劉大夫聽脈片刻，皺起眉。「夫人有小產跡象。」

車門處的謝慎禮立馬回頭。

顧馨之大驚。「怎麼會——不是，怎麼辦？」

「無妨，下幾針，再喝幾劑藥就好了。」說著，劉大夫取下腰間懸掛的小包，解開，露出其中銀針，唰唰幾下，就下了數針。

雖然場合不太對，但顧馨之好想問……銀針消毒了嗎？

第六十四章

吐槽歸吐槽，顧馨之的腹疼卻實實在在的、慢慢的緩了下來。許是她臉色好轉幾分，劉大夫再次伸手診脈，片刻後點點頭，取下銀針。

「好多了。」

顧馨之看他將針擺在布條上，沒忍住。「劉大夫，這針，不用清洗一下嗎？」

劉大夫莞爾。「夫人放心，平日用過的銀針都會用沸水煮過的。」言外之意，現在是事急從權。顧馨之了然，也鬆了口氣。

劉大夫擺好針，布條一裹一繞，打個結，塞入小布包。

顧馨之撫了撫不再悶疼的腹部，問：「是不是沒什麼問題了？」

劉大夫搖頭。「還得再喝兩劑藥……今天最好都不要下地。」

顧馨之緊張。「這麼嚴重？是因為我摔了幾次嗎？」

「應當不止。這段時日舟車勞頓，夫人身體已然有些虛弱，又遇到這般事情……」劉大夫望了眼窗外方向，慶幸道：「如今謝大人抵達，萬事有他操勞，夫人勿擔憂太多，好好歇息。」

換句話說，身體虛弱，撞了數次，又驚嚇過度，需要靜養，還要情緒穩定。

顧馨之點頭。「好。」

劉大夫收回針，拱了拱手。「那老夫先去熬藥。」

「煩勞您了。」

劉大夫出去了，謝慎禮順手就將簾子放下來。

顧馨之能聽到他詢問劉大夫自己的情況，過了會兒，他彷彿走遠了些，似乎在朝旁人吩咐些什麼，隔著車簾，聽不清楚。

這麼一會兒工夫，白露、夏至已將車裡的刀扔了出去，還將亂糟糟的車裡收拾了一番，白露還翻出一身衣服，低聲問：「夫人，奴婢幫您換身衣服？」

顧馨之這才想起方才吐了來著，身上臭兮兮的，難為劉大夫不嫌棄。她擺了擺手，道：「不著急……先看看外頭什麼情況。」

夏至道：「奴婢去看看。」

留在車裡的白露用茶水沾濕帕子，給她擦拭。

半晌，夏至白著臉回來。

「怎樣？」顧馨之忙問。「張嬸他們在哪裡？李掌櫃他們呢？都安好嗎？高赫那邊情況如何？」張嬸是府裡的管事娘子；李掌櫃他們則是雲來南北貨行的人。她遲疑了下，終還是問了那句。「傷亡情況如何？」

夏至搖頭。「蒼梧他們還在四處清理賊匪，奴婢不曾走遠，不過奴婢看到李掌櫃他們，有幾人受了傷——」

車簾唰地掀開，謝慎禮站在車門處。

「出來。」他道。

夏至、白露意會，連忙退出馬車。

謝慎禮避開兩步，待她們出來，掀袍上車。

顧馨之眼巴巴看著他。「老謝……」

謝慎禮半跪在半尺多高的墊子邊沿，猿臂一伸，直接將她腦袋按進懷裡。他低聲道：「嚇壞了吧？」

顧馨之愣了愣，環住男人的腰。「嗯，嚇死我了，好多血，好多……還有死人……我長這麼大還沒見過這種陣仗，嗚，我還以為再也看不到你了嗚嗚嗚……」靠在熟悉的溫暖中，呼吸間都是熟悉的氣味，她強撐了許久的堅強終於潰散，抱著男人盡情大哭。

謝慎禮輕撫她半鬆散的長髮，眸底是止不住的心疼。

好在，顧馨之並不是菟絲花般的人，哭了一會兒，她就緩過來了。

她揪起謝慎禮的衣襬擦掉眼淚鼻涕，帶著鼻音道：「不能哭了，寶寶會受不住的。」

謝慎禮絲毫不在意衣衫被當帕子擦，聞言只是緊了緊手臂。「好。要不要睡一覺？等妳醒來，外頭就收拾好了。」

顧馨之依舊埋在他懷裡的腦袋晃了晃。「我想知道情況，高赫他們怎樣？人員……傷亡如何？」

謝慎禮低頭親了親她鬢角。「妳現在最重要的是休息。」

顧馨之抬頭。「你不說，是怕刺激我嗎？是不是……很嚴重？」

她眼紅鼻子紅，一副哭慘了的模樣。謝慎禮很心疼。「沒有，高赫他們都是久經沙場的人，豈會因為這些宵小出事。」

顧馨之瞪他。「休要騙我，我既不聾又不瞎。」

謝慎禮摸了摸她哭紅的眼角，低聲哄著。「外頭還在收拾，什麼情況還未有定論，妳先休息？」

「這樣讓我如何休——啊！」

謝慎禮直接將她橫抱而起，顧馨之急忙攬住他肩，低罵。「做什麼？」

「此處不宜歇息，我讓人收拾好了一片地方。」謝慎禮輕鬆托抱著她，轉身出車。

顧馨之只覺眼前驟亮，下意識閉了閉眼，再睜開，面前已是青天白雲。

她攬著謝慎禮往後看，斷了轡繩的馬車側倚山石，原本華雕精刻的車身上沾了星星點點的污漬。

隨著謝慎禮大步往前，馬車前、草坡上，一片一片的暗色痕跡逐漸顯露。空氣中還浮動著濃重的血腥氣。

顧馨之頓覺胃部翻騰，急忙扭頭向外，生怕吐到謝慎禮身上。

謝慎禮察覺，一手托抱著她臀腿，攬在她後背的手微微上移，輕按她腦袋，讓她靠到自己身上，讓其看不到外邊景況。

「別看。」他說。

顧馨之掙扎。「別，我想吐——」

「吐吧，沒事。」按著她腦袋的手半分不鬆開。「我不嫌棄。」

顧馨之不願意。「我嫌棄。」

謝慎禮的手依舊將她按得牢牢的。

貼著他左肩的顧馨之聞到他身上隱約的墨香，那股想吐的勁似乎也慢慢緩過來，索性不再掙扎。

謝慎禮步伐平穩，彷彿懷中抱著的只是嬰兒。他沈穩的態度讓顧馨之的驚懼擔憂慢慢平復下來，抓扶著他肩膀的手往上伸，直接攬住他脖頸。

顧馨之埋首，悶聲低喚。「先生。」

「嗯。」

顧馨之卻不說話了。

謝慎禮也不問，腳步不停。

走了許久，謝慎禮才停下來。

「主子。」

「大人。」

熟悉的聲音此起彼伏。

顧馨之恍然，忙抬起頭。

張嬸、劉嬸……小滿、小雪……李掌櫃、佟小哥……雖然形容略顯狼狽，卻都全胳膊全腿的，都在收拾東西。

顧馨之登時高興多了。「大家都還好嗎？」

謝慎禮停下腳步。

張嬸誒了聲。「都好，都好，老陳幾個受了點傷，大夫們正在處理呢，其他都好。」她遲疑了下，道：「有幾車吃的撒了，怕是——」

「東西沒關係。」顧馨之打斷她。「人好好的就行。」

「誒。」張嬸看了眼謝慎禮。「夫人好生歇著，萬事有主子呢。」

「嗯。」

謝慎禮朝張嬸點了點頭，再次往前。

顧馨之左右張望，此處是片小樹林，大家成群分散在樹下，忙忙碌碌的收拾東西、生火燒水，看起來頗為祥和。但……

「夫人。」

顧馨之回神。

原來謝慎禮已將她抱到一株大樹下，方才離開馬車的夏至、白露已經在此候著，兩人已經收拾出一塊地兒，鋪上毯子軟枕，此刻正望著她。

謝慎禮上前兩步，半跪下，小心將她放到毯子上。

顧馨之捏了捏他後脖子，低聲道：「謝謝。」

謝慎禮側頭，親了親她髮頂。「想謝我，就好好養著，別操心太多。」

「嗯。」

謝慎禮退開，保持半跪姿勢看著她，溫聲道：「我先去忙，妳在這裡好好歇著，有什麼事，叫青梧派人去找我。」

顧馨之這才發現青梧帶著十來號人站在數米外，中間是蹲在小火爐前熬藥的劉大夫。注意到她的視線，劉大夫抬頭，朝她點點頭。

顧馨之朝他笑笑，轉回來，朝謝慎禮道：「好，我在這裡等你。」頓了頓，她小聲道：「若是有傷亡，不許瞞我。」至今沒看到蒼梧、高赫等人，她不敢多想，卻也知道以方才敵寇的數量，他們的人想要絲毫無損是不可能的。

謝慎禮不置可否，摸摸她腦袋，起身離開。

夏至兩人連忙上前，一個往她身後塞軟枕，一個給她遞上溫茶。

顧馨之收回視線，道：「我們帶了許多藥，妳們問問荊大夫他們，需要什麼，趕緊去翻出來，給他們送去。」藥物貴重，若是沒有她身邊丫鬟點頭，別的人也不敢亂動。謝慎禮剛到，也不知道她帶了什麼藥……蒼梧倒是知道，就怕他也……

夏至猶豫。「夫人這裡離不得人……」

顧馨之擺手。「我這裡不需要伺候，我就坐在這裡不挪窩，高赫、蒼梧那邊才緊要。」

白露、夏至對視一眼，齊齊福身。「是。」

雖然應了，兩人離開前先將小滿、小雪找過來，省得顧馨之想喝口熱的都沒人搭把手。小滿、小雪也不過才十四歲，顧馨之也不忍心讓她們去幹什麼活兒，便沒說什麼。

另一邊——

謝慎禮離開小樹林，來到方才搏殺的地方，高赫、蒼梧連忙奔過來。

謝慎禮掃了眼蒼梧綁著繃帶的胳膊。「傷勢如何？」

蒼梧躬身。「勞主子掛念，奴才沒什麼大礙，已經上過藥了。不過，老常他們……」

謝慎禮神色沈鬱。「照慣例，好生收殮，骨灰送回去厚葬，家裡該照顧的好好照顧。」

「是。」

謝慎禮又問高赫。「查出什麼了？」

高赫拱了拱手，稟道：「刀劍是軍中制式，刻樣標記都沒有，是有備而來的。但人應當確實是賊匪沒錯，口音很重，也沒有從軍過的跡象，對我等身分也半點不知，審不出什麼有用的東西。」

謝慎禮沈下臉。

軍中制式刀劍，賊匪……他到的時候，過半人都在圍攻顧馨之所在的馬車，駕著貨物、米糧藥物的車卻無人問津。

他從不信偶然。

若非他接了顧馨之出發的信件，放心不下前來相接，今日是何狀況，簡直不用多想。

「繼續審，我要知道究竟有誰插了一腳。」他渾身殺意外溢，語氣森冷如修羅現世。「吐不出一字半句者，格殺勿論。」

高赫凜然。「是。」

顧馨之喝了藥，躺靠在軟枕上，竟不知不覺睡了過去。

細細碎碎的說話聲飄過來時，她還以為自己仍在京城府裡。直到小雪輕輕推醒她，顧馨之睜開眼，迷迷糊糊看她。

小雪小聲道：「夫人，醒醒。」

顧馨之眨了眨眼，越過她，看到遠處忙忙碌碌燒火做飯的僕從們，神志慢慢回籠。她手肘撐地，打算起來。

跪坐在另一邊的小滿連忙伸手助力，然後往她身後塞了兩個軟枕，確認她坐穩了，才撒開手。

顧馨之揉了揉眼睛。「我睡了多久？」

小雪道：「半個時辰了。劉大夫說，您該吃點東西，不能餓著。」

竟然睡了一個小時了？越過樹枝望向當午正烈的太陽，顧馨之不可思議。「我怎麼這麼累？」她竟然在這等席地幕天的環境裡睡著了？

好在她這塊毯子是鋪在一棵大樹旁，借著樹幹，稍微遮擋了，不至於被人看了去——當然，有青梧他們在四周巡視，估計也沒人敢看過來。

小雪兩人正擺著小桌、餐具，聞言笑道：「劉大夫說是正常的，您方才喝的藥安神，喝了睡一會兒比較好。」

「怪不得。」她就說，此情此景，她怎麼可能睡得著。

顧馨之看看左右，問：「先生呢？」

小雪答道：「主子去忙，還不曾回來。」

顧馨之看見小滿盛粥，皺了皺眉，問：「大夥兒中午吃的什麼？先生的呢？」大家剛才拚了命，可不能給人喝粥。

小雪忙道：「夫人放心，午膳張嬸跟夏至姊姊她們商量著做的，烙了餅，煮了豆漿。」

顧馨之想了想。「我們在宣縣不是採買了許多雞蛋嗎？讓他們煮了，每人分一個，若是不夠，就緊著護衛們……這事妳去盯著。」

小雪愣了下，應了聲是，連忙起身去找夏至。

顧馨之轉向小滿。「馬車拉回來了嗎？」

小滿將粥擺在她面前小桌上。「拉回來了，停在後邊呢。」

顧馨之扭頭，果真看到那輛熟悉的馬車，車外壁的血漬都被擦乾淨了。

她暗嘆了口氣，打起精神，道：「扶我去車裡，我換身衣服。」

睡一覺起來，方覺自己身上酸臭難擋，這讓她如何吃得下？

小滿囁嚅。「可是，劉大夫吩咐了，您不能下地走動的。」

顧馨之摸了摸已經無甚痛感的腹部，估量了下距離，道：「走到馬車，應當不礙事……不，妳還是去問問吧。」

「誒。」小滿放下東西，正要離開，看看左右，又道：「還是等小雪回來再說吧。」一個個都怕她獨自一人嗎？「行吧，那妳先把粥收起來——」

「為何要收起來？」謝慎禮大步走過來。

顧馨之欣喜抬頭。「你回來啦。」

「嗯。」謝慎禮掃了眼小桌上的白粥小菜，單膝跪下，皺眉打量她。「不合胃口嗎？是不是太寡淡了？讓人給妳——」

「不是，我沒什麼胃口，這個就可以了。」顧馨之想了想，直接張開手。「抱。」

顧馨之戳了戳謝慎禮怔住的臉。「我身上又髒又臭的，我想回車裡換身衣服。劉大夫不是說我今天最好都不要下地嗎？你抱我過去。」

顧馨之不等他回答，挪了挪屁股，便要撲進他懷裡——

寬厚大掌按住她肩膀。「我身上髒，等會兒。」說著，謝慎禮起身，大步走開。

顧馨之眨眨眼，看著他越過青梧等人，走到拴馬的地方，從馬上翻了塊披風，然後回到她面前，展開，一裹，將她抱起來。

顧馨之甚至沒法用手攬住這傢伙。

「至於嗎？你方才不是抱過了。再說，我身上更髒呢。」嘔吐物的酸腐味，直衝腦殼那種。

謝慎禮不為所動，隨口「嗯」了聲。

顧馨之翻了個白眼。

幾步路工夫，說兩句話的時間，她就被塞進車裡。進車之前，小滿還想來幫忙，被她打發去給謝慎禮取食物。

指揮謝慎禮從暗櫃裡取出乾淨衣衫，仗著有他在，顧馨之絲毫不擔心馬車的安全性，飛快換下髒衣。

等她換好，謝慎禮再次用披風把她抱回大樹下，顧馨之也懶得說他了。

磨蹭了這麼一會兒，粥已經放得溫涼了，謝慎禮欲要給她換一碗，被她攔住。

「這樣正適口。」她道：「糧食又不是大風吹來的，不能這般浪費。」一路過來，她看到太多窮苦，一飯一粥，皆當珍惜。

謝慎禮端起粥碗，一飲而盡，然後道：「我去盛碗熱的。」

至於嗎？

陶鍋就煨在旁邊小火爐上，已經滅了火，但柴炭還帶著餘溫，粥也熱著。謝慎禮重新裝了一碗熱粥，放到她面前。「吃吧。」

顧馨之道：「等你一起吃。」

謝慎禮摸摸她腦袋。「我剛喝了碗粥墊底，不餓，妳先吃……不差這點時間。」

顧馨之一想也是，遂捏起小勺開始吃。她無甚胃口，吃得就有點慢。

謝慎禮看得眉峰直皺，捏起筷子，給她挾了點酸爽可口的小菜。「怎麼瞧著妳彷彿還瘦了？」

「啊？沒有。」顧馨之拍拍有些顯懷的肚子。「還胖了呢。」

「其他地方瘦了。」

顧馨之搖頭。「沒有沒有——嘿，小滿回來了。」

小滿剛把食物放下，就被顧馨之攆去用膳。

顧馨之拍拍身邊毯子，對謝慎禮說：「來，一起吃。」

謝慎禮搖了搖頭，挨著毯子就地而坐，伸長胳膊，取了塊烙餅就逕自開吃。

顧馨之忍不住打量他，一身黑衣沾塵帶土，看起來灰撲撲的，確實是不太乾淨。但，不就是塵土嗎？剛見面那會兒也抱了啊……

謝慎禮察覺她停下動作，掀眸望過來。

怎麼了？他面上神色彷彿在問。

顧馨之頓了頓，擺手。「沒事。」人是鐵飯是鋼，吃飽再談別的。

兩人相對而坐，在樹蔭細碎金光下，慢慢用著午膳。

第六十五章

護衛們陸續回來，在後廚僕從那邊領了午膳，三三兩兩散落坐下。

顧馨之喝了一碗粥就夠了，奈何謝慎禮覺得她吃得太少，又給她盛了半碗，她只得挑著米粒，邊看護衛那邊。

熟面孔一撥一撥的回來，她邊看邊點著人頭。後來人多了，坐得又無章法，她就點不過來，登時有些急了，伸長了脖子去看。

溫熱掌心托住她臉頰，將她轉回來。

「好好吃飯。」謝慎禮的聲音帶著無奈。

顧馨之眼睛猶自往那邊看。「我還在點人頭呢——」

「蒼梧他們會點，不需要妳。」

「蒼梧沒事？」顧馨之立馬扭回來，圓睜的杏眸裡盛著驚喜。「我以為……」

「受了點傷，不影響幹活。」

這慣老闆。顧馨之喝了兩口粥，裝作若無其事的問：「走了幾個兄弟？」

謝慎禮顧左右而言他。「還有個雞蛋，妳若是喝不下粥，吃個雞蛋也成。」

顧馨之放下小勺，認真看他。「我是當家主母，這些護衛犧牲了，必要送回去厚葬，帳冊銀庫都在我手裡，你打算怎麼繞過我？」

謝慎禮垂眸不語。

「我知道你擔心我受不住……」顧馨之自嘲般笑笑。「他們不是你，我受得住。」這一句，不亞於情話。謝慎禮當場怔住，定定的看著她。

顧馨之扯了扯他袖子，求道：「說吧。」

許是那句話讓謝慎禮放了心，他猶豫片刻，終是吐露了一個數字。

顧馨之的眼淚瞬間就下來了。

謝慎禮皺眉。「我說出來不是為了讓妳難過的。」

顧馨之邊擦眼淚邊罵他。「人都死了我不能哭一哭嗎？」

好一會兒，顧馨之才緩過來，然後問：「我們遇到的，是真的山匪，還是……」驚慌過後，細想起來，方才真是疑慮重重。

「這些我會處理。」

「所以，你知道怎麼回事？」

謝慎禮深感夫人太過聰明，也不是什麼好事。

紅著眼眶的顧馨之威脅他。「你不說，我就讓人抬我過去問高赫。」想想又覺得高赫應該不會聽她的，遂改口道：「我自己親自去審那些山匪！」

謝慎禮不肯開口，甚至還將雞蛋剝殼，準備往她嘴裡塞。

顧馨之推開他的雞蛋，扭頭就喊：「青梧，去蒼梧那邊抓幾名山匪過來，我要親自審一審！」

不遠處的青梧大驚，急忙看向謝慎禮。謝慎禮朝他擺擺手，他當即轉回去，當沒聽見，甚至還往外退了數步。

顧馨之咬牙，撐地欲起身。「我自己去——」

謝慎禮快手將她按住，沈著臉。「別鬧。」

顧馨之一拍地毯，怒道：「他們為了保護我們犧牲，我想知道原因，想給他們報仇讓他們安息，有什麼問題？」

謝慎禮頭疼。「妳一個婦道人家，談何報仇？」

「若是山匪，我就砸錢砸官，讓人把深州山匪全滅了。若是有人暗處搞鬼，我會想辦法弄得他家雞犬不寧！我若是普通人便罷了，我現在披著三品將軍夫人誥命，還是堂堂知府夫人，若是不能替那些為我家犧牲的人辦事報仇，我要這誥命有何用，你當這破官有何用？」

顧馨之捶地。「你說是不說?!」

「是我的問題。」謝慎禮暗嘆了口氣，專注的看著她。「是我招來的禍事。」

無須顧馨之再問，他三言兩語坦露事由。

這些人確實是山匪，但前些日子，有人聯繫上他們，給他們送錢、送馬，還讓人指導他們拳腳騎術……然後就在今日，讓他們設伏，擊殺車隊主人。

這背後送錢出力的人，有因為貪腐下馬的原戶部尚書、捲入科舉舞弊案的前禮部侍郎、官商勾結販賣私鹽的前任都指揮使……更有甚者，還有鄒家、謝家。鄒家是鄒氏娘家，而謝家……

顧馨之悚然。「他們瘋了？」旁人是因為政治鬥爭，鄒家、謝家跟他們是連親帶故啊。

「過年前，我經旁人手，將鄒家拉了下來。」省得那鄒氏整日蹦躂。

「至於謝家……過年時，妳不是也看到了嗎？一箱子的罪證，足夠謝家各支去掉一半兒郎。」

顧馨之張大嘴。「可、可是，你不是為了分宗，把東西都給他們了嗎？」

謝慎禮淡然。「抄本而已，他們要幾份都行。」

好陰險啊。不是——

顧馨之不敢置信。「我離京的時候，謝家也沒什麼動靜啊，他們怎麼記恨上我們的？」

謝慎禮摸摸她腦袋。「我年前就開始佈置，這會兒，應當已經抓了好幾個，官衙應當是暫未透出風聲……謝家敢跟這些人家合作，也是我沒想到的。若非他們透露妳護衛情況、出行路線，妳何至於遭伏。」說著，他語氣森冷。「竟然還聯合鄭家，引開二皇子。」

這麼說，阿煜原來要與她同行前往鋮州，也是謝慎禮提前安排的？顧馨之皺眉。「阿煜的行程是皇上安排的，誰能左右？」因為柳老爺子的意外，她還比預定行程晚了好些天呢。

謝慎禮提醒她。「宣平侯夫人在妳出發前一天吃酒不適，上吐下瀉，皇后擔心，特讓幼子前往照看。」

顧馨之懂了。「這不是意外？」

謝慎禮點頭，淡淡道：「那場宴席應當沒問題，有問題的，是同時赴宴的人——有位大人的夫人，與鄒氏是堂親。」

顧馨之怔怔。就為了引開阿煜？也是，若有皇子同行，諒他們有一百個膽子，都不敢下手。

謝慎禮神色狠戾。「是我太過手軟了，早知如此，我當初便該斬草除根。」

許是因為顧馨之遭伏之事讓他太過震怒，此刻他竟忘了遮掩一二。

顧馨之被他這副從未見過的狠戾模樣嚇到了，愣了片刻，才道：「就算這樣，也該是找你吧？為何埋伏我？」

「他們在我這裡討不了好。」

「也是。」曾經讓敵國聞風喪膽的將軍，豈是這些跳梁小丑能伏擊得了的？「柿子挑軟的吃唄。」顧馨之嘟囔道。

謝慎禮定定的看著她，道：「打蛇打七寸，他們選得也沒錯。」

她，是他的七寸。

顧馨之愣住。謝慎禮是什麼性子？這句話，於他而言，不亞於表白情話了。

謝慎禮也看著她。「怕嗎？」

顧馨之腦子轉過來，傻乎乎問了句。「怕什麼？」

謝慎禮語氣平靜。「我起點太高，日後也絕不會止步鉞州，我這樣的人，孤家寡人才是最好的選擇。妳跟著我，這種事，怕是不會少……妳怕不怕？」

顧馨之神智慢慢回籠。她想了想，道：「我要是說不怕，肯定是騙你的。」

謝慎禮微微垂眸，一身黑衣襯得他冷峻的眉眼分外凜冽。

「但是，要我為這種不確定的事情跟你分開呢，我又覺得很虧。」

謝慎禮再次抬眸。

「想來想去，我覺得跟著你，應該才是最安全的。」顧馨之戳了戳男人偏冷白的臉頰。「煩勞先生往後去哪裡，都不要忘記帶上我。」語畢拍拍肚皮。「還有這個。」

顧馨之想到什麼，遲疑道：「可能不止一個？」說完看看他。「沒問題吧？」

渾身凜冽彷彿被輕柔拂去，謝慎禮抬手，輕撫她彎起的細眉，低問。「倘若我再次上戰場呢？」

顧馨之問：「我不能隨軍當軍嫂嗎？」

謝慎禮看著她。「邊地苦寒……」

顧馨之打斷他。「我有錢，能蓋暖房，能吃飽飯。凍著誰都凍不了我，你想什麼呢？」

生平第一次，謝慎禮覺得有錢真是件不錯的事情。

顧馨之轉回話題。「既然你都審出來了，那些山匪如何處置？要交給當地官府嗎？」

謝慎禮摸摸她臉頰。「這些事我會處理，妳好好歇息，養好身體。」

顧馨之點頭。「行吧，這些我確實不懂。」

「那，再吃一個雞蛋？」

顧馨之這才發現，這傢伙左手還一直捏著那枚剝了殼的雞蛋。「不吃。」

謝慎禮皺眉。「妳吃得太少，太素了。」

「今天是特殊情況。」

「白露說妳這幾天都喝白粥。」謝慎禮一臉不贊同。「劉大夫他們怎會放任妳不吃？」

「你才剛到多久，怎麼什麼事都問？而且，我是暈車沒胃口，又不是我不想吃，你訓我幹麼？」

謝慎禮軟下語氣。「那現在再吃點？」

顧馨之扭頭。「不要。」

兩人正膠著，蒼梧、高赫過來了。謝慎禮幾不可察的皺了皺眉，將雞蛋放在顧馨之的空碗裡。「妳吃，我去忙一會兒。」

顧馨之猜測與那些山匪有關，也不多問。「去吧。」然後朝後頭兩人道：「看到你們好好的，我這心才算放下來。」

高赫拱了拱手。「勞夫人惦記。」

蒼梧笑嘻嘻。「夫人，小的可算不得好呢，還受了傷，有沒有什麼獎勵？」

「肯定有。」顧馨之點頭。「到鎮上先給你們吃一頓好的，到鋮州再給你們發獎金。」

蒼梧眉開眼笑，拱手。「還是夫人大方。」

顧馨之可是翻過謝慎禮的帳的，自然知道謝慎禮對待僕從向來賞罰分明，斷不會少了獎勵，蒼梧這般說，約莫是為了讓她開懷。她承了情，笑了笑。

謝慎禮也沒多說，只朝蒼梧道：「去把夏至、白露找回來。」

「主子放心，過來的路上見著她們了，跟她們提了一嘴了。」

話音剛落，就見夏至、白露提著裙子小跑回來。

謝慎禮神色稍緩，道：「夫人身邊不得離人。」

夏至、白露福身。「是。」

謝慎禮起身，叮囑顧馨之道：「要是吃不下，晚點再讓他們給妳做點吃的。」

顧馨之咕噥。老謝什麼時候變成這樣了？簡直比她娘還婆媽。

謝慎禮離開了，顧馨之便招呼夏至、白露坐下，確認她倆都吃過了，就讓人去把出行的管事都喊過來。

今天出了這麼大的事情，膳食是小事，許多人都受了傷，要用的藥、要怎麼安置照顧，都要趕緊安排。還有許多僕從也受傷了，那他們手裡的工作應當由誰接手？被砍傷的馬、驢無法載重拉車，又該如何安排……林林總總，不一而論。

安排完這些雜事，就該說到犧牲的護衛僕從們的後事了。雖然大部分人被高赫及蒼梧分批攔住，也還是有些山匪追上他們裝載食物、藥材的車，殺傷了部分人。

提起這個話題，在場的管事們臉上都顯出幾分悲痛。

張嬸抹了把眼淚，輕聲道：「老張說，這些不需要咱們操心。」不等顧馨之問，她接著道：「主子吩咐了，高護衛跟蒼梧小哥他們會統一將……燒了，帶著骨灰回去安葬。」

顧馨之默然。如今已是四月天，且不說春雨常來，光是這溫度，便沒法讓這些人安穩運回京城。燒了帶回去……確實是最好的法子。但，這時代的人信奉土葬，燒毀屍身，那是極為不妥的做法。

她強笑了下，道：「也是沒辦法的事情，回去讓人好好跟他們家人解釋。」

張嬸低低應了聲是。

「回去查一下他們家裡的情況，不管是沒有營生收入的，還是有老弱病殘的，都整理了報給我，府裡一起安排。」

「是。」

氣氛一時有些低迷。

「還有一事。」顧馨之遲疑了片刻，終於還是說出口。「待會兒去找高赫或蒼梧問問，那些山匪賊寇有多少人。」

管著車馬貨物的老田不解。「夫人是想……」

顧馨之嘆了口氣。「雖說我等與山匪不共戴天，但我們是良民，不是山匪，不管他們的小命能不能留下，都得交由官府處置。」
眾人默然。
「在交給官府之前，我們總不能讓人餓死了。」
張嬸登時急了。「還得養著他們？」
「養是一定要養。」顧馨之語氣冷淡。「只要餓不死就行。」
張嬸不解。「啊？」
「一天一頓──不，兩天一頓吧，稀粥摻點牲畜吃的麥麩，死不了就行。」雖說入春，一路都有新鮮野草餵馬。但馬要肥壯，還是需要摻一些精飼，比如豆類，比如麥麩。豆類還能打豆漿呢，怎能便宜這幫渣滓？
顧馨之交代。「張嬸去找高赫問問人數，再確認一下到深州城需要多少天。」
張嬸咬牙。「好。」
處理好各項雜事，已是下午。估摸著今天暫時沒法離開，顧馨之也沒讓人收拾東西，安排了雜事，便將大夥兒打發去忙。
恰好劉大夫給她送藥過來，她喝了之後，很快又睡了過去。
直到耳邊傳來低低的說話聲。
顧馨之迷迷糊糊睜開眼，看到白露站在樹幹那邊，擋住了來者身影，遂開口問道：「誰過來了，有什麼事？」

聽見聲音，白露立馬停下說話，轉回來，勉強笑道：「小事，張嬸就是拿不準而已，奴婢已經——」

顧馨之抓著夏至胳膊，借力坐起來，困倦道：「讓她過來說。」張嬸做事還算牢靠，她若拿不定注意，必是有問題。

白露遲疑。

張嬸直接繞過樹幹，從她身邊擦過，走到毯子跟前。

這麼會兒工夫，已讓顧馨之清醒不少，她看向張嬸，正要說話，卻發現對方面白如紙、抖如篩糠。

她嚇了一跳，忙問道：「怎麼了？發生什麼事？」

張嬸壓著聲音，彷彿怕被誰聽了去似的。「夫、夫人，那、那……」那了半天，卻說不順暢。

白露著急著慌過來拽她。「別說了，嚇著夫人怎麼辦？」

顧馨之瞪她一眼，安撫張嬸。「別著急，慢慢說，萬事有我和先生呢。」

話音剛落，張嬸肉眼可見的抖了一下。

沒聽到話的夏至也疑惑的看著她們。

白露卻快要哭了。「夫人您現在還躺著呢，別問了。」

張嬸愣了下，終於想起自家夫人這會兒還喝著藥安胎呢，登時出了一身冷汗，當下就給自己一巴掌，扭頭就要走。「這事、這事算了，奴婢——」

「回來。」顧馨之冷下臉喝道。

打她嫁入謝家門，連謝慎禮都對她言聽計從，她做事又是賞罰分明，幾個月工夫，早就在府裡立下威信。聽得她一聲呵斥，張嬸立馬停住，哆哆嗦嗦轉回來。

「說。」

「那、那幫山匪……」張嬸終歸是忍不住，語帶哭音。「全、全死了，一個、一個都沒留下。」

顧馨之怔住。

白露急忙跪坐下來，緊張兮兮的扶著她。

顧馨之回神，揮開她的手，盯著張嬸。「怎麼回事？說清楚。」

「奴婢、奴婢方才去找高護衛，沒找著，就找上邱護衛。」

高赫是府裡的府兵統領，邱護衛是他手下一個小隊長，找他也不算合適，但起碼能傳個話。

「聽說奴婢要準備米糧給那些山匪，邱護衛說不用準備。他、他說，這樣的渣滓，留、留著做什麼？有一個算一個，全、全殺了，高護衛正帶著人去扔、扔屍呢……」

白露也白了臉，乾巴巴道：「許是、許是邱大哥開玩笑呢。」

張嬸哭道：「奴婢也是這般想，罵他口無遮攔，邱護衛就帶我去今日打鬥之地……」她白著臉渾身發抖。「好多血，好多死人……堆、堆成了山……還有幾具甚至被削了皮肉看到骨頭……」

今天本就見了血，再聽這話，顧馨之頓覺胸腹間瘋狂翻湧，扭頭哇的一聲，午後喝的藥全吐了出來，吐完仍不停乾嘔。

「夫人！」夏至、白露嚇得魂都飛了，急忙攙住她。

張嬸心裡一顫，當即跪下。「夫人！」

夏至回頭，怒道：「跪什麼跪，還不趕緊去找劉大夫！」

「對對對。」張嬸急忙爬起來，跌跌撞撞的往外跑，同時扯著嗓子大喊：「劉大夫——劉大夫——」

第六十六章

待謝慎禮收到消息匆忙回來，顧馨之已被扎了針睡了過去。

鐵青著臉問清楚事由，他盯著這幾個成事不足敗事有餘的僕從，冷聲道：「明知夫人身體抱恙，還敢刺激她，是為不忠。每人杖責二十，待抵深州城，發賣——」

「你要賣誰？」帶著幾分虛弱的聲音由樹後傳來。

謝慎禮一驚，飛快轉身，看到小雪攙扶著的人，立馬快步過去。

「妳醒了？還有沒有哪兒不舒服？」他單膝跪地，同時伸手，打算擁她入懷。「要不要讓劉大夫再過來看——」

啪地一下，顧馨之拍開他，盯著他。「你要賣了誰？要杖責誰？」

聽令上前，準備將人帶下去的青梧見狀，連忙止步，同時伸手攔住要一同上前的護衛。

被拍的謝慎禮擰眉看著顧馨之。「妳現在身體不——」

「謝慎禮。」顧馨之盯著他。「我入你謝家門，是當你的夫人，還是當你的禁臠？」

禁——謝慎禮眉峰皺得幾能夾死蚊子。「妳在胡說什麼？」

「我堂堂謝家當家主母，我身邊伺候的人，你想換走就換走，想杖責就杖責，想發賣就發賣。」顧馨之冷笑。「怎麼？我不配管家？」

謝慎禮頭疼。「家裡的事不都交給妳——」

顧馨之拍毯子。「那你對我的管事、我的丫鬟放什麼狠話。過年你罰夏至那事，我還沒跟你算帳，你現在又來？好你個謝慎禮，你是不是當我死了？」

謝慎禮臉色微變。「休要胡說八道。」呵斥完立馬軟下語氣。「妳本就身體虛弱，他們不顧場合時間，胡亂說話，如此愚笨，怎能——」

「我就喜歡用笨的！」顧馨之越發激動，戳著他胸口。「笨的怎麼了？非要找個跟你似的，有八百個心眼的嗎？我是找三嫁對象還是找丫鬟僕從？我告訴你，我身邊的人，就算是蠢死，喝水嗆死，吃飯噎死，那也是我的事，也是我來管教，你只有建議權，沒有決定權，聽明白了嗎?!」

顧馨之劈頭蓋臉罵完，才想起周圍都是人，她頓了頓，扭頭朝小雪道：「去跟白露她們說一聲，讓她們好生歇著，誰要是敢罰她們，姑奶奶我直接帶她們和離三嫁。」

氣得連姑奶奶都冒出來了。

小雪看了眼吃癟的主子，遲疑了下，果斷聽令退下，碰到小滿時，順手拽上她，一起退後。

小滿被拉得踉蹌，有些著急，低聲道：「夫人身邊離不了人呢，妳怎麼把我拉走了？」

小雪跟著低聲道：「有主子在啊……再說，夫人正教訓主子呢，妳留在那裡，是怕主子不記仇是吧？」

青梧更是早早帶著護衛退開十數尺，恨不得眼瞎耳聾，看不到這邊情況，此刻聽見她倆說話，忍不住朝小雪豎起拇指。「小姑娘，有眼力見兒啊。」

這邊說著悄悄話，大樹那邊，顧馨之等人都走遠了，狠狠盯著謝慎禮。「我問你，那幾百號山匪，現在何處？」

謝慎禮神色如常，溫聲道：「我會處理，妳無須——」

「你現在是打算跟我打太極？」顧馨之盯著他警告。「我給你一次機會，你老實交代，你把人怎麼了？」

謝慎禮默然。

「謝慎禮！」

「我不想騙妳。」

這句話，與承認無異。

顧馨之即便有心理準備，聽到這話，亦是倒吸了口涼氣。「你瘋了？那有幾百號人——你是不是瘋了?!」

謝慎禮略顯修長的眼眸定定的看著她。「妳——」

顧馨之用力推他，氣瘋了。「你是不是活膩了?是不是?!你要活膩了，自己找塊豆腐撞死去，你在這兒發什麼瘋？」

她數天沒吃多少東西，今日又差點小產，那力道，放在謝慎禮眼裡，就跟鬧著玩似的。

任她使盡渾身力氣，也沒把人推開半步。

謝慎禮眸中凝聚風暴。「妳怕了？」

「怕，誰不怕？那是幾百號人，不是幾百隻螞蟻！你直接把人全弄死了，你、你、你，你就不怕遭天譴——啊呸呸呸，那些人渣死有餘辜，但這些人什麼時候死、怎麼死，不能由你來動手，你懂不懂？

「我知道你上過戰場，見過死人無數，但你現在不是在戰場，也不是大將軍，山匪如何十惡不赦、如何喪盡天良，也輪不到你去殺！你是不是嫌自己命太長，生怕朝廷、官府不放過你？怎麼？今兒刺殺，明天下獄，是你的人生目標嗎？」

「不是。」謝慎禮垂眸，認真盯著她。「妳擔心我？」

顧馨之氣笑了。「你在說什麼廢話？我告訴你謝慎禮，你要是被人弄死了，你就等著我給你燒和離書——」

圈在後腰上的胳膊驟然收緊，顧馨之呼痛。

謝慎禮連忙鬆開，懊惱道：「抱歉——」

顧馨之隔著薄衫，揪住他胳膊一層皮，狠狠一扭。「王八蛋，你是不是想弄死我？」

「不是。」眼看她又要發作，謝慎禮眼疾手快，輕輕捂住她的嘴。「妳且聽我說。」

顧馨之瞪他，臉色蒼白，卻目露凶光。

謝慎禮低聲道：「妳不怕我殺人？」

顧馨之一把推開他的手。「殺人是什麼好玩的事嗎？你好意思問我怕不怕？」

謝慎禮看著她。「我殺過很多人，親手。」

顧馨之打了個寒顫。

謝慎禮神色微冷。「妳是不是怕我——」

「你要死啊？」顧馨之朝他胸口就是一巴掌。「這個時候還嚇我。我告訴你，現在是我問你，你別給我打岔！戰場殺人，跟現在是一回事嗎？再說，戰場還不殺戰俘呢，你擱這兒放什麼屁？

「那幾百號人礙著你什麼了？你殺他們做什麼？你不是自詡聰明嗎？這會兒腦子被吃掉了？怎麼？山匪沒人性，你也要跟著山匪比殘忍嗎？你是不是——」

餘下的話被堵在了嘴裡。

她愣了下，開始掙扎。

謝慎禮將她牢牢錮在懷裡，凶狠得彷彿要將人吞吃入腹。等這廝終於鬆開，顧馨之舌頭都木了。

謝慎禮抵著她額頭，低聲道：「妳的反應總是在我意料之外。」

顧馨之正扶著他喘氣，聞言立馬反唇相譏。「你的反應也在我意料之外啊。」

謝慎禮看著她，輕聲道：「這幫山匪盤踞在深州數年，手裡人命無數，我路過的時候，曾想剿滅，好讓妳路上清靜些，卻不想他們收到風聲，早早躲起來。」

所以，他才讓一批護衛返京，好護送她上路？顧馨之安靜下來。

「我猜到有人會找妳麻煩，卻想不到他們走的這種路子。」謝慎禮將其按進懷裡，不想讓她看見自己臉上的殺意。「私擁軍械、官匪勾結、刺殺朝廷命婦、刺殺朝廷命官，光這些罪名，就夠他們株連三族。」

顧馨之咬牙。「那也不能由你動手！」

謝慎禮盯著虛空，冷聲道：「他們敢對我夫人、孩兒下手，我就讓他們知道，這條路有去無回，我看往後，誰敢給他們賣命。再者，我是鋮州知府，我若要將此事掩過去，輕而易舉，妳擔心的問題，不會發生。」

顧馨之推他。「你還有理了？」她面上雖凶，心裡卻著實鬆了口氣。

她早就跟張嬸他們說了，這幫山匪，即便抓去深州官府，定然也是下獄殺頭……只是沒想到，會由她這位鋮州知府的相公動手。

謝慎禮按住她手，不讓她亂動，然後輕聲低語。「我生來寡情少義、睚眥必報，萬事利為先，無利不早起。旁人只覺得我斯文端方，實則是冷漠自私，書生形象能讓我順利拿下旁人信任，我既然要裝，便絕不可能讓人看出幾分。但行事作風，總歸是有幾分……殺性。」

他自嘲般勾了勾唇角。「我這種人，若非母親、先生管束，斷然不會走到今日，說不定在何處落草為寇、燒殺搶掠——」

「不會。」顧馨之打斷他。「你不會的。」

謝慎禮垂眸看她。「我本不想讓妳看到我這一面——」
顧馨之揪住他臉頰，狠狠往外扯。「我說你不會！你把我的話當耳邊風了是嗎？」
謝慎禮沈默不語，她恨恨放下手。「我是來質問你的，不要在這種時候博取同情。」
「我只是想告訴妳，這種時候，殺，才是我的行事風格。」謝慎禮神色有些晦暗的盯著她。
「妳怕不怕？」
「怕的話，你待如何？」
謝慎禮面容冷肅。「我不會同意和離的。」
「你腦子壞了吧？我什麼時候說要和離？」
謝慎禮提醒她。「方才。」
「那是吵架！」
「說明妳已有此心。」
顧馨之氣笑。「你不要隨便作我的主，這事就不會發生。」
「妳是我夫人，有些事自當由我為妳作主。」
顧馨之惱羞成怒。「你沒完了是吧？現在是不是嫌我煩，想給我一紙和離書？」
謝慎禮冷下臉。「不可能。」
顧馨之怒瞪。「那你扯這些有的沒的幹麼？」
「我以為妳會懼怕我。」謝慎禮回憶了下。「曾經，那位薛家姑娘，便是如此。」

薛家姑娘？顧馨之半晌才想起，是謝慎禮那位病逝的夫人。提起這人，她心裡本該有些不得勁，但謝慎禮沒有稱她為夫人，讓她心裡又舒坦非常，甚至，還想八卦。

「她怕你？」她想到什麼，忍不住好奇。「難不成你打她了？」

謝慎禮扯了扯嘴角。「我雖不滿親事，但這是我娘的遺願，我自會敬她三分。」

「那她……」

謝慎禮神色冷淡。「謝家安排了一堆偷雞摸狗、吃裡扒外的下人塞進我院子裡，彼時我忙於朝政，薛家姑娘又病弱，無法管家。我懶得與這些人虛與委蛇……」他遲疑了下。

顧馨之想到他方才的話，猶猶豫豫猜測。「你……把人……」

謝慎禮看著她。「沒錯，我將一院子的人全部杖斃了。」

聽起來，似乎確實像他會做的事。顧馨之嚥了口口水。「那薛家姑娘……」

謝慎禮淡淡道：「然後，她便避我若鬼神，見我一次，便會惡夢數天，病上一場，直至去世。」謝慎禮看她。「怕嗎？」

顧馨之直接給他一巴掌——拍腦門上。「知道我怕，以後就少造殺孽！」

「妳不覺得我寡情少義——」

「不覺得。」顧馨之白他一眼。「我又不瞎，我有眼睛看。」

顧馨之扳著手指開始列舉。「寡情少義之人不會為了救災治荒斬殺朝廷貪官，冒著被彈劾的危險搶奪富商糧倉分給百姓；不會因為有學子撞死在京兆尹府前，便向皇上請來旨意，徹查科舉舞弊案，得罪當時的太傅；也不會因為南下時發現人民窮苦至極，親自涉險調查，牽連出私鹽大案……」

謝慎禮不以為然。「為了官途罷了。」

「以你的能力，又有戰功，爬上去只是早晚的問題，何必鋌而走險，得罪這麼多的權貴宗族？」

謝慎禮默然片刻，道：「這樣比較快。」

顧馨之白他一眼。「不提官途，我們只看日常。先生、師娘對你有教導、養育之恩，這麼些年，你對他們，比親生兒子還孝順，三節兩壽從無怠慢，有事亦是第一時間幫忙。甚至連書院裡的學生，你也會跟著照顧幾分，操勞前程學業……這叫寡情少義嗎？

「你從軍數年，即便回朝，也不忘軍中弟兄，招進府裡當府衛，或是廣開商鋪貨行，讓這些兵丁行商走貨，賺錢養家。你甚至連邊地孤兒也撿回來，雖是為奴為婢，卻能讓他們吃飽穿暖……這叫寡情少義嗎？

「你不過受了我父親幾分照料，卻在我父親走後，對我一家照料有加，甚至為我鋪好後路……雖然方法笨拙又令人無語，但，也算不上寡情少義吧？

「以你的能力，遷升回京的方法千千萬，你卻挑了鋮州這等窮苦之地，年前開始日日查閱資料，自掏腰包採買高產的糧種、馬鈴薯帶過去，只為改善鋮州百姓的窮苦境況。或許有三分是為了做出成績，但那七分的愛民、盡責之心，便能捨棄了嗎？」

顧馨之一口氣列完，抬頭看他，認真道：「倘若這也算是寡情少義之人，那這天下，也沒有幾個重情重義的了。」

謝慎禮定定的看著她，眸中情緒翻湧，最後，只將她珍而重之地擁入懷中，低聲道：「得妻如妳，此生無憾。」

顧馨之下巴一抬。「那當然，你能娶到我，三輩子修來的福分！」

謝慎禮眼盛暖意。「嗯。」

昭明九年初夏，鋮州知府謝大人之妻前往鋮州，路遇山匪，死傷二十有七，清剿了這群盤踞深州多年的龐然大物。

謝大人接獲消息，勃然大怒，協同深州知府徹查深州、鋮州各處山匪賊寇，不想，卻牽連甚廣，挖出私造軍械、私屯兵丁、官匪勾結掠財、謀命等諸多案件，震驚朝野。

京城風聲鶴唳，遠在鋮州的知府夫人卻在認真安胎。

那場山匪之亂，讓顧馨之結結實實躺了一個月，直到大夫說沒問題了，才敢下地。亦不敢多做什麼傷神之事，只在家裡遛達著撿些輕省活兒做做。然後發現，謝慎禮出門的時候帶的那一車隊行李，竟有些還沒拆封。

顧馨之無語了。

不過想到謝慎禮來到這裡要忙的事情太多，連青梧幾個都跑瘦了，就不再多叨叨了。

顧馨之讓人將東西整理出來，能用的收進庫房，能吃的乾貨挑一些送到廚房，還叮囑夏至她們記住，最近緊著這些吃食，省得天熱了放不住。

翻的時候，還找到一小包銀耳，謝慎禮這人壓根兒不愛甜點，也不知道怎麼把銀耳塞進去的。

顧馨之很高興，當即讓人去做銀耳羹，還特地囑咐糖少放一些。

因她胎象不穩，謝慎禮這段時間都沒去府衙，將所有公務都挪到家裡——反正全州府就他最大，他要在家裡辦公，誰也不敢有意見。

故而，甜羹做好，放得溫涼後，顧馨之便著人送了些去前邊，還特地找人去問了人數，以確保足量。

沒多會兒，身著常服的謝慎禮回來了。

顧馨之詫異。「今兒不忙？」

謝慎禮沒答，摸摸她的手，又摸她後頸，確認暖和的，才問：「怎麼突然操心這些？」

這段時間她總是畏寒，謝慎禮每天見著她都要這樣來一遍才放心。

顧馨之無奈。「大夫不是說了嗎，我已經沒事了，日常走動都不礙事，何況只是動動嘴皮子的事。」她反過來問他。「銀耳羹喝了嗎？我特地讓人給你調的少糖，味道還行嗎？」

「嗯。」謝慎禮把她拉到桌邊，扶著她落坐，皺眉道：「大夫是讓妳多走動，不是讓妳勞心。」

「我沒那麼嬌貴。」見他仍然滿臉不贊同，顧馨之拽拽他衣角，撒嬌道：「別皺眉了，我肯定會注意的，這可是我們的寶寶，要是出問題，我要哭死的。」

這話在理。謝慎禮神色稍緩，仍是擔心。「有事儘量安排給下面的人，別累著了。」

這是過關了。「好。」顧馨之彎起眉眼，拉他坐下。「你現在要是不忙，跟我說說這裡的情況。」

小滿送上茶水，安靜的退到一邊。

「無妨，今日休沐……想知道哪些？布坊相關？」

顧馨之放心，然後下巴一抬。「我現在是知府夫人，自然是關心民生百業，怎麼會盯著區區布坊呢？我又不是鑽錢眼裡去了。」

謝慎禮莞爾，調侃了句。「夫人當初可不是這般作態啊。」

顧馨之推他。「不許笑話我，當初跟現在是一樣情況嗎？」當初她手裡沒幾個錢，還要養一大家子，當然得錙銖必較。

謝慎禮低笑了聲，在她發作前，握住她的手，溫聲道：「妳雖是知府夫人沒錯，但我並不需要妳為我做什麼。我娶妳是想要照顧妳、想要與妳在一起，不是來讓妳給我立什麼官夫人名聲的。」

顧馨之嘴唇都彎起來了，還是忍不住吐槽。「我在天子腳下都沒什麼名聲呢，來到這裡我還管這個？」

謝慎禮眸色溫軟。「那妳為何問這個？」

顧馨之理所當然。「找找賺錢路子啊。我們在這裡就待幾年，要按京裡那一套，等你調任了，我還得轉手出去或找人打理，想想就麻煩。所以，我想聽聽這邊什麼情況，看看有什麼路子。」

「我對這些並不是太了解。」

顧馨之無語。「你不是知府嗎？你來之前看了這麼多的地方誌，又在這裡待了幾個月，這邊的農作物、飲食或風俗，總是知道點吧？」

謝慎禮恍然。「妳是問這些啊。」

「不然你以為我問你什麼？雖然你文武雙全，但你對經濟事一無所知！你能搞下這麼大的家業，完全是靠許叔。」

看他臉色不太好，顧馨之警覺。「你不會生氣吧？」

謝慎禮無奈，好脾氣道：「妳說的是實話。」

「先生最好了。」顧馨之嘿嘿笑，抱住他胳膊，然後催他。「那先生跟我說說唄，不拘什麼，都說說。」

謝慎禮略想了想，慢慢介紹起鋮州這座西南州府。

顧馨之以手托腮，眼巴巴聽著，偶爾提出問題，讓他答疑。

謝慎禮是知無不答，答無不盡。

屋外微風和暢，陽光暖人，屋裡安適怡然，歲月靜好。

在謝慎禮的縱容下，顧馨之胎象穩定後，便開始折騰各種事業。

她以知府夫人身分牽頭，讓當地鄉紳做主力，她投資，在州府邊沿買地蓋廠，廣招附近婦人、姑娘進廠務工掙錢。大到裁剪織布、小到薯粉、調料，各種名目、各種行業，包羅萬象，著實讓城裡內外、十里八鄉的百姓腰包都富了起來。

謝慎禮亦不遑多讓，廣開路、勤修橋，鼓勵農桑、鋪設水利、減輕賦稅、招攬商賈……加上帶來的馬鈴薯、良種，不過一年工夫，鋮州百姓糧足民安，萬人稱頌。

昭明十二年，鋮州知府謝慎禮擢升西路都運轉使，掌經西路財賦，監察西路各州官吏。

昭明十五年，晉吏部侍郎。

昭明十七年，官復原位，再次出任太傅，至此，他的官位再無變化。

後世史書，謝慎禮，字謹中，官至太傅，接連輔佐兩任帝皇，平叛清腐、減稅改賦，倉粟足、寺積金，天下物殷俗阜、河清海晏。

在其逝世後，其長子以三十有八之齡，出任太傅之職，延續其處事風格，輔助帝皇，創下昭泰盛世之況。

一門雙太傅，父子皆專情，廣為流傳。

在史書未落墨處，謝家宗族庫房，卻有謝家始祖謝慎禮及其夫人的許多記載，甚至，輕煙冉冉的宗祠裡，便掛著謝家始祖夫婦的畫像。

其中，謝夫人的畫像是由謝慎禮親手所繪，畫中婦人頭頂慵懶墮馬髻，髻上一釵，身披滾邊鶴氅，側首回眸，巧笑嫣然，憨然甜美，躍然紙上。

番外

「夫人，夫人。」已成了大姑娘的甜杏匆匆進屋。

這幾年，顧馨之身邊的小滿、小雪都陸續嫁了出去，甜杏是剛培養起來的貼身丫鬟。

忙裡偷閒在看書的顧馨之頭也不抬。「什麼事啊？著急著慌的。」

甜杏神色有些古怪。「青梧請您去前邊書房一趟。」

顧馨之頓了頓，從書本中抬起頭，不解。「先生回來了？」她看看外邊天色，還沒到老謝下班的點啊。「這麼早，是有什麼事嗎？」

謝慎禮歷經三載鉞州知府、三載西路都運轉使，於今年初升遷吏部左侍郎。他們一家子也就搬回京城府邸。

甜杏搖頭。「不是，是煊哥兒。」

顧馨之頓時頭疼，放下書站起來。「他怎麼跑去前邊玩了？長風、長空呢？」

這幾年，她誕下了一子一女。女兒剛三歲，這會兒被帶到花園裡蹦躂。兒子虛齡六歲，由謝慎禮親自帶著開蒙，還給配了兩名十二、三歲的小書僮，分別叫長風、長空。

甜杏也是無奈。「煊哥兒說要習字，但他最喜歡的小毛筆昨兒漏在前書房，非要去取回來，長風兩人不肯帶他去，他自個兒偷跑過去了……聽說這會兒，正撒潑不肯走呢，長風兩人拗不過他，就來求救了。」

一旁收拾衣物的蜜桃忍不住笑。「夫人親自發的話，若是搞不定煊哥兒，儘管報上來。長風那孩子實誠，肯定是真搞不定了。」

顧馨之擺手。「我這不是要去看看了嘛。」她邊往外走邊問甜杏。「青梧呢？就沒人看著書房嗎？」老謝那書房都不知道塞了多少機密卷宗，要是給小屁孩折騰沒了，就罪過了。

甜杏道：「青梧哥出去辦事了，走的時候鎖了書房。」

顧馨之有不祥預感。「那煊哥兒怎麼進去的？」

甜杏輕咳一聲。「煊哥兒把鎖掰了。」

她就知道！

顧馨之咬牙。「好的不傳壞的傳。」

謝慎禮天生神力，沒承想他兒子也遺傳了。好好一小孩，揮揮手就能把人揮青紫，打小照顧得多費勁。若非他爹還算個人，得空就帶在身邊，哪個照顧得起？

現在長大更不得了，一撒潑，好傢伙，那力道連長風、長空兩個半大小孩壓根兒制不住……要不然，現在也不會來找她求助了。

甜杏可不敢接這話，只跟著快步往前。

一路快走，很快便抵達前院。顧馨之還未踏入，就聽自家兒子的囂張童言。

「為什麼不可以拿？這是我阿爹的。阿娘說過，阿爹的就是我的，我的還是我的。」

甜杏差點笑出聲。

兔崽子！顧馨之吸了口氣，大步跨過院子，直奔書房。

「煊哥兒啊，」不知何時回來的蒼梧在裡頭正苦口婆心。「您是沒聽錯，但那句話，夫人說得，您可說不得啊。這屋裡的東西，您最好都不要亂動啊。」

煊哥兒不明白。「為什麼呀？」

「臭小子！」顧馨之大步跨進屋，左右一掃，直奔那胖乎乎的小孩跟前，揪住他耳朵就開訓。「你不去習字，跑這兒做什麼？最近挨揍少了是吧？」

「哎喲。」背對著門口的煊哥兒疼得踮起腳，試圖讓耳朵上的力道鬆一些。「阿娘，輕點，我正要寫字呢！」

屋裡蒼梧等人連忙上前行禮。

顧馨之擺擺手，嘴裡卻不含糊，手上也繼續用力。「寫字你跑這兒來做什麼？還敢掰斷鎖？膽兒肥了啊，你爹的書房你也敢上手掰鎖？」

煊哥兒哎喲哎喲的慘叫。「我沒有，我就好奇摸一下，誰知道那鎖這麼脆弱，一捏就斷了——哎喲，輕點、輕點！」

顧馨之再次用力。「你什麼力道你不知道嗎？我叮囑你多少次，拿東西要輕拿輕放，你怎麼不聽？還好奇書房的鎖呢，你當你娘是傻子嗎？」

「沒有沒有沒有——蒼梧叔，救命啊——」

蒼梧幾人早就習以為常，笑咪咪在旁邊看著。聽見呼救，蒼梧拱了拱手，道：「煊哥兒啊，奴才無能，救不了您了。」

煊哥兒開始哇哇叫。「臭阿娘，就欺負我！」

顧馨之見他耳朵都紅了，終於心軟撒手，嘴裡繼續跟他吵。「臭阿煊，就知道氣我！」

煊哥兒揉著耳朵，氣呼呼的瞪她。「等我長大了，我也要擰您的耳朵！」

「來啊，我放老謝揍你！」

「等我長大了我就能打贏他！」

「哦，那等你打贏了再說吧。」

煊哥兒語塞，跺腳。「您就欺負我！我要告訴阿爹！」

顧馨之不痛不癢。「去啊，又不是只有你會告狀，我也會，看老謝是幫你還是幫我！」

煊哥兒氣呼呼。「有您這樣當娘的嗎？」

「哎喲，你還知道怎麼當娘呢？」

「我當然知道，我見過啊！賢哥兒的娘就不這樣，說話可溫柔了。」他說的賢哥兒，是柳晏書的小兒子。

顧馨之忍不住逗他。「那我明兒問問賢哥兒的阿娘，讓她把你收過去當兒子？」

煊哥兒登時遲疑了，然後道：「雖然您又凶又煩人，但我是好孩子，我不嫌棄您。」頓了頓，又補了句。「我也不嫌棄阿爹整日冷著臉。」

顧馨之被逗笑了，忍不住蹲下，把小胖墩摁進懷裡，好一頓搓揉。

煊哥兒連連掙扎。「阿娘——男女授受不親——」

顧馨之停下來。「誰教你的？」

煊哥兒連忙整理衣衫，認真道：「阿爹說的，他說我過了年就該七歲了，男女七歲不同席，該避諱就要避諱。」

老氣橫秋的模樣，惹得顧馨之抱住一頓啃。「傻兒子喲！」

煊哥兒肉乎乎的臉漲得通紅，拚命掙扎。「阿娘！」

顧馨之戀戀不捨的鬆開他，順手幫著他整理衣衫髮髻。「好了，不鬧你了，現在來說正事。」

煊哥兒眨眨眼。

顧馨之點著他腦門。「這書房呢，是你爹放重要文件的地方。上鎖，就是告訴別人，這裡不許進。你把鎖弄壞，相當於不理會你爹的警告，擅自進入他的書房……不管你是不是有意，這事呢，我一定會告訴你爹，你自己親自去向他解釋。」

煊哥兒想到自家阿爹的冷臉，縮了縮脖子，忍不住猴到她身上。「阿娘，我真不是故意的，您幫我去跟阿爹說說吧～～」

顧馨之冷酷無情。「不行，男子漢做事敢作敢當。你是不是故意，自己去跟你爹說。」

煊哥兒這才慌了。「我真沒有——」

「那這些是怎麼回事？」顧馨之指著他腳邊翻騰得亂七八糟的箱子，還有旁邊明顯被暴力拆除的小鎖。

煊哥兒心虛。「我就看看……」下一瞬，他挺直腰桿子。「蒼梧叔叔說，這些都是阿娘的東西，不是阿爹的。」所以他能翻。

「我的？」顧馨之詫異，扭頭看向蒼梧。

蒼梧撓了撓頭，含糊不清道：「就前些年的舊物。」

顧馨之更狐疑了。

煊哥兒猶自叨叨。「上回我過來，阿爹就說是阿娘的舊物，所以我今天才過來翻的。」

顧馨之哦一聲。「有人暴露了！」她伸手搓他腦袋。「臭小子，我就知道你有問題，好端端找什麼心愛的毛筆，我看你，就等著挨揍吧。」

顧馨之也不跟煊哥兒多說，朝蒼梧招手。「煩勞你跑一趟，把他拎去後書房。」長風、長空兩人可拽不動這小子。

煊哥兒似乎自知理虧，嘟嘴站在那兒，腳尖一下一下的轉著圈。

蒼梧掃了眼書房門口，有些遲疑。

顧馨之沒好氣。「行了，我就在這兒看會兒書……」她看看天色。「估計先生也快回來了，到時我跟他說說。」省得他們挨罵。

蒼梧登時眉開眼笑。「誒，有夫人這話，大夥兒就放心了。」

片刻工夫，書房就空了。

甜杏福身。「奴婢去給您沏壺茶。」

顧馨之擺擺手。待甜杏離開，她環視一周，再次將目光落在旁邊打開的小木箱。

她的舊物？她好奇上前查看。

數個舊荷包、兩塊綴著同心結的玉珮、數本書冊及一遝信箋。

她拾起最上面一個荷包。戲水雙鯉紋，舊是舊了點，但繡工確實挺好，錦鯉被繡得活靈活現——

等等。這是「她」的荷包？

想到這種可能，她連忙去翻剩下的東西。荷包自不必說，都是精緻的繡紋，一看就是浸淫多年的功底。書冊是幾本詩集，上面寫了許多注解，可見讀書之人用功之深。

顧馨之猶豫了下，撿起一封信箋——「她」就是自己，自己就是「她」，看看信也無妨吧？

她猶猶豫豫的展開。

耗時兩月，將《林州詩集》通讀完畢，許多詩篇亦能朗朗上口，是不是能讓夫君改觀一二？日日勤學，只望與君紅袖添香、舉案齊眉。

既無抬頭稱呼，也無落款，宛如隨筆。

顧馨之暗嘆了口氣。傻姑娘。

再撿起一封。

又是清明，可恨不是男兒身，獨留父親孤墳寂，又無法贍養生母。大門不出，二門不邁，獨自飲恨。

顧馨之想到許氏剛回京那模樣，心中惻然。

將剩餘信箋全部翻了遍，全都是這種調調的感懷小語，有自憐夫君冷落，也有對父母的思念不甘，林林總總，不一而足。

顧馨之看得心情沈重，正要收好，卻發現底下還有一張紙——不是信箋，彷彿只是隨手從什麼冊子上撕下來的紙張。

她好奇撿起，翻過來。

是一張食譜，是馬鈴薯的多種做法。墨字中正平和，疏朗圓潤，是她的字。

顧馨之忍不住笑。她記得這食譜，當初她給柳霜華等人送食譜，順手塞給謝慎禮一份來著，沒想到他竟然還留著，還鎖在箱子裡，真是——

顧馨之怔住。

她的目光從手裡紙張挪開，緩緩落到箱子裡那一遝信箋上。

剛進門的謝慎禮，聽說書房被自己兒子撬了，再聽說夫人還在書房裡等著，他扭頭問蒼梧。「夫人這是打算給煊哥兒求情？」

蒼梧嘿嘿笑。「夫人向來心軟。」
謝慎禮輕嗤。「慈母多敗兒。」
蒼梧亦步亦趨。「哪能呢，夫人也不會溺愛煊哥兒，該教的時候也教呢。」
謝慎禮想起什麼，無奈搖頭。「就是不捨得扮白臉，每回光嘴上說說，轉頭就讓我去罰孩子，罰得重了，她還不高興。」
蒼梧擠眉弄眼。「反正有您護著。」
謝慎禮懶得再與這越發厚臉皮的下屬說嘴，大步走向書房。
一進門，他便發現不妥。往日喜歡在他書房裡揀書看的人，此刻正坐在窗邊發呆。將蒼梧等人屏退，他怕嚇著人，特意放重腳步，慢慢靠近那發呆的嬌美人兒。
明明已是六歲娃兒的娘，卻仍然嬌俏可人，甚至更為明豔動人。
似乎聽見腳步聲，顧馨之動了動，卻不回頭。
謝慎禮皺了皺眉，走近後，摸了摸她腦門。「不舒服？」
顧馨之推開他的手，回頭問道：「我問你個事。」
「說說看。」
顧馨之指了指几上小箱，問：「裡頭的東西，你都看過了？」
謝慎禮隨意一掃，心中了然，坦然道：「對。」
顧馨之問：「你什麼時候看到的？」

謝慎禮回憶了下。「成親第二個月。」他甚至好心解釋。「當時有人拿著妳的荷包招搖撞騙，我怕影響妳聲譽，就全弄了回來。」

什麼有人，就是謝宏毅吧！

但顧馨之這會兒不想跟他討論前夫的德行，她乾巴巴道：「你、你知道——」

「我知道。」謝慎禮打斷她。

顧馨之瞪他。「你還沒聽我說完呢。」

「我知道妳想說什麼。」謝慎禮輕撫她臉頰，低聲道：「我只是很慶幸，很慶幸我與妳能相遇。」

顧馨之心中又酸又甜，垂眸低喃。「妳要是認識的是她，說不定會更喜歡——」

「妳忘了。」謝慎禮無奈。「我見過她好幾回了，她的親事還是我保的媒。」

「喔，忘了。」顧馨之再指箱子。「那你為何好生收著這些東西，還上鎖？」

謝慎禮沒答。

顧馨之登時緊張。「坦白從寬！」

「其實，是忘了，忘了有這東西。」謝慎禮無奈，揉揉她腦袋。「所以，自己在這兒胡思亂想了？」

顧馨之扭頭，不想看他。

謝慎禮莞爾。「傻姑娘。」

顧馨之放下心來，頓時恢復平日的情態，直接給他一個白眼。「我是不是姑娘，你不知道嗎？」

謝慎禮被嗆得不知如何回答。

顧馨之突然起身，埋首他胸膛，悶聲道：「先生啊……」

「嗯？」

顧馨之的手指悄悄爬上他胸口。「慧姐兒已經三歲了。」

「嗯？」

顧馨之手指勾啊勾。「咱們是不是……該再生一個了？還是，你已經不行——啊，關門啊！」

「砰」的一聲，書房門無風自關，掩下一屋春景。

顧馨之又懷孕了。

這回倒是懷得輕鬆，也不孕吐也不反胃，若非月事遲遲不來，她還不知道自己懷孕。

即便如此，謝慎禮還是把她拘在家裡，不讓她出門。

本來嘛，顧馨之也不是很愛出門的人。但不能出門，跟不出門，是兩碼事。被關在家裡一個多月，等胎兒滿三個月，她立馬收拾收拾，大搖大擺的坐車出門，美其名曰，給柳山長夫婦報喜。

咳，本也該去的。

最近恰好是三年一度的朝覲考察，身為吏部侍郎，謝慎禮忙得不見人影，若非每天晚上他都會摸上床，顧馨之還以為自己要婚變了——咳，扯遠了。

正因為他忙，她才不折騰，乖乖聽令待在家裡，省得他還得操心自己的事。也正是因為忙，顧馨之猜想他一定忘了給柳山長夫婦報喜，所以決定自己去一趟。

柳山長夫婦年紀大了，見一次少一次，打他們一家子回京後，她隔三差五都要跑一趟，這回一個多月沒見，雖然也讓兒女過去盡孝了，總還是不放心。

進了門，下了車，隨柳家僕從抵達二門，柳山長夫人的丫鬟蓮芳已經等在此處。顧馨之朝她打了個招呼，問：「可是有客？」

方才下車的時候，看到有別家的車來著。

蓮芳笑道：「不打緊，是老夫人的娘家人，過來送點東西。」

顧馨之點點頭，不再多問。

蓮芳道：「老夫人念您念得緊呢，奴婢就不與您多聊，咱們先進去吧。」

顧馨之自然無有不從，一路快行，很快抵達柳山長夫人的院子。

柳山長夫人看到她，先往她後邊看。「煊哥兒、慧姐兒呢？」

顧馨之無奈。「外祖母想他們了，送去莊子上住兩天，還沒回來。」其實是謝慎禮擔心孩子鬧騰，影響到她——尤其那個大的，一身力氣，要是不小心推倒她，可不是鬧著玩的。

柳山長夫人點點頭。「應該的，應該的。」

「這位便是謝夫人了？」旁邊傳來詢問聲，是一名兩鬢斑白、法令紋深重的老婦人。

柳山長夫人神色淡了幾分，介紹道：「這是我娘家表妹，妳喚一聲苗夫人即可。」

顧馨之忙行禮。

苗夫人矜持的回了半禮，然後捂嘴笑。「說來也是有緣，妳家謝大人在吏部任侍郎，我家那位則在禮部任侍郎，大家都是侍郎夫人呢。」

夫君官職相當，她又高了顧馨之一輩，可不得回半禮。顧馨之也沒多想，只笑了笑。

「那可真是巧了。」

那苗夫人還待再說，柳山長夫人已開口問顧馨之。「上月妳一直不曾過來，可是有什麼事？讓人去問慎禮，他嘴跟蚌殼似的，一個字都撬不開。」

雖說還有外人，但畢竟是好事，顧馨之也不遮掩，笑道：「沒什麼事，就是懷孕了，先生擔心我，讓我在家歇著呢。」

「懷孕了？」柳山長夫人驚喜，立馬起身，雙手合十，朝著四面拜了又拜，喃喃道：「菩薩保佑、佛祖保佑……」

顧馨之又感動又好笑，等她拜了一圈，趕緊把她按回座椅。「又不是第一個，瞧您這激動的。」

柳山長夫人道：「哎，這幾年看你們一直沒動靜，我以為……這不是太驚喜了嘛。」

顧馨之笑道：「都有煊哥兒、慧姐兒了，沒動靜也沒事。」

那苗夫人倒是插嘴進來。「才兩個孩子？兒子也就一個？這子嗣也太單薄了吧？」

柳山長夫人皺眉。「玉琴。」

苗夫人道：「哎，四姊，不是我說妳，晚輩這德行，妳怎麼也不說說呢？」她再轉向顧馨之。「謝大人乃天縱之才，當代少有，他的子嗣將來定然也不會普通。妳身為其夫人，自當為謝大人多多考慮。」

顧馨之微微皺了下眉。

那苗夫人叭叭叭的又往下了。「聽說你們成親六、七年了？怎麼只有兩個孩子？妳若是不能生，那就趕緊給謝大人張羅幾個妾侍，好好為謝家開枝散葉。」說到這裡，她還懷疑的打量顧馨之。「難不成謝夫人連這番度量都沒有——」

「夠了——」

「苗夫人。」顧馨之按住鐵青著臉的柳山長夫人，笑咪咪道：「敢問苗大人有妾侍幾何、兒女幾何？」

苗夫人傲然。「我家大人有四名妾侍，兒女共計十七名。」

顧馨之做作的哇了一聲。「我那莊子上養的豬仔，一年都不到十七隻呢。」

柳山長夫人臉色詭異。

顧馨之繼續敬佩道：「苗大人身體一定很好。」

聽著是好話，但總覺得哪裡不太對。苗夫人皺眉。「妳這話什麼意思？」

顧馨之笑笑。「我家先生說過，他沒興趣當種豬，天天惦記著下崽，他如今膝下有一兒一女，足矣。」

這是說苗大人宛如種豬，就惦記著下崽？苗夫人臉黑了。「妳這粗——」好像想起對面是誥命夫人，急急改口，諷刺道：「既然一兒一女足矣，為何現在又懷上了？」

顧馨之彎起眉眼。「沒辦法，太恩愛了，總有把持不住的時候……苗夫人也是過來人，應當理解的吧？」

苗夫人登時漲紅了臉。

「玉琴。」終於舒心的柳山長夫人開口。「我方才忘了提醒妳一件事。」

柳山長夫人繼續道：「妳家那位雖是禮部侍郎，與慎禮官階相當，但慎禮除了吏部官職還有三品大將軍銜，我家馨之也是三品誥命。」換言之，她方才不該回半禮。

苗夫人憋屈離席。

柳山長夫人鬆了口氣，轉回來。「倒讓妳受委屈了。」

顧馨之笑道：「師娘好生偏心，誰受委屈了？」

柳山長夫人想到方才情景，啞然失笑，轉而問起她懷孕情況，顧馨之一一作答。

柳山長夫人點頭，拍拍她的手。「挺好，安安穩穩的。我方才不是催你們的意思。只是慎禮這麼些年不容易，我每每想到他當年孤零零躲在書院過年，大年三十抱著凍了幾天的冷饅頭啃，我這心啊，就不舒坦，就想讓他年年三十熱熱鬧鬧、美酒佳餚。」

顧馨之早就聽柳山長夫人說過這些過往，聞言握住她的手，認真道：「您放心，先生現在好著呢，他不光有我、有兒女，還有學生、有下屬，將來還會有孫兒孫女……他以後的年啊，都會一直熱熱鬧鬧的。」

「誒誒。」柳山長夫人眼底泛著淚光。「熱鬧好，熱鬧好啊！」

出了柳家，將將過午。

顧馨之難得出來，索性讓長松繞路，準備去鋪子看看，順路看看沿途景況。剛轉過兩個路口，就看到遠處一道身影在路邊設攤寫字。

她皺了皺眉，拽過甜杏，問：「妳看那人像不像謝宏毅？」

甜杏定睛打量，猶豫道：「看著像是……」

顧馨之盯著那頭。「他是在賣字？還是代寫書信？」

「瞧著像是賣字畫。」甜杏看看那邊，再轉回來，勸道：「夫人，咱們跟那家子可都沒關係了，他們都搬走了，咱們就當沒看到吧？」

是的，謝家已經從謝家東院搬走，現在住在那邊的，是一名朝廷新貴，與謝家——哦，謝慎禮他們家——平日也多有來往。遠親不如近鄰嘛，打好關係肯定錯不了。

在顧馨之遇刺那一年，謝慎禮便開始加快速度、瘋狂報復謝氏一族。不過半年工夫，入獄的入獄、砍頭的砍頭，唯一當官的謝家三爺也被罷黜。

謝慎禮將此事緣由透露給謝氏幾位旁支族老，謝氏諸分支大怒，聯合給謝家本家搞事。謝家本就不是什麼乾淨茬兒，加上侵吞族產、變賣宗田等事爆出來，沒多久，謝氏各支離心出族，謝氏一族轟然倒塌。

那曾經闊氣的謝家東院，也被發賣了，換成銀子，填給各支。

沒多久，謝家本家也分了家，各自離散。其餘幾房何去何從，顧馨之不關心。唯一與他們有聯繫的，是謝家二房。

謝二爺貪圖美色，做了不少陰損事，宗族鬧得最厲害的時候，莫氏直接把他弄進大牢，能不能有命出來都是個問題。謝二爺那些妾侍子女，莫氏也各自給了些安身銀錢，遣散了，她則帶著兒女住到京郊莊子上。

顧馨之記得謝慎禮曾說過，當年他娘要生的時候，是當時剛進門的莫氏幫著找來大夫，因此，謝慎禮才得以出生，他的母親才得以苟延殘喘幾年。

因此，顧馨之回到京城、聽說謝家散了後，就主動找上莫氏。先是讓腳踏實地管了幾年鋪子、莊子的謝宏勇過來，讓他跟著謝慎禮做事——反正能做什麼事，自有謝慎禮安排。然後每逢節假日，總會派人給莫氏送一份禮。

一是不忘本，二是告訴旁人，他們母子幾人有謝慎禮在後頭撐腰。

莫氏母子感激不盡，莫氏自不必說，莊子上有什麼總不忘往謝家送。謝宏勇更是盡心盡力，倒也讓忙起來恨不得一個人當三個人用的青梧輕鬆了些。

扯遠了。

顧馨之想不到，今日竟會在鬧市裡看到往日矜貴傲氣的謝宏毅。

她頗為新奇，便多看了幾眼，沒想到竟惹得甜杏勸話。

她啞然。

「我看到了為什麼要當沒看到？」她想了想。「找個位置停車，讓長松去把他攤子上的字畫全買了吧。」

甜杏登時緊張了。「夫人您可不能胡來！」那可是她前夫君啊，避嫌都來不及呢。

顧馨之擺手。「我這馬車經過這裡，說不定就被有心人看到。如今他不是坐在家中怨天尤人，坐等老母、弱妻奉養，也算是有幾分血性，不枉先生當年教導過幾次……他好歹是先生的血脈姪兒，順手幫一把而已。」

甜杏想想也是，遂聽令出去與長松交代。

片刻後，車停在街角，長松過去將字畫全買下，抱回車，遞交給甜杏，後者將那一卷卷字畫搬進車裡。

顧馨之隨手撿起一卷，展開，打量了兩眼。

「還行，比以前寫得好點了。」顧馨之說完，隨手捲起，扔到卷軸堆裡。

當此時，長松揚鞭輕甩，馬車緩緩前行。
顧馨之便再次靠到車窗上，欣賞市井百態。
隔著一條街，謝宏毅望著那掛著「謝」字牌的馬車慢慢離開，心裡空茫似海。
「宏毅哥。」
謝宏毅回神，看到穿著粗布衣服、簪著素玉釵，手挽竹籃的張明婉。
張明婉朝他笑了笑，放下籃子，道：「吃飯了。」然後看看左右，驚喜道：「今兒字畫都賣完了？」
謝宏毅定了定神。「嗯。」
「那太好了，待會兒可以給盛兒買幾身衣服，再給娘開幾劑好一些的藥方……」
謝宏毅聽著她細細的念著家常事，心裡那抹空茫彷彿慢慢散去。
顧馨之買回那一堆字畫，轉頭就給忘了。直到某天深夜——
因為朝覲考察，謝慎禮最近都是早出晚歸，又怕影響到顧馨之休息，又不捨得分開，只能拿出自己一身本領，每夜做賊似的悄悄摸上床，在其醒來前又悄悄離開。
他想著，等忙完這段日子，就能好好休息，陪陪夫人、孩子。
卻在某一天，被屬下偷偷告知，他那位本該乖乖在家養胎養肉的夫人，竟然買了謝宏毅上百份書畫。

謝宏毅，他家夫人的前任夫君。

謝慎禮當即毛筆一扔，脫了官服就回家。

顧馨之看到他回來，著實吃了一驚。「怎麼這個時候回來？忙完了？」

謝慎禮一言不發，大步走向她。

顧馨之毫無所覺，甚至歪頭苦想。「不對啊，我聽說朝覲的官員都沒離京——啊！」

陡然騰空，讓她嚇得驚叫出聲。「你要死啊！幹什麼？」

謝慎禮托抱著她往屋裡走。「回來履行為夫的義務。」

夫妻數年，顧馨之每每挑逗他時，總喜歡提及什麼夫君的義務……如今，他也能面不改色的說這句話了。

顧馨之攬著他肩頸無語了會兒，道：「你不好好上班，就是回來發情？」

謝慎禮面無表情。「省得有些人忘了自己是有夫之婦，到處留情。」

「你傻了嗎？我還有身孕呢。」

「滿三月了，可以行房……我會輕點的。」

顧馨之心想，不愧是兩個孩子的爹，經驗豐富……不對——什麼鬼啦！

是誰！是誰把她家老古板變成這德行的?!

——全書完

2023年7月出版

一縷續命

文創風 1175~1176

既然重活一世，就要好好達成自己的任務……
儘管不明白為何亡故之後沒有墜入因果輪迴，
但是該向哪些人展開復仇大計，她卻是再清楚不過！

情境氛圍營造達人／鍾白榆

十歲的顧嬋漪不知人心險惡，傻傻地被送到寺廟苦修；
過了七年，她看清局勢卻為時已晚，就這麼在深秋寒夜被滅口。
幸好老天給了機會，讓她的魂魄附在親手為兄長編的長命縷上，
伴他在邊疆弭平戰亂，直到他不幸遭奸佞害死；
又許她以靈體之姿陪在他們一家的恩人——禮親王沈嶸身旁，
看著他為黎民百姓鞠躬盡瘁，默默燃盡生命之火。
如今，顧嬋漪回來了，她要向那些用心險惡的人討回公道，
而沈嶸不僅搶先一步安排好所有細節，讓她能守護自家兄長，
那句「本王護得住妳」，更令她闖出自己的一片天。
可當她發現沈嶸跟自己一樣是「歸來」的人時，頓時呆住了……

願得一心人，白首不相離／灩灩清泉

2023年6月出版

棄婦超搶手

前世她的婆婆面甜心狠，慣會演戲，害她吃盡苦頭，
此人甚至設計栽贓她與人偷情，將她休棄，
她被娘家厭棄，最終都沒能洗刷清白，含冤死在了庵裡，
幸而上天垂憐，讓她重生回到了議婚之前，
這一次，說什麼她都得拒了婚事，避開淪為棄婦的命運才成！

文創風 1169 **1**

因過人的美貌，江意惜在一場桃花宴上被忌妒她的女眷陷害，跌入湖中，
情急之下，她胡亂拉住了站在旁邊的成國公府孟三公子，兩人雙雙落水，
事後，滿京城都在傳她心眼壞，賴上有潘安之貌、子建之才的孟三公子，
由於江父是為了救他們孟家長孫孟辭墨而死在戰場上，老國公心存感激，
於是乎，老國公一聲令下，孟三公子不得不捏著鼻子娶她回家以示負責，
婚後，孟家除了老國公及孟辭墨，上至主子、下至奴僕，無一人善待她……

文創風 1170 **2**

順利拒了前世那樁害慘她的婚事後，江意惜住到西郊扈莊辦了兩件要事，
其一是助人，助的是因故在扈莊附近的昭明庵帶髮修行多年的珍寶郡主，
小郡主不僅是雍王的寶貝閨女，更是皇帝極寵愛的姪女，太后心尖上的孫女，
這麼明擺著的一根粗大腿，今生她說什麼都得結交上、好好抱住才行！
其二是報恩，前世對她很好的孟辭墨和老國公就住在西郊的孟家莊休養，
她得想辦法醫好他近乎全瞎的雙眼，扭轉他上輩子的悲慘結局！

文創風 1171 **3**

江意惜一直都知道閨中密友珍寶郡主的性格獨特，還常語出驚人，
但說天上的白雲變成會眨眼的貓，這也太特別了吧？她怎麼看就只是雲啊！
下一瞬間，有個小光圈從天而降，極快地朝郡主臉上砸去，
結果郡主猛地出手揮開，那光圈就落進正驚訝地半張開嘴看著的江意惜嘴裡！
之後她竟聽見一隻貓開口說牠終於又有新主人，還說她中大獎，有大福氣了，
雖聽不懂牠在說什麼，不過她都能重生，有一隻成精的貓似乎也不足為奇？

文創風 1172 **4**

貓咪說，牠是九天外的一朵雲，吸收了上千年日月精華之靈氣才幻化成貓形，
牠說牠能聽到方圓一里內的聲音，能指揮貓、鼠，還能聽懂百獸之語，
最厲害的是牠的元神——在她腹中的光珠，及牠哭時會在光珠上形成的眼淚水，
江意惜能任意喚出體內的光珠，並將上頭薄薄一層的眼淚水刮下來儲存使用，
用光珠照射過或加了眼淚水的食物會變得美味無比，還能讓大小病提早痊癒，
如此聽來，這兩樣寶貝說是能活死人、肉白骨都不誇張，上天真是待她不薄！

文創風 1173 **5**

前世硬攀高門的她天真地以為終於苦盡甘來了，結果卻早早結束可悲的一生，
重活一世，憑藉著前世所學的醫術及眼淚水，江意惜成功治癒了孟辭墨的眼疾，
在醫治他的期間，她不但成為老成國公疼寵的晚輩，還與孟辭墨兩情相悅，
有了郡主這個手帕交，孟辭墨又讓人上門求娶，勢利的江家人便上趕著巴結她，
正當她覺得一切都在往好的方向發展時，雍王世子卻橫插一腳，想聘她為妃！
所以說，她這個前世的棄婦，如今竟搖身一變，成了搶手的香餑餑嗎？

文創風 1174 **6** 完

國公夫人付氏，江意惜兩世的婆婆，此人看著溫柔慈愛，其實慣會演戲，
不僅裡裡外外人人稱讚，還把成國公迷得團團轉，讓孟辭墨在府中孤立無援，
幸好，她這個重生之人早知付氏的真面目，且身邊又有小幫手花花相助，
夫妻二人攜手，努力揭穿付氏的假面具，終於老國公也察覺了付氏的不妥，
豈料深入調查之下，竟發現付氏不但歹毒，身上還藏有一個驚人的秘密……

文創風 1179

老古板的小嬌妻 3 完

國家圖書館出版品預行編目資料

老古板的小嬌妻 / 清棠著. --
初版. -- 臺北市 ： 狗屋出版社有限公司, 2023.07
冊 ； 公分. --（文創風 ; 1177-1179）
ISBN 978-986-509-440-9（第3冊 : 平裝）. --

857.7 112008677

著作者 清棠
編輯 黃暄尹
校對 黃薇霓
發行所 狗屋出版社有限公司
地址 台北市104中山區龍江路71巷15號1樓
電話 02-2776-5889～0
發行字號 局版台業字845號
法律顧問 蕭雄淋律師
總經銷 知遠文化事業有限公司
電話 02-2664-8800
初版 2023年7月
國際書碼 ISBN-13 978-986-509-440-9

本著作物由北京晉江原創網絡科技有限公司授權出版

定價280元
狗屋劃撥帳號：19001626
網址：love.doghouse.com.tw E-mail：love@doghouse.com.tw